亡者归来

[美]哈兰·科本 著
朴逸 暴丽颖 译

哈尔滨出版社
HARBIN PUBLISHING HOUSE

1

乔的葬礼是在他被人杀害的三天之后举行的。

玛雅穿着一身黑色丧服,正如一个悲痛不已的寡妇应该做的那样。炎炎的烈日像是一只巨大的火球在炙烤着大地,使玛雅不禁想起了在沙漠里度过的那几个月时光。牧师滔滔不绝地说着在这种场合惯常要说的那些话。玛雅并没有仔细去听,而是把目光投向了街对面的学校操场。

是的,这片墓地和那所小学隔着一条街互相守望。

玛雅无数次地开车经过这条路,墓地在路的一侧,小学在路的另一侧,而这种布局的奇怪之处——如果不说是可恶之处的话——以前竟然从未引起过她的注意。她不由得想知道,是哪一个建造在前,学校还是墓地?是谁拍板将一所学校建在了公墓的对面,或者相反,在已经有了学校的情况下决定在这里建一座墓园?让生命的起点毗邻生命的终点,也许是一件无所谓的事情?或者,这恰恰是一种富有深意的安排?人生从来苦短，生与死的距离只在咫尺之间。让孩子们从小就潜移默化地接受这样的观念，也许是一个明智之举吧。

玛雅带着满脑袋这种乱七八糟的念头，凝望着乔的棺材徐徐地落进了墓穴。让自己分点儿神，这是个诀窍，有助于在这种场合下挺过去。

黑色丧服穿在身上痒痒的，不舒服。在过去的十年里，玛雅参加过不下百次的葬礼，但这是她第一次出于义务而穿上丧服。她不喜欢这身行头。

她的右侧是乔的直系家庭成员——妈妈朱迪斯、弟弟尼尔和妹妹卡洛琳。难当的酷热和深切的悲痛交织在一起，让他们显得萎靡不振。玛雅的左边是她的(也是乔的)两岁的女儿莉莉。小家伙来回晃动妈妈的胳膊，已经显得烦躁不安了。《教你如何做父母》的指导手册上警示说，不要让孩子出席这样的场合，这话今天看来再正确不过了。玛雅曾经掂量过，如何做才算是得体，是把两岁的女儿留在家里，还是带她参加她爸爸的葬礼？那些无所不知的、对一切母亲都一律管用的网页里，竟然找不到这个问题的答案。失望和恼怒之余，玛雅差点就把这样一个帖子挂到了网上："嘿，各位亲！我老公最近被谋杀了。我应该领我两岁的女儿一道去墓地，还是把她放在家里？还有，有关葬礼的着装都有什么建议？谢谢。"

有好几百人出席了今天的葬礼。玛雅在脑海的某个角落里朦胧地意识到，如果乔看得见这样的场面，心里是会高兴的。

乔喜欢与人相处，人们也都喜欢乔。不过，当然了，仅仅用人缘好来解释出席葬礼的人数之多是不够的。吸引众多吊唁者聚到这里的，是说出来挺可怕的一种诱惑，即大家都想见证一下这场悲剧的主角下葬的过程。一个年轻人——他是富有的伯克特家族的后裔，而且，是一个陷入了国际性丑闻的女人的丈夫——被残忍地枪杀了。

莉莉用两只胳膊抱住了妈妈的大腿。玛雅蹲下身低语道："很快就完了，小宝贝儿，懂吗？"

莉莉点点头，却把妈妈的腿搂得更紧了。

玛雅直起身重新站好，用双手整理了一下从艾琳那里借来的这套让她皮肤发痒的黑衣服。乔不会喜欢她的这身黑色。他最中意的，还是她作为美国陆军玛雅·斯坦恩上尉一身戎装的样子。他们两人是在伯克特家族的慈善晚会上第一次碰面的。身着燕尾服的乔径直来到她的面前，绽放出了帅气十足的微笑（在见到他的微笑之前，玛雅从没有真正懂得"帅气"这个词的含义）。他说："哇，我原以为军装只有穿在男人身上才会显得如此性感。"

这套用来搭讪的开场白并不高明，事实上它很蹩脚，让玛雅不禁笑出了声。而对于乔这样一个潇洒自如的家伙来说，这就是他所需要的全部效果。天啊，他实在是太英俊了。即使是现在，即使是忍耐着闷热和潮湿站在离他的遗体只有几步远的地方，一想到当时的情景，玛雅还是差一点就露出了笑容。一年之后,玛雅和乔结婚了,莉莉在他们婚后不久就出生了。然而,仿佛是他们共同生活的画面被人按下了快进键,她此刻站在了这里,来埋葬自己的丈夫,埋葬她唯一的孩子的父亲。

"所有的爱情故事,"玛雅的父亲在许多年前曾经说过,"都是以悲剧告终的。"

玛雅当时摇着脑袋说:"噢,爸爸,你说得太冷酷了。"

"是啊。不过你想想吧:或者是人们的爱情破裂;或者是他们幸运地始终相爱,直到其中的一人活得更为长久,眼睁睁看着自己的爱侣有一天撒手西归。"

玛雅依然清晰地记得,在布鲁克林区她家那幢连栋住宅里,爸爸坐在黄色塑料贴面的餐桌对面和她讲这番话时的神态。爸爸固定不变地穿着一件开襟羊毛衫(所有的教授,尽管他们不是军人,都穿戴着这一种或那一种属于他们自己的"制服"),周围摆放着等待他批阅的一堆大学生论文。他和妈妈在几年前相继去世了,两个人辞别尘寰的日子只相差了几个月。不过说真的,玛雅至今搞不懂她父母的爱情故事属于父亲所说的两种悲剧中的哪一种。

牧师还在喋喋不休。朱迪斯·伯克特——乔的妈妈用力地握住了玛雅的手。

"这一次,"朱迪斯喃喃道,"更让人受不了。"

玛雅没有请求她进一步予以说明,因为没有这个必要。这是朱迪斯·伯克特第二次下葬自己的孩子,她的三个儿子如今有两个都死了。一个死于可怕的事故,一个遭到了枪击。玛雅低头看自己的孩子,目光落在莉莉的头顶上,心想:作为一位母亲,如何能经得住这样的打击!

仿佛是猜到了玛雅的想法,朱迪斯悄声说:"这种痛苦永远都不会消失。"她平淡直白的话语却像传说中死神手里的镰刀,无情地划破了周围的沉寂和压抑。"永远不会。"

"是我的错。"玛雅说。

她没想这么说,可是这句话却脱口而出了。朱迪斯抬起头看着她。

"我本应该——"

"你当时做不了什么。"朱迪斯说。但是她的语气里还保留着一点别的什么。玛雅想,大概其他人心里也都有着同样的想法。玛雅·斯坦恩过去拯救过许多人的性命,为什么她却没能救出自己的丈夫呢?

"尘归尘——"

哇,牧师终于结束了冗长陈腐的演讲吗?或是这仅仅出于玛雅的想象?她刚才没有留意。她在葬礼上从来都是这样。她见过的死亡太多了,所以她懂得熬过葬礼的一个诀窍:要麻木。不要专注于任何事情,让周围的一切声音、一切景象变得模糊不清。

乔的棺材落到墓穴底部,发出"咣"的一声。这声音在寂静的四周回荡得太久。朱迪斯转过来靠在玛雅身上低声地呻吟。

玛雅保持着自己的军人站姿——昂首，挺胸，收腹，两肩向后，双臂自然下垂。她最近在网民们发来发去的那种有关自我修养的一篇文章中读到，一个人经常摆出充满自信的所谓"能量姿势（power poses）"，对于提升自身形象和成功概率是有莫大好处的。实际上，军人们早已对这种刚刚流行的心理学小常识深谙其道了。一名军人以立正的姿势站立在那里，不是由于这种站姿有多么好看。你立正站立，是因为它能在某种程度上鼓舞你的信念和勇气，而且同样重要的是，这样的站姿使你在战友和敌人的眼里显得更加坚强和威武。

有那么一瞬间，玛雅的思绪闪回到公园——金属的寒光，震耳的枪响，乔扑倒在地，衬衫上浸满了鲜血的玛雅踉跄着从黑暗中穿出，远处的路灯投下一轮朦胧晦涩的光晕——

"救人啊……快……有人……我丈夫……"

玛雅闭起眼睛，赶走了脑海里的画面。

坚持住，她告诉自己，一定要挺过去。

她做到了。

接着便是列队接受吊唁者络绎不绝的慰问。

一个人站在队列中接受问候的情形，通常只在两种场合下存在，一个是葬礼，一个是婚礼。这当中也许隐含着某种深刻的道理，只不过玛雅想不出来它究竟是什么。

她不清楚已经有多少人在她的面前经过，反正这种问候持续了一个多小时。吊唁的人们一个个拖着脚走上前来，仿佛是上演僵尸电影，你打倒了一个，却有更多的僵尸向你拥了过来。

不要让吊唁的人流出现停顿。

大多数人都是轻声地说一句"对您失去亲人表示哀悼"，或是"请节哀"，他们这么做再得体不过了。还有一些人却是话说得太多。他们从这是一场多么可怕的悲剧（纯属废话）谈起，指出这座城市的治安已经变得糟糕无比，讲述他们自己曾经差一点就遭到持枪抢劫（规则一：永远不要在吊唁的行列中让你自己成为需要人家慰问的对象），接着表示他们多么期望警察尽快把罪犯赶尽杀绝，进而惊叹玛雅是多么幸运，上帝一定是在默默地眷顾着她（其中隐含的意思，玛雅猜测，是不是说上帝对乔就没有这般垂爱？），顺势他们又讲到好人终有好报，凡事皆有因果报应（玛雅暗自奇怪，为什么她没朝这个饶舌的家伙脸上猛击一拳？）。

乔的家人都已疲惫不堪，不得不在接受吊唁的过程中坐了下来。玛雅则不然，她自始至终站立在那里，直视着来宾的目光，与他们一一用力地握手。同时，她用含蓄的或是不那么含蓄的肢体语言回绝了那些企图通过拥抱和亲吻进一步表达哀思的宾客。对方的言辞可能毫无意义甚至愚蠢至极，玛雅仍然聚精会神地听下去，礼貌地点头，语调真诚地说些"谢谢您专程赶来"这样的话语，转而去迎接行列中的下一个宾客。

列队慰问死者家属的宾客还应记住另一个颠扑不破的重要

规则：言多语失。说两句简短的套话没关系，因为中规中矩远远胜过不得体或是不识趣。如果你很想多表达几句，就概略地回顾一下对于死者的美好记忆。千万不要做出乔的姑姑伊迪丝正在做的事情。千万不要像她那样歇斯底里地哭喊，追求"都注意我啊，我太悲痛了"的最大戏剧效果；还有，千万不要像她那样面对一个悲伤的寡妇说出如此冷酷和愚蠢的话语："你这个可怜的女人。先是你的姐姐，如今又是你的丈夫。"

她话音一落，周围霎时鸦雀无声。伊迪丝姑姑说出了一个许多人心里萦绕却刻意回避的事实。特别不能容忍的是，她的这句话是在玛雅年纪还小的外甥丹尼尔，还有年纪更小的外甥女爱丽克丝听得见的距离内说的。热血在玛雅的体内汹涌奔腾，她恨不得伸出手攥住伊迪丝姑姑的脖子，将里边的声带一把扯出来。

然而，玛雅只是用依然真诚的语气说了句："谢谢您的到来。"

曾与玛雅在一个排服役的六位战友，其中包括谢恩，都站在后边留心注视着她。不论你是否愿意，他们总是要这么做的。看来只要战友们在一起，每个人就永远是其他战友的守护神。他们没有排在吊唁者的行列里，他们知道这并不重要。他们是玛雅默默的卫士，从来都是。在这样一个可怕的日子里，只有他们的到来，才是唯一让玛雅感到宽慰的事情。

玛雅时不时地觉得自己听见了远处传来的女儿的笑声——

她的老朋友艾琳·菲恩已经带着莉莉去了街对面那所小学的操场——不过这也许只是她的幻觉。在与逝者告别的场合出现孩子的笑声，难免显得不合时宜，然而它也印证了生活在继续，生命依然具有蓬勃的活力。玛雅渴望听到它却又害怕承受它。

走在吊唁行列最后面的就是她姐姐克莱儿的两个孩子，丹尼尔和爱丽克丝。玛雅张开双臂把他们揽在怀里，像通常一样涌起了一股想保护他们的冲动。她绝不能再让任何不好的事情发生在这两个孩子身上。她的姐夫埃迪……是该这么叫吗？对在你的姐姐被谋杀前娶了她的这个人，你应当怎样称呼呢？如同"前夫"的概念，"前姐夫"似乎更适合用来描述离婚的状态。如果叫"原姐夫"呢？还是应该继续称呼"姐夫"？

都是一些用来分神的胡思乱想。

埃迪有点踌躇地走上前来。他的脸上残留着剃须刀没有刮净的一小丛胡须。埃迪亲吻了玛雅的脸颊。漱口水和薄荷糖的味道遮掩了他嘴里可能会散发的其他气味，不过话说回来，这终究只是一种遮掩罢了。

"我会想念乔的。"埃迪咕哝道。

"我知道你会的。他很喜欢你，埃迪。"

"如果有什么事情是我能做的……"

你应该更好地照顾你自己的孩子，玛雅这样想，不过她平时对埃迪的那股气这时已经消了，像是一只橡皮筏被扎了个洞。

"我还行，谢谢。"

埃迪沉默了，仿佛他读懂了玛雅的念头似的。也许他真的能读懂。

"很抱歉我没能去看你上次的比赛，"玛雅对爱丽克丝说，"不过我明天会去的。"

他们三个立刻都显得很担心了。

"噢，你不是非去不可。"埃迪说。

"不要紧，这正好能让我转移一下注意力。"

埃迪点点头，招呼丹尼尔和爱丽克丝一道向他们的车走去。爱丽克丝走到半途回过头来，玛雅向这个孩子露出了试图令她安心的笑容。什么都不会变，玛雅的微笑在说，我要永远地保护你们，就像我对你们的母亲承诺的那样。

玛雅看着姐姐克莱儿的家人走到了车旁。今年14岁、性格外向的丹尼尔坐到了前排副驾驶的位置，刚刚12岁的爱丽克丝自己一个人坐进了后排。自从她妈妈死了以后，这个小姑娘就变得畏畏缩缩，仿佛是等待着经受下一次重创。埃迪挥挥手，对玛雅露出疲惫的微笑，随后钻进了驾驶座。

玛雅一直目送着他们的车缓缓离去。随后她注意到，纽约警察局调查凶杀案的罗杰·凯尔斯倚着远处的一棵树朝这里张望，甚至是在今天，甚至是在这样的时候。玛雅正要走过去问他个究竟，朱迪斯却又一次攥住了她的手。

"我希望你和莉莉同我们一起回到范伍德庄园去。"

伯克特家族的人总是这样称呼他们居住的地方。这大概也是具有预示性的一条线索，它说明既然你嫁进了这样一个家族，慢慢地你就会变成一个什么样的人。

"谢谢您，"玛雅说，"不过我想莉莉需要回到我们自己的家里。"

"她需要和我们全家人待在一起。你也一样。"

"非常感谢您这么想。"

"我是说真的。莉莉永远都是我们的孙女，你也将永远是我们的女儿。"

朱迪斯用力捏了捏玛雅的手，用来强调自己的这番话。朱迪斯说得很感人，就像她在慈善晚宴上面对着提词器发表的演讲一样。不过她说的——至少有关玛雅的那一句——不是真的。嫁到伯克特家族的任何一个人，尽管得到了这个家族的容忍，但是永远还是一个外人。

"再找个时间吧，"玛雅说，"我相信您会理解的。"

朱迪斯点点头，敷衍地拥抱了一下玛雅。乔的弟弟和妹妹也拥抱了她。玛雅望着他们面带悲痛的神情，蹒跚地走向那辆将把他们载回伯克特宅邸的加长版豪华轿车。

她原来一个排的战友们仍然待在原处。玛雅遇到谢恩的目光，向他轻轻地点了点头。他们明白了她的意思，没有像模像样地"原地解散"，而是生怕给葬礼带来任何惊扰，悄悄地离去了。这些人大都还是现役。自从在叙利亚和伊拉克的边境地带发生了那件事情之后，部队便"鼓励"玛雅接受荣誉退役。

发现没有了别的选择后,玛雅只好照做了。所以,不是指挥作战,甚至也不是组织新兵训练——尽管目前部队很缺人手,已退役的玛雅·斯坦恩却在新泽西的泰特伯勒机场指导平民学员学习飞行技术。在某些日子里,玛雅觉得现在这种生活也不错。可是在大多数日子里,她都怀念着自己的从军生涯,这种怀念远远超出了她原来的想象。

在马上就要完全埋掉她丈夫的那堆泥土旁边,终于只剩下了玛雅一个人。

"乔,乔。"她出声地呼唤道。

她试图发现对方的感应。在过去出席过的无数次葬礼上她也这样试过,她想知道人死后是否还存在着某种生命力,可是至今却没有任何收获。有人相信死者身上肯定还保留着哪怕是不多的一点点生命的迹象——人的能量和情感永远也不会完全消失,人的灵魂是永恒的,死亡并不意味着一切的结束,诸如此类的说法很多。也许这是真的,可是玛雅见证的死亡越多,越感觉死亡带走的就是一切,绝对不会还有某种生命的力量残留下来。

她一直守在墓穴的旁边,直到艾琳领着莉莉从操场回来。

"离开吧?"艾琳说。

玛雅又朝墓穴望了一眼。她很想对乔说点儿富有含意的话语,说点儿对他和她具有某种、呃,总结性的话语,但是她没想出应该说点儿什么。

艾琳驾车送她们回家。莉莉在那只仿佛是为宇航员设计的婴儿座椅上睡着了。玛雅坐在副驾驶的位置上,眼睛一直望着车窗外面。她们到了家——乔曾经想给这幢房子命个名,却被玛雅坚决地制止了。玛雅设法解开了婴儿座椅上复杂的防护装置,把莉莉从后排抱了出来。她用手托着莉莉的脑袋,害怕弄醒了孩子。

艾琳关掉了发动机。"不介意我进去待一会儿吧?"

"我们不要紧的。"

"我相信是的,"艾琳解开安全带说,"不过我想送你一样东西。我就待两分钟。"

玛雅把它接了过来。"电子相框?"

艾琳披着一头泛红的金发,长着雀斑的脸上总是露着开朗的笑容。这张只要一进门就能照亮整个房间的笑脸,完美地掩饰了她内心的苦痛。

"不,这是以电子相框作为伪装的一只保姆监控器。"艾琳说。

"再说一遍?"

"你现在上的是全天班,必须对家里的一些事留点心,对不对?"

"我想是的。"

"那个叫伊莎贝拉的保姆和莉莉多数时间都待在什么

地方?"

玛雅指指右边说:"在小起居室里。"

"过来,我给你看看。"

"艾琳……"

她从玛雅手里拿过相框。"跟我来。"

小起居室就在厨房的旁边,与前面的客厅不同,这里是供家人相聚和娱乐的地方。这里有吊棚的天花板、茶褐色的墙裙、地板和一些木质家具,墙上挂着大屏幕电视机。地上有两只装得冒尖的篮子,里边都是莉莉那些具有寓教于乐功能的玩具。沙发前面放着一张多功能婴儿床,那里本来摆的是漂亮的红木咖啡桌,不过,咖啡桌与孩子素来没什么缘分,只好乖乖地让出了自己的位置。

艾琳走到书架前,找个地方摆上了电子相框,在旁边的插座上连通了电源。"我已经往里面输入了你们全家人的一些照片。这只相框会缓缓地交替显示这些照片。伊莎贝拉和莉莉通常都在那张沙发上玩儿,是吗?"

"对。"

"好,"艾琳把相框对着沙发的方向挪了挪,又说,"隐藏在相框里的摄像头是广角的,所以你能看到整个房间的情况。"

"艾琳……"

"我在葬礼上看到她了。"

"谁?"

"你们的保姆。"

"伊莎贝拉一家和乔的家族渊源很深，她的妈妈给乔当过保姆，她的弟弟是他们家的园丁。"

"真的吗？"

玛雅耸耸肩："富人家的事情。"

"他们和我们不一样。"

"是不一样。"

"这么说你信任她？"

"谁？伊莎贝拉吗？"

"是啊。"

玛雅又耸耸肩："你了解我。"

"我当然了解，"艾琳最初是克莱儿的朋友——她们是瓦萨文理学院新生宿舍的室友——很快她就和玛雅也变得亲密了，"你不信任任何人，玛雅。"

"我可不会这样形容我自己。"

"好吧，不过在关系到你孩子的事情上呢？"

"如果是关系到莉莉，"玛雅说，"是啊，你说得对，我不能信任任何人。"

艾琳笑了："所以啊，我才送你这件东西。噢，我倒不认为你会发现什么事情，伊莎贝拉看着还是不错的。"

"但是，小心无大错？"

"正是这样。自从我用了这个东西，把凯尔和米茜留在家里交给保姆照看时,我心里就踏实多了。"

玛雅不知道艾琳是否真的用它来监视保姆或者是否通过它发现了什么证据,不过她此刻不想更多地过问别人的事情。

"你的电脑上有读取SD存储卡的端口吗?"艾琳问道。

"我不清楚。"

"没关系。我送你一个读卡器,它可以连接到任何USB接口。你只要把它插到你的笔记本或是台式电脑上就行。说真的,这一点也不复杂。到了晚上你可以从相框里取出SD存储卡——就从后面这个地方,看到了吗?"

玛雅点点头。

"然后你把卡装在读卡器里,你的显示屏上就会跳出图像来。这张卡是32G的,所以连着用上几天一点都没问题。摄像装置是配备了运动传感器的,屋里没人的时候它就会自动停止摄像。"

玛雅忍不住笑了起来:"看看你现在这副模样吧。"

"怎么?角色转换了,现在轮到我来照顾你,你觉得怪怪的?"

"有点儿。我自己早该想到做这些事。"

"很惊讶你竟然没想到。"

玛雅低头望着朋友的眼睛。艾琳的身高约有1.6米,玛雅是1.8米,而且她习惯了笔直站立,所以显得更高。"你在保姆监控器里发现了什么吗?"

"你是说一些不该出现的事情？"

"是的。"

"没有，"艾琳说，"我明白你在想什么。他一直没回来过，他的身影没有出现。"

"我对此不做评判。"

"你就没有一点点你自己的看法？"

"如果一点儿都没有，我还算是什么朋友？"

艾琳走近一点儿，伸开双臂拥抱了玛雅。玛雅也抱住了她。艾琳不是个需客客气气表达礼数的准陌生人。玛雅在克莱儿入学一年后也考入了瓦萨文理学院。她们三个女生在一个宿舍里度过了十分美好的时光，直到玛雅被招收到了位于亚拉巴马州拉克基地的陆军飞行学院。艾琳——还有一个是谢恩——至今仍然是玛雅最好的朋友。

"我爱你，你是明白的。"

玛雅点点头。"是啊，我明白。"

"你确定你不想让我留下来吗？"

"你还有自己的家要照顾。"

"不要紧，"艾琳用大拇指朝电子相框点了一下说，"有它帮我在家照看着呢。"

"真有趣。"

"不是玩笑。可是我知道你需要一个人待着歇会儿。有什么事就给我打电话。哦，不用惦记晚饭的事，我已经在露柯西餐厅给你叫了份中餐外卖，20分钟后就该送来了。"

"我爱你，你也明白。"

"是的，"艾琳向门口走去，"我明白。"她突然又站住了，"哇。"

"怎么了？"

"你有伴儿了。"

2

这个伴儿原来是矮小多毛的纽约警察局凶杀案探员罗杰·凯尔斯。凯尔斯大摇大摆地走了进来,用警官特有的目光把周围打量了一遍,说道:"房子不错。"

玛雅皱着眉头,没想掩饰内心的不快。

凯尔斯身上还带着穴居人的某种特征。他很健壮,身材往横向拓展得太多,双臂短得有点不成比例。他那张多毛的面孔即使刚刚刮过肯定也还是没刮的样子,浓密的眉毛像是处在蜕变最后阶段的毛毛虫,而他手背上的粗毛仿佛是被卷发钳烫过了一样。

"我希望我的造访没有带来什么不便。"

"怎么会没带来什么不便?"玛雅说,"噢,当然了,我不过是刚刚把丈夫埋葬了而已。"

凯尔斯装出一副痛悔的神情说:"我明白我应该挑个更好的时候过来。"

"你明白？"

"但是明天你就要去上班了，我还能选什么别的更合适的时间呢？"

"理由很充分。我能为你做点什么呢，警官？"

"不介意我坐下来吧？"

玛雅朝着小起居室的沙发摆了摆手，心里却不免有点惊悚：这位不速之客——事实上是任何一位走进这个房间的来客——的一言一行都将被隐藏的保姆监控器摄录下来，这样的想法让她感觉怪怪的。当然了，她可以人为地打开或是关掉它，但是有谁会每天记得或是乐意不嫌麻烦地摆弄这种玩意儿？她还担心监控器在摄像时会不会发出某种动静，她刚才应该问问艾琳，或者是让艾琳试一试摄像的效果后再走。

"房子不错。"凯尔斯说。

"是啊，你进门时就说过了。"

"它是什么时候建的？"

"上世纪20年代吧。"

"是你已故丈夫他们家的房子。产权属于他们吧？"

"是的。"

凯尔斯坐下了。玛雅仍然站着。

"你来有什么事呢，警官？"

"算是做点追踪调查吧。"

"追踪调查？"

"对我多包涵点儿,好吗?"凯尔斯露出了自以为会消除敌意的笑容,玛雅却不为所动。"哪儿去了……?"他把手伸进夹克衫里边的口袋,掏出了一本破破烂烂的记事簿,问道,"你不介意我们把事情的经过从头再捋一遍吧?"

玛雅实在搞不懂该怎样对待他,而这大概就是凯尔斯期待的效果。"你还想知道些什么?"玛雅问。

"我们从头开始,好吗?"

玛雅坐下来摊开了两只手,意思是,随便你。

"为什么你和乔要在中央公园碰面?"

"是他约我去的。"

"打电话约的,是吗?"

"是的。"

"这种做法很平常吗?"

"我们以前也在那里碰过面。"

"那是什么时候?"

"记不得了,是好久以前的事情,我已经对你说过了。公园里的那个地方很不错,我们曾在那里铺开毯子坐在草地上,我们还去船屋餐厅吃过饭……"她控制住自己,停下来吞咽了一下,"那是个好地方,就是这么回事。"

"白天那里确实不错,可是晚上就显得有点太僻静了,你不觉得吗?"

"我们一直感觉那里挺安全的。"

他对玛雅微笑着说:"我相信你在大多数地方都会觉得挺安全。"

"什么意思?"

"考虑到你曾经待过的那些地方,我的意思是,就危险程度而言,一个公园肯定是列不到最前面的。"凯尔斯握起拳头咳了一下说,"不说这个了,反正是你丈夫打电话给你,说'我们去那儿见面吧',所以你就去了。"

"正是如此。"

"只不过——"凯尔斯看看记事簿,用舌头舔舔手指后翻了几页,"他没给你打电话。"

他抬头盯着玛雅。

"你说什么?"

"你说过乔给你打了电话,约你去了那里。"

"不,这是你说的。我说的是他在电话里提议我们去公园相聚。"

"我接着说的是'你丈夫打电话给你',而你的回答是'正是如此'。"

"你在玩儿文字游戏,警官。你手里有当晚的通话记录,我猜得没错吧?"

"我有,没错。"

"它表明我丈夫和我之间确实通过话吧?"

"通过话。"

"我不记得是我打给他的,还是他打给了我。但是他的确提议去中央公园里我们最中意的那个地方。哦,也许是我这么提议的——我不明白这有什么关系——事实上可能真是我提出来,而不是他首先说的。"

"有人能证明你和乔曾经在那里会过面吗?"

"我想没有谁能证明这种事。不过我还是看不出这究竟有什么关系。"

凯尔斯对她露出并不真诚的微笑,说:"我也看不出这有什么关系,所以我们往下进行,好吗?"

玛雅架起二郎腿等待着。

"根据你的描述,有两个人从西面来到了你们身边,是吗?"

"是的。"

"他们戴着滑雪面罩?"

她已经回答过十多次这种询问了。"是的。"

"黑色的滑雪面罩。我说得对吗?"

"你说得对。"

"你说过其中一人的身高有 1.8 米左右——你有多高,伯克特夫人?"

玛雅几乎是厉声打断了他,让他改称自己为上尉——她不喜欢被人叫作什么夫人——可是再用军衔称呼她已经不合适了。"请叫我玛雅吧。我的身高也正好是 1.8 米。"

"就是说那人和你一般高。"

玛雅忍住没翻眼珠。"噢，是的。"

"你对这两个袭击者的描述是相当精确的，"凯尔斯开始读起了记事簿里面的记载，"其中一人有 1.8 米的身高，另一人有 1.75 米左右。个儿高的人穿的是黑色连帽运动衫、牛仔裤和一双红色的匡威牌运动鞋。另外那人穿一件浅蓝色的 T 恤衫，上面没有标识，背着米黄色的双肩包，脚上是一双黑色运动鞋，不过你说不出它的牌子。"

"这些都没错。"

"那个穿红色匡威鞋的家伙——是他向你丈夫开的枪。"

"是的。"

"后来你跑了。"

玛雅没有吭声。

"据你的陈述，这两个家伙打算抢劫你们。你说乔慢慢地掏出了他的钱夹。你的丈夫还戴着一块昂贵的手表，我相信是宇舶牌的。"

玛雅觉得嗓子发干。"是的，你说得没错。"

"为什么他没把手表摘下来给他们呢？"

"我想……我想他会的。"

"但是？"

她摇了摇头。

"玛雅？"

"你遇到过一支枪紧紧对着你的脸的情况吗，警官？"

"没有。"

"那你可能就不会明白了。"

"不明白什么？"

"那个枪口。那个黑黝黝的深洞。当有人用它对着你的时候，当有人威胁要扣动扳机的时候，那个黑洞会不可思议地变得越来越大，好像要一口把你吞进去。有些人，一旦面对这样的枪口，就僵呆了。"

凯尔斯的声音这时显得柔和了。"而乔……他也是僵呆的那些人当中的一个？"

"在瞬间，他是这样的。"

"这个瞬间是不是太长了？"

"就这起事件而言，是太长了。"

他们坐在那里，有好一会儿陷入了沉默。

"会不会是那人偶然失手把子弹射出去了？"凯尔斯又问道。

"我不相信是这样。"

"为什么呢？"

"两个理由。第一，这是一支转轮手枪。你了解这种枪吗？"

"了解得不算多。"

"这种枪在击发时，必须用手指把击锤扳向后面，或者是用力扣动扳机让击锤进入自动待击状态。你是不会偶然失手把子弹射出去的。"

"明白了。第二个理由呢？"

"那更明显，"她说，"第一枪后，枪手又开了两枪。'偶然失手'是不会接连射出三发子弹的。"

凯尔斯点点头，又翻了翻记事簿。"第一颗子弹击中了你丈夫的左肩。第二颗子弹打在了他的右侧锁骨上。"

玛雅闭上了眼睛。

"枪手是在多远的距离开的枪？"

"3米左右吧。"

"法医说这两枪都不会致命。"

"是啊，你对我说过。"玛雅答道。

"那么，接着又发生了什么呢？"

"我试图扶住他……"

"是乔吗？"

"是的，乔。"她厉声问道，"还会是谁？"

"对不起。然后呢？"

"我……乔跪在了地上。"

"这时枪手又开了第三枪？"

玛雅没有应答。

"第三枪，"凯尔斯重复道，"就是这一枪杀死了他。"

"我已经对你说过了。"

"说过什么？"

玛雅扬起目光盯住他说："我没有看到枪手开第三枪。"

凯尔斯点头。"你说过你没看到，"他用过于缓慢的语速说道，"因为那时候你已经跑开了。"

"救人啊……快……有人……我丈夫……"

她的胸口开始急速起伏。那些声音——清脆的枪声、痛苦的叫喊、直升机旋翼的轰鸣——刹那间全都在她的耳畔响起。玛雅闭上双眼，做了几次深呼吸，同时注意保持着脸上的镇定。

"玛雅？"

"是的，我跑了。好吗？两个男人手里举着枪，所以我跑了。我跑了，把我的丈夫抛在那里，过了一会儿，我说不清楚，也许是5秒，或者是10秒之后，我听见身后又传来了枪声。而且，是的，通过你对我说明的情况，我现在知道了。我跑开后，还是那个已经开过枪的家伙，把枪顶在仍然跪着的乔的脑袋上，扣动了扳机……"

她停下不说了。

"没有人责怪你，玛雅。"

"如果有人责怪，我也不会说什么，警官。"她略微张开用力抿住的双唇问道，"你到底想知道什么？"

凯尔斯又开始翻动记事簿的纸页。"除了对罪犯的特征做出很具体的描述之外，你还告诉我们，那个穿红匡威鞋的人用的是一支史密斯-韦森686转轮手枪，而他的同伴的武器是一支贝雷塔M9手枪。"凯尔斯抬起头说，"你对他们的枪支辨认得如此清楚，这给人的印象够深刻的。"

"和受过的训练有些关系。"

"你指的一定是部队的训练，我说得对吧？"

"我不过是留心做了点观察。"

"噢，我觉得你太谦虚了，玛雅。我们都知道你在海外作战时的英勇事迹。"

也知道我的铩羽而归，玛雅差点补充道。

"公园里那个地带的光线不是很好，只是远远地有几盏路灯。"

"那就足够了。"

"足够看清手枪的种类式样？"

"我熟悉各种武器。"

"对，那是当然。事实上，你是一个很专业的神枪手，我说得对吗？"

"女神枪手。"

"是啊，是啊。不过，当时的光线毕竟很暗——"

"史密斯-韦森转轮手枪是不锈钢材质的，与那些黑颜色的手枪不同，在暗处很容易辨认。我还听见他用手向后扳下了击锤。转轮手枪才这么做，如果是一支自动手枪就没必要了。"

"那支贝雷塔呢？"

"我不敢说我完全看清了那支枪的形状，但是它的枪管一部分露在套筒之外，那正是贝雷塔的式样。"

"正如你知道的，我们在你丈夫的身体中找出了三粒弹头。

点 38 口径，都是从那支史密斯－韦森射出的。"他搓着脸庞做深思状，接着问道，"你拥有枪支，是不是，玛雅？"

"我有。"

"其中碰巧也有一支史密斯－韦森 686 吗？"

"你知道答案。"

"我怎么会知道呢？"

"新泽西州的法律要求我必须注册我购买的所有武器，所以你当然知道答案。除非你是一个完全不胜任的警察，凯尔斯警官，而你显然不是这种笨蛋，你在案发后马上就调查了我的持枪记录。我们能开诚布公地说点事情，不再玩儿这种游戏吗？"

"你认为你丈夫倒下的地方离毕士达喷泉有多远呢？"

话题的突然转变让玛雅一时无所适从。"我肯定你们已经测量过了。"

"我们测量过了，是的。270 米左右吧，把那些弯曲和转向的路面距离都算上。我沿着这条路跑了一下。我不像你那样具有运动员的身材，不过我跑这段路用了一分钟。"

"嗯哼。"

"呃，问题就在这里。有几个证人说，在他们听到枪声后至少过了一分钟或是两分钟，你才在那个地方出现。这你怎么解释呢？"

"为什么我需要解释呢？"

"我提出的是个合理的问题呀。"

玛雅连眼皮都没眨一下。"你认为是我枪杀了我的丈夫?"

"是你吗?"

"不是。你知道我会如何来证明这一点吗?"

"如何证明呢?"

"你和我到靶场去一趟。"

"意思是?"

"就像我们说过的,我是一个专业的女神枪手。"

"是啊,人家是这么告诉我们的。"

"那你就该明白了。"

"明白什么?"

玛雅向前探过身去,直视着他的目光。"即使把我的眼睛蒙上,在那样的距离内,我也用不着开三枪才把一个人打死。"

凯尔斯笑了。"说得好。很抱歉我提出那样的问题,因为,不,我并不认为是你枪杀了你的丈夫。实际上,我可以在很大程度上证明这不是你干的。"

"你这是什么意思?"

凯尔斯站了起来。"你的枪支在这里吗?"

"是的。"

"让我看看可以吗?"

玛雅领着他来到了地下室的枪械保险柜前面。

"我估计你一定是坚定地支持保障公民持枪权的宪法第二修正案。"凯尔斯说。

"我对政治不感兴趣。"

"可是你对枪支很感兴趣。"他打量着保险柜说,"我怎么没看到密码转盘锁啊?它是用钥匙打开的吗?"

"不是。只有识别了大拇指的指纹后才能打开它。"

"噢,明白了。所以,只有你能打开这个保险柜。"

玛雅咽了一口唾液说。"现在是这样了。"

"呃,"凯尔斯意识到了自己的错误,"还有你丈夫?"

她点点头。

"除了你们俩,还有别人能开这个保险柜吗?"

"没有任何人。"玛雅把大拇指按在了感应板上。柜门"砰"的一声自动打开了。她闪到了一旁。

凯尔斯向柜里看了一眼,不禁轻声吹起了口哨。"这么多武器,你用它们来干什么?"

"我用不着其中的任何一件。我只是喜欢射击,它是我的爱好。大多数人都不喜欢射击,也不懂它的乐趣,我觉得这也没什么。"

"那么你的史密斯-韦森686呢?"

玛雅向柜里指了指说:"在那儿。"

凯尔斯的眼睛眯了起来。"我带走它可以吗?"

"这支史密斯-韦森?"

"是的，如果你不介意的话。"

"我记得你说过，你不认为是我开的枪。"

"我不认为。但是我们最好是既祛除了你的嫌疑，也祛除掉你这支枪的嫌疑，你不这样想吗？"

玛雅取出了那支史密斯-韦森手枪。如同大多数好射手一样，在擦枪和上子弹退子弹等时候，玛雅总表现得像是患有强迫症似的，这意味着她会反复查看，确保用过后枪膛里没有了子弹。检查表明，目前这支枪的枪膛是空的。

"我会给你开一张收条的。"凯尔斯说。

"当然了，我想要的是法院的许可令。"

"我大概能从法院弄来一张。"他说。

这也就可以了。玛雅把武器递给了他。

"警官先生？"

"怎么？"

"你还有事情瞒着我。"

凯尔斯微笑道："我会和你保持联系的。"

3

伊莎贝拉——莉莉的保姆在第二天早晨7点来到了玛雅的家。

在葬礼上，伊莎贝拉一家是属于悲情尽显的那伙吊唁者之列的。她的母亲罗莎，作为乔在童年时期的保姆，悲痛欲绝。罗莎手里攥着一块手帕，接连扑倒在自己的两个孩子——伊莎贝拉和赫克特身上恸哭不已。即便是现在，玛雅也能看出伊莎贝拉的眼角由于昨日的眼泪而泛出了淡淡的红色。

"我真为您难过，伯克特夫人。"

玛雅对伊莎贝拉强调过许多次，喊她的名字就行，不要称她为伯克特夫人。可是伊莎贝拉只管点头称是，却始终不改伯克特夫人的称谓，玛雅也就随她去了。如果伊莎贝拉在工作环境中只有拘泥于礼节才感觉心安，玛雅何必非要难为她呢？

"谢谢你，伊莎贝拉。"

莉莉急忙从她的餐椅上爬了下来，嘴里仍然含着麦片，径直向她们跑了过来。"伊莎贝拉!"

伊莎贝拉的脸庞立刻变得明亮了。她俯身抱起小丫头紧紧地拥在怀里。玛雅马上就感受到了在外就业的母亲所特有的那种酸楚：她为这个保姆如此受到女儿的欢迎而心存感激，也为这个保姆如此受到女儿的欢迎而顿生反感。

她信任伊莎贝拉吗？

应该说是信任的，然而正像她昨天说的那样，在当前的境遇下，她对其他的"外人"也不得不给予差不多程度的信任。雇请伊莎贝拉的是她的丈夫，而玛雅起初有点拿不定主意。波特大街上有一家新开办的婴幼儿日托中心，名字叫小蓓蕾。年轻漂亮、笑得很甜的保育员凯蒂·沈（她说"就称我小凯蒂[①]吧!"）领着玛雅全面参观了那个洁净时髦、色彩斑斓、给人留下的印象过于强烈的地方。那里有各样的监控设备和安全设施，有其他的年轻漂亮、笑得很甜的保育员，当然了，还有可以和莉莉一道玩耍的许多小朋友。但是乔坚持要请保姆。他提醒玛雅"实际上是伊莎贝拉的妈妈把我带大的"，而玛雅当时还开玩笑说："你肯定伊莎贝拉的求职履历表因此就熠熠生辉了？"可是由于玛雅的部队将被部署到海外6个月，她在这件事上也就失去了话语权，没有理由不去接受这样一位保姆了。

玛雅在莉莉的头顶上亲了一下就忙着上班去了。她本来也

[①] 凯蒂：它的英文 Kitty 一词也指猫咪、小猫。

可以在家里和女儿多待上几天，她肯定也不需要上班这几天的工资——即便是最严格地遵循婚前协议的规定，她也将成为一个非常富有的寡妇了——只是玛雅太不适合扮演传统社会那种居家教子的慈母角色。玛雅尝试过全身心地融入"妈咪圈"，与同一拨的孩子妈妈喝咖啡，谈论引导婴儿蹒跚学步有哪些安全要领、怎样教娃娃上厕所、选择什么样的幼儿园，听着她们兴致勃勃、不厌其详地夸耀孩子在日常生活上的进步。玛雅坐在一旁面露微笑，可她眼前闪过的却是在伊拉克浴血厮杀的场景和人物——出现最多的是杰克·埃文斯，一个19岁的、从阿肯色州入伍的士兵。他的下肢都炸飞了，可是不知怎么人还活了下来——咖啡桌旁的家长里短和战场上的血肉横飞居然共存于同一个星球，玛雅尽力地说服自己接受这个不可思议的现实。

而有些时候，面对着这么多快活的妈妈，玛雅眼前倒是不再出现种种可怕的画面，耳朵里却又一阵阵响起直升机的轰鸣。具有讽刺意味的是，玛雅暗想，人们把那些时时刻刻都盘旋在孩子的上空嘘寒问暖的家长称为"直升机父母"。

这些"直升机父母"完全不懂得战场上的直升机是怎么回事。

在踏上自家的车道走向汽车时，玛雅警惕地观察着周围的环境，用目光搜索敌人可能藏身并发起袭击的地方。她这样做的原因很简单：习惯成自然。一朝当过军人，就意味着永远是个军人。

没有敌人的踪迹，不论你有过什么样的臆想。

玛雅明白，如同专业书籍上说的一样，从战场上回来后她经受着一些精神和心理方面的困扰，然而真相在于，任何一个经历过战火的人都不可能没有留下战争的创伤和烙印。对于玛雅而言，那些心理的困扰倒更像是一种启蒙的阵痛。如今她把世界和人生看得更清楚了，而其他人却还没有。

玛雅在陆军驾驶的是作战直升机，经常为地面部队提供空中掩护或是扫清进攻障碍。她起初是在坎贝尔军事基地驾驶UH-60黑鹰直升机，飞了足够的里程后，她申请加入了威名赫赫的陆军第160特种作战航空团，并被派往中东执行作战任务。士兵们通常把直升机称作"鸟儿"，听着还挺顺耳，可是如果哪个平民也跟着这么叫就别提多别扭了。玛雅的计划是留在部队长期服役，也许终身做职业军人。然而，自从那段视频在CoreyTheWhistle网站曝光后，她的计划遭遇了毁灭性的打击，就像是踩上了路边土制炸弹的19岁士兵杰克·埃文斯。

今天飞行课的上课地点是在塞斯纳172型飞机上。这种单发4座的活塞式飞机曾是历史上最成功、出货量最多的小型飞机。玛雅的授课意味着要轮流和学员们在空中飞上几个小时。她的职责更多的是"观察和考评"，而不是亲自去操控飞机。

这样的飞行，或者说只是坐在空中的驾驶舱里，等于是给玛雅提供了机会，让她轻松地陷入自由自在的遐想。她能感觉出自己的肩部肌肉处在十分放松的状态。这种飞机的发动机转速，或者干脆直说吧，它能造成的刺激远远比不上在巴格达上空驾驶UH-60黑鹰直升机的感觉，当然也比不上她作为第一位女飞行员驾驶波音公司研发的、号称"杀手蛋"的MH-6武装直升机的那种体验。在空中投入战斗的那种紧张和兴奋，在某些方面似乎可以与毒品的效应类比，只是没有人会公开承认。"享受"投入战斗那一刻恐惧和激动的刺痛，意识到生活中再没有别的时刻能给你带来这样的"快感"，承认这一切大概是非常不适宜的，所以这只能是一个隐藏在心底的可怕的秘密。是的，战争是残酷的，任何人都不应该经历战争，玛雅愿意用自己的生命来换取莉莉永远地远离战争。然而一个难以说出口的真相却是，如果你经历过战争，你就可能在某种程度上对那种出生入死的危险上瘾。你不喜欢这种感觉，你不喜欢别人可能为此而对你产生的看法，好像你是个天生崇尚暴力、从无仁爱之心的怪物。然而，与死亡的恐惧调情，的确是可以让人上瘾的事情。在家里时，你过着平淡的、祥和的、日复一日的生活。突然有一天你被召唤到了战场，经受了随时可能掉脑袋的恐惧，然后你回到了家，人们认为你应该重新安于那种平淡的、祥和的、日复一日的生活。殊不知，人的天性不是这样的。

  当玛雅与学员一道在天上飞行时，她从来都把手机锁在更衣箱里，因为她不喜欢被人打扰。如果确实有什么急事，地面会有人和她用无线电联系。她在午餐时间查看手机，发现她的外甥丹尼尔发来了一条奇怪的短信：

爱丽克丝不想让你去看她的足球赛。

玛雅拨通了这个号码。丹尼尔在第一声铃响时就接起了电话。

"喂。"他说。

"怎么回事？"

玛雅拍了拍爱丽克丝的足球教练的肩膀。这个大块头男人转身太快，脖子上吊着的哨子差点没甩到玛雅脸上。

"干什么？"他吼道。

这位教练的名字叫费尔——他的女儿帕蒂是个喜欢欺凌弱小的不良学生——在整个比赛过程中，他不停地大喊大叫，来回走动，冲着场内大发脾气。玛雅明白在演兵场上对着几百名新兵颐指气使的军士长有多么威风，遑论12岁的女孩子们遇上这么一个教练会是什么样的感觉了。

"我是玛雅·斯坦恩。"

"噢，我知道你，但是——"费尔教练向球场做出一个戏剧化的姿势说，"我正在指挥一场比赛，你不能拿这个不当回事，当兵的。"

当兵的？"我只是问个问题，不会占用很多时间。"

"我现在没有时间回答你的问题。比赛结束后找我吧，所有的观众都应该坐在球场的那一头。"

"这是足球联赛组委会定的规矩？"

"正是如此。"

费尔教练转过身去不再理睬她，所以玛雅此时面对的是他宽阔的后背。

"已经是下半场了。"玛雅说。

"什么？"

"组委会明确规定，你应该让所有参赛的女孩至少打满半场。"玛雅说，"已经是下半场了，有三个女孩到目前还没上过场。即使你现在把她们派上去踢到终场，实际上也达不到踢满半场的要求了。"

费尔教练的短裤在他后来增加了20或30磅体重之前，也许是挺合身的。那件在左胸口钉着手写的"教练"字样的红色T恤衫也裹得比香肠的肠衣还紧。他有着一副早已忘却了幽默和调侃为何物的面孔，他的大号身材大概也足以让好多人望而生畏。

费尔教练仍然背朝着玛雅，用生硬的语气说："你要明白，这场踢的是争夺联赛冠军的半决赛。"

"我知道。"

"我们只有进球才能进入决赛。"

"我查了联赛的章程，"玛雅说，"没发现对于半决赛有什么特殊的规定,而且在上一场四分之一决赛中你也没让所有的选手都上场。"

费尔转回身,凶巴巴地盯着玛雅,正了正帽檐,向前踏入了玛雅的个人空间。玛雅立在原地纹丝不动。她在上半场时和其他家长坐在一起,看到这个家伙一直冲着女孩们和裁判吹胡子瞪眼,而且两次把这顶难看的运动帽摔在了地上。他那种模样就像是个处在阵挛性癫痫中的两岁孩子。

"如果我让那几个女孩都上场,"费尔教练不屑地说,"我们就无法进入这场比赛了。"

"你的意思是,你如果输球,就是由于遵循了联赛的规定?"

教练的女儿帕蒂在一旁笑道:"意思是那几个女孩踢得太烂。"

"好了,帕蒂,别说了。去和阿曼达待在一起。"

帕蒂自鸣得意地笑着向记分台走去。

"你的女儿。"玛雅说。

"她怎么了?"

"她欺负别的女孩子。"

费尔露出嫌恶的表情问道:"是你的爱丽丝告诉你的?"

"爱丽克丝。"玛雅纠正道,"而且,不是她说的。"

是丹尼尔告诉她的。

费尔向前探过身来,玛雅甚至嗅到了他嘴里的金枪鱼沙拉的气味。"听着,当兵的——"

"当兵的?"

"你是个当兵的,对不对?或者应该说曾经是个当兵的?有传言说你自己就是个破坏了军队规定的人,不是吗?"

玛雅的手指收缩在了一起,随后又伸开了。

"作为一个当过兵的人,"他继续说,"你应该明白其中的道理,这很简单。"

"什么道理?"

费尔教练提了提自己的短裤。"这里——"他向球场比画着说,"就是我的战场,我就是将军,那些女孩是我的士兵。军队不会派那些只会在地面扛枪的笨蛋去驾驶F-16战斗机,是不是?"

玛雅分明感觉到在她血管里奔涌的液体开始发烫了。"请把话说清楚,"她竟然还保持着平静的语调,"你是说这场足球赛等同于我们的战士在阿富汗和伊拉克参加的战争吗?"

"你不这么想吗?"

收紧手指,放松手指。收紧,放松。缓缓地吸气,呼气。

"这是体育,"费尔教练再次指着球场说,"是对抗性、竞技性的体育赛事——是的,它有点像是一场战争。我不惯着这些小女孩。她们已经不是五年级了,那时候可以处处是蜜糖和彩虹,现在是六年级,是该较真的时候了。你明白我的意思吗?"

"网上刊登的联赛规程上——"

他又向前探身,帽檐碰到了玛雅的头顶。"我才不管网上说了什么。如果你不满意,你可以向组委会正式投诉。"

"而你恰好是组委会的主席。"

费尔教练不禁咧开嘴笑了起来。"我该指导我这些姑娘了。所以,拜拜吧。"他晃动指头做了个再见的手势,缓慢地转身面对了球场。

"你不应该把后背朝向我。"

"那你还能怎么着?"

她不能怎么着,她心里明白这一点,她应该就此罢手了,她不能让爱丽克丝今后在球队的境况变得更糟。

收紧,放松,收紧——

但是,尽管玛雅的想法很好,她的双手却没有听她的念头指挥。她以光速迈步向前,弯下身子用手拽住费尔的短裤——祈祷他千万在里边穿了内裤——把它褪到了他的膝盖下面。

按照间隔极短的顺序,发生了一系列的事情。

先是球场里的所有人共同倒吸了一口气。紧接着,是暴露出了紧身三角裤的教练同样以光速蹲下身往上提短裤,却不知卡在了什么地方,随后身子一歪摔倒在了地上。

然后是一片笑声。

玛雅等待着。

费尔教练迅速找到了平衡,一跃而起提上了短裤,直奔玛雅而来。他的脸由于愤怒和羞愧涨得通红。

"你这个臭娘儿们!"

玛雅已经做好了准备，但是她一动没动。

费尔教练扬起了拳头。

"打呀，"玛雅说，"正好给我个理由，让我把你揍趴下。"

教练停住了。他盯着玛雅的眼睛，似乎从中看到了什么，不由得放下了拳头。"哼，你不值得我这么做。"

差不多了，玛雅暗想。

玛雅本来就对自己的行为有点后悔，担心给她的外甥女上了很不好的一堂课，以为凡事都要诉诸暴力。爱丽克丝最不应该学到的就是这种东西。她瞥了一眼远处的爱丽克丝，本以为她这个羞怯的外甥女正恐惧不安或窘迫难耐，可是没想到小姑娘的脸上绽露出了淡淡的微笑。不是对于教练的出丑感到满意甚至快乐的那种微笑，她的笑容自有别的含意。

现在她懂了，玛雅想到。

玛雅在部队懂得了这个道理，而在平民的世界里这个道理当然也是适用的。你的战友必须明白他可以信任和依赖你。这是第一要义，比什么都重要。如果敌人在追击你的战友，敌人也就是在追击你。

刚才玛雅做得也许有点过分，也许并不出格，但是不管怎样，爱丽克丝现在懂了：不论发生什么事情，她的姨妈都会挺身而出，为了保护她而战斗到底。

这场骚动一开始，丹尼尔就向他的姨妈走来，希望能帮上一点忙。他在朝着玛雅点头。他现在也懂了。

他们的妈妈已经死了。他们的爸爸是个酒鬼。

但是，他们有玛雅。

玛雅发现了盯梢的尾巴。

她开车送丹尼尔和爱丽克丝回家。出于习惯，她又开始察看周围的环境，寻找任何异样的蛛丝马迹。于是，她在后视镜里发现了这辆红色的别克威朗。

到目前为止这辆别克还没有什么值得怀疑的地方。玛雅才开出了1英里，不过刚才她在驶离球场的停车场时就看到了这辆车。应该没什么问题。也许是没什么问题。谢恩喜欢谈论军人的第六感，按他的观点，在有的时候，不知是怎么回事，你就产生了一种正确的预感。这实际上是瞎扯。玛雅一度相信了这套玄玄乎乎的说法，直到现实用一种可怕的方式证明了它完全是错误的。

"玛雅姨妈？"

是爱丽克丝。

"怎么了，宝贝儿？"

"谢谢你来看球赛。"

"挺有意思。我认为你踢得很棒。"

"哪里啊。帕蒂说得对，我踢得很烂。"

丹尼尔笑了，爱丽克丝也跟着笑了起来。

"别这么说。你喜欢足球，是不是？"

"喜欢。不过这是我最后一年踢球了。"

"为什么？"

"我踢得不够好，明年该没资格进球队了。"

玛雅摇头说："不是这么回事。"

"嗯？"

"体育运动的目的应该是享受乐趣和锻炼身体。"

"你相信这个说法吗？"爱丽克丝问道。

"我相信。"

"玛雅姨妈？"

"怎么了？"

"你也相信复活节的邦尼兔是由彩蛋变出来的吗？"

丹尼尔和爱丽克丝又笑了起来。玛雅摇摇头也露出了微笑。她看了一眼后视镜。

那辆红色的别克威朗还在后面。

会不会是教练费尔想和她再战一局？车的颜色——红色倒是挺像——可是，不，那个大块头驾驶的肯定是有利于激发阳具崇拜情结的跑车或是悍马这类的车子。

她把车停在了克莱儿的家门口——尽管那起谋杀案已经过去了这么久，玛雅还是把这里看成是她姐姐的家——那辆红别克毫不迟疑地从他们旁边疾驶过去。看来它不是尾巴。也许是旁边的哪一家邻居也去看了足球赛。这是很可能的。

玛雅的思绪回到了克莱儿第一次带着她和艾琳来看这幢房

子的时候。当时的房子看着和这会儿差不多——蔓生的草坪、斑驳的油漆、破裂的路面、凋萎的花朵。

"你们觉得我买下的这房子怎么样？"克莱儿问道。

"像是垃圾场。"

克莱儿笑了。"没错，谢谢你这么说。等着瞧吧。"

玛雅在这类事上缺乏创意，也看不出其中的潜力。克莱儿却不然，她在这方面的感觉很对路。过了不久，当你再把车停在这幢房子前面时，"靓丽""温馨"这样的词就会从你的脑袋里不由自主地流淌出来。它看起来像是快乐的小朋友绘出的一幅蜡笔画，就是太阳永远不落、盛开的鲜花比房门还高的那一种。

这样的景象已经一去不返了。

埃迪在门口迎着他们。这幢房子的状态就是他本人的写照——在克莱儿活着的日子里是一种样子，自从她死后就越来越凋零和衰败了。"球赛怎么样？"他问女儿。

"我们输了。"爱丽克丝答道。

"哦，太遗憾了。"

爱丽克丝亲了一下爸爸的脸颊，便和丹尼尔一道跑进了屋里。埃迪的表情显得有些警惕，可还是闪到一边让玛雅进去了。他穿着红色的法兰绒衬衫和牛仔裤。玛雅又一次闻到了过于强烈的漱口水的气味。

"我应该去把他们接回来。"埃迪用自我辩解的口吻说。

"不,"玛雅说,"用不着你跑一趟。"

"我不是……我知道了是你去接他们以后,才喝了一杯。"

玛雅没吭声。那些装着东西的箱子还在角落里。那是克莱儿的东西。埃迪还没把它们挪进地下室或是车库,只是堆在客厅里,像是一个投机商囤积了许多货物。

"我是当真的,"他说,"我不会酒后驾车。"

"你是个正人君子,埃迪。"

"你别用高人一等的口气对我说话。"

"没有啊。"

"玛雅?"

"什么事?"

他的下巴和右腮上仍然残留着没有刮净的胡须。如果克莱儿还在,就会发现并告诉他,绝不会让他以这种邋遢的样子出门示人。

埃迪的声音很柔和。"她活着的时候我没喝过酒。"

玛雅不知道该说什么好,所以她保持了沉默。

"我的意思是,当时我也偶尔喝一点,但是——"

"我知道你的意思是什么。"玛雅抢过话头说,"不管怎么着,我该走了。照顾好孩子们。"

"我接到了足球联赛组委会的一个电话。"

"好啊。"

"看起来你今天算是出尽了风头。"

玛雅耸耸肩说:"我不过是和教练讨论了一下比赛的有关规定。"

"谁给了你这个权利?"

"是你的儿子,埃迪。他给我打了电话,让我帮帮你的女儿。"

"而你觉得你帮上了忙?"

玛雅没作声。

"你以为费尔那个浑蛋会轻易地忘掉这种事吗?你以为他不能找个碴儿报复爱丽克丝吗?"

"他最好别这么做。"

"那你还要怎么着?"埃迪厉声喝道,"你还想把事情闹得更大吗?"

"对了,埃迪。如果需要的话,我就要站出来保护爱丽克丝,一直到她能够保护她自己。"

"用拽下教练短裤的方式?"

"只要有必要,就不管是什么方式。"

"你明白你在说什么吗?"

"再清楚不过了。我说我要站出来保护她。你知道为什么吗?因为没有别的人能为她站出来。"

埃迪脸上仿佛挨了一巴掌。"快从我的房子里出去。"

"好啊。"玛雅向门口走去,却又停住脚,面对他说,"顺便提一句,你的房子简直就是个厕所,赶紧收拾收拾吧。"

"我说了,请你快离开!你这一阵也别再来了!"

她站住了。"什么?"

"我不想你总和我的孩子们在一起。"

"你的孩子?"玛雅走到他的近前问道,"你不想做点解释吗?"

不论他的目光里曾有过怎样的怒气,现在似乎都消散了。埃迪用力吞咽了一下,眼睛望着别处说"你不明白。"

"不明白什么?"

"遇到事的时候从来都是你出头扛着,我们其他人就不用这么做了。你曾经让我们有过安全感。"

"曾经?"

"是的。"

"我没明白。"她说。

埃迪终于正视她的目光说:"死神在跟随着你,玛雅。"

她怔怔地站在那里。远处不知谁家打开了电视机,传出了模糊不清的喝彩声。

埃迪开始掰着手指说:"先是你的战争。后来是克莱儿。现在又是乔。"

"你认为他们的死亡应该责怪我?"

埃迪张开嘴,又合上了,接着再试了一次。"也许吧,我说不清楚。也许死神在沙漠那个鬼地方盯上了你,或者它本来就藏匿在你身上,后来你不知怎么就放它出来了,噢,不过,也许还是它跟着你回的家。"

"你这完全就是胡扯，埃迪。"

"也许并不是。唉，我喜欢乔，乔是个好人，可是现在他也死了。"埃迪抬头盯着她说，"我不想让其他我爱的人成为下一个。"

"你明白，我不能让任何人伤害丹尼尔或者爱丽克丝。"

"你认为你有这种力量吗，玛雅？"

她没有回答。

"你也不想让任何人伤害克莱儿或者是乔。可是你看结果怎么样？"

收紧。放松。

"你胡说八道，埃迪。"

"快离开我的家。离开这里，不要再来。"

4

一个星期后,那辆红色的别克威朗又出现了。

玛雅正在开车回家的路上。她给学员上了一整天的飞行课,感觉又累又饿,只想快点到家,也好让伊莎贝拉下班回去。可是那辆红别克又跟在了她的后面。

怎么办?

就在玛雅分析对策时,别克车拐到另外路上去了。这只是个巧合,还是那个驾车的人断定了她要回家?玛雅倾向于后者。

到了家门口,玛雅发现伊莎贝拉的哥哥赫克特坐在他的皮卡车里。他干完园丁的活儿后,通常都来捎伊莎贝拉回家。

"您好,伯克特夫人。"

"嘿,赫克特。"

他的连帽衫在这种炎热的天气里显得怪怪的,而他竟然还把拉链一直拉到了脖子上。"您家的花坛我都修剪过了,您喜欢吗?"

"它看着非常漂亮。我能请你再帮个忙吗?"

"当然了。"

"我姐姐家的房子有些活儿需要找人来干。如果我单付一笔报酬的话,你能剪一剪她家的草坪,也许还有别的地方帮忙收拾一下吗?"

对于玛雅的提议,赫克特一时间露出了不知如何是好的神态。他们这家人是专为伯克特家族工作并领取薪水的。

"我会先把这事和朱迪斯说一下。"玛雅说。

"噢,她要是同意那就没有问题了。我很高兴能做这件事。"

玛雅走向房子的时候,她的手机响了一下。是爱丽克丝的短信:

星期六有足球赛。你能来吗?

自从上星期与费尔教练过招儿以来,玛雅找借口一直没去见姐姐的两个孩子。尽管玛雅知道埃迪是不对的,但是他的责难却在她心里投下了难以抹去的阴影。她明白埃迪那套"死神在跟随着你"的神经兮兮的说法是完全荒谬的,不过在事关两个亲生孩子的问题上,当父亲的也许有权利变得荒谬吧——反正它只会是一阵子的毛病。

若干年前,当丹尼尔出生的时候,克莱儿和埃迪指定玛雅做了丹尼尔的监护人,爱丽克丝出生后,玛雅又成了两个孩子的监护人。这是因为,虽然不大可能但也要做出准备,以防万一有什么不测发生在克莱儿和埃迪头上。即使是在当时,即使是在对自己今后的不幸毫无预见的情况下,克莱儿也还是悄悄地把玛雅扯到一边说道:"如果将来仅仅是我一个人出了什么事,埃迪是应付不下去的。"

"你根据什么这么说?"

"埃迪是个好人,但不是一个强有力的男人。不论发生了什么样的事,你必须成为他和孩子们的依靠。"

她没有接着提出"向我保证"这类的要求。克莱儿明白用不着说这些,玛雅也明白。玛雅对待姐姐的担心和她赋予自己的责任是非常认真的。也许她在短时期内可以服从埃迪的意愿,不去他们的家,但是就连埃迪本人也知道这是不会长久的。

她回复短信道:

该死,我没法去,工作忙得不可开交。相信很快就会见到你们。

玛雅继续向着房子的后门走去,脑子里浮现出她在科威特艾瑞夫江美军基地那一天的情景。电话打进来时,是基地的中午时分,美国东部时间应该是早晨5点。

"是我,"乔说,电话里的声音有点变了动静,"我有坏消息要告诉你。"

怪怪的——在听到那个毁灭性消息之前的短暂间隙中,玛雅还这样想——因为是电话的另一端在说这个话。可怕的消息从来都是从她这一方向其他地方传递的。悲剧出现在中东,消息向西传回美国。当然,玛雅本人并没打过这种电话。这类事情有一套固定的程序。"阵亡消息通知官"——是的,的确存在着这样的职务——要当面去通知阵亡军人的家属。没人自愿去担任这样的角色,用军队中的话说,充当这种通知官的军官都是"被志愿者"。他们穿上蓝色军礼服,带着牧师,乘车来到死者的家,敲开门,用在心里默背了无数遍的那些词句宣布军人牺牲的消息。

"什么事?"玛雅问乔。

静默。她从未经历过的最可怖的静默。

"乔?"

"是克莱儿。"乔说道。玛雅突然五内俱焚。

她打开房子的后门,走进了小起居室。莉莉正在用一支绿蜡笔画画,妈妈进来时她连头都没抬。不过这倒不要紧,莉莉是那种具有超常注意力的孩子,此刻她的心思完全集中在了图画上。伊莎贝拉怕惊着莉莉,从沙发上缓缓站起身,穿过屋子迎了上来。

"谢谢你,待到这么晚。"玛雅说。

"没关系。"

莉莉抬头朝她们笑了笑。玛雅和伊莎贝拉都露出笑容,向她摆了摆手。

"她今天怎么样?"

"她是个开心果。"伊莎贝拉怜爱地看着莉莉说,"她不明白她给人带来了多少快乐。"

伊莎贝拉每天都说诸如此类的话。

"我们明早见吧。"玛雅说。

"好的,伯克特夫人。"

玛雅挨着女儿坐了下来,听见赫克特的皮卡开走了。她望着电子相框(保姆监控器)里显示的照片,心里一刻也无法忘记这里的一举一动都会被它记录下来。她在大多数晚上都查看一下摄像内容,以确保伊莎贝拉没有……嗯,到底是想发现什么呢?不管怎么说,摄像画面总体上都是平淡无奇的。玛雅过去从未看过她自己和孩子嬉戏的样子。这种感觉有点别扭。话说回来,屋里有一部监控设备这件事本身就是感觉别扭的,似乎有了这个东西,你的举手投足都要有点变化才对。这个摄像头是不是在相当程度上影响了玛雅同莉莉的交流互动呢?也许是的。

"你在画什么?"玛雅问道。

"你看不出来吗?"

一些弯曲的线条。"没看出来。"

莉莉的样子很受伤。

玛雅耸耸肩说:"你能告诉我吗?"

"两头牛和一条毛毛虫。"

"牛是绿色的?"

"那是毛毛虫。"

谢天谢地,玛雅的手机响了。她看了一眼来电显示,是谢恩。

"你还挺得住吧?"谢恩问她。

"还好。"

沉默。

3秒后谢恩又开口了。

"我很欣赏这令人尴尬的沉默,"谢恩说,"你呢?"

"它棒极了。你有什么事?"

他们俩太了解彼此了,用不着说什么"你还挺得住吧?"之类的话。这种问候在他们的关系中是不必要的。

"我们需要谈谈。"他说。

"我洗耳恭听。"

"我还是过去一下。你饿了吧?"

"不怎么饿。"

"我可以去佳百味餐厅买点布法罗鸡肉比萨饼。"

"该死的,那就快点。"

她挂了手机。在艾瑞夫江美军基地,几乎每一顿自助餐都有比萨饼供你选择,可是面饼上的馅料总有股变质了的番茄酱的味道,而面饼本身又永恒地散发着类似牙膏的气味。退役回家后,玛雅最想吃的就是那种面饼又薄又脆的比萨,而佳百味餐厅烤的比萨饼是最好的了。

谢恩到来后,他们围在厨房的餐桌旁狼吞虎咽地吃掉了比萨饼。莉莉喜欢谢恩。孩子们一般说来都是喜欢谢恩的,可是在成人世界里谢恩就没那么讨人喜欢了。谢恩的性格坚毅耿直,社交中显得有点笨拙木讷,而大多数人认同的却是八面玲珑的虚假笑脸。谢恩不擅长现代社会所推崇的寒暄客套或是那种漫无边际地东拉西扯的把戏。

吃光了比萨饼后,莉莉缠着谢恩,不是玛雅,陪伴她去卧室睡觉。

谢恩噘着嘴说:"给你读书可太没意思了。"

莉莉乐不可支,攥住谢恩的手拖他上楼梯。"不,快饶了我!"谢恩喊叫着,倒在了地板上。莉莉笑得更厉害了,继续用力拖他。谢恩一路上不停地抗议和挣扎。莉莉把他拖上楼足足用了10分钟。

当他们终于到达卧室后,谢恩读了一段故事,莉莉很快进入了梦乡。玛雅不禁怀疑是不是谢恩给孩子掰了半片安眠药吃下去了。

"好快呀。"玛雅在谢恩回到楼下时说。

"是我导演的。"

"怎么会?"

"我故意让她拖我上楼。让她出点力对睡觉有好处。"

"聪明。"

"没错儿。"

他们分别从冰箱里抓过一罐凉啤酒,走进了房后的院子。

夜色浓浓，令人难受的湿热有点缓解了。不过当你有了在沙漠的高温下背负40磅装备的经历后，家乡的这种炎热就算不得什么了。

"今天的夜色不错。"谢恩说。

他们在泳池旁坐下来喝起了啤酒。两人之间似乎存在着一道屏障，玛雅受不了这个。

"别这样。"她说。

"什么？"

"你对待我的样子就是……"

"就是什么？"

"就是在对待一个寡妇。这用不着。"

谢恩点点头。"噢，是啊，这是我不对。"

"你想和我说什么事？"她问道。

他喝下了一大口啤酒。"也许算不得是什么事。"

"但是？"

"最近接到了一些情报。"谢恩仍在服现役，是宪兵部队在当地分支机构的头头儿，负责查处军内的各种案件。"看来科里·鲁津斯基回到美国了。"

谢恩等待她做出反应。玛雅仰起脖子吞下了一大口啤酒，却没说什么。

"我们认为他是在两周前穿过加拿大边境进入美国的。"

"官方下发逮捕令了吗？"

"从严格的法律意义上说,并没有下发针对他的逮捕令。"

科里·鲁津斯基是 CoreyTheWhistle 网站的创始人。这是一家供爆料者以匿名方式安全地揭露各种丑闻的网站。它宣称其宗旨是专门暴露政府和大企业的违法行为。记得南美某国政府的官员收受石油公司回扣的丑闻吗?那就是 CoreyTheWhistle 网站披露的。具有强烈种族歧视倾向的电子邮件牵扯出的那桩警方腐败案,也是从 CoreyTheWhistle 爆出的。还有爱达荷州的狱方虐待囚犯案、亚洲某国掩盖核事故真相案、政府特勤局特工海外招妓案,都是 CoreyTheWhistle 首先曝光的。

而且,当然了,关于美国陆军那位战斗意愿过于强烈的直升机女驾驶员造成的杀伤平民事件……

不用说,让你猜着了。

所有这些爆料都是这家网站的善举。

"玛雅?"

"他无法进一步伤害我了。"

谢恩歪了一下脑袋。

"怎么了?"

"没什么。"谢恩说。

"他不能再伤害我了,"她说,"他已经曝光了视频。"

"并没有公布全部内容。"

玛雅又喝下了一大口啤酒。"我不在乎,谢恩。"

他直起身子说:"那好啊。"接着又问道:"你说他为什么没那么做?"

"没做什么?"

"网上挂出的只是画面,他没有曝光音频。"

这个问题一直在困扰着玛雅,困扰的程度远远超出了谢恩的想象。

"他是靠爆料为生的,"谢恩说,"为什么他不把声音同步播放出去呢?"

"不清楚。"

谢恩望向远处。玛雅熟悉他的这种目光。

"你是不是对此有一些自己的见解?"她问道。

"是的。"

"说说看。"

"科里留了后手,他在等待合适的时机。"谢恩说。

玛雅皱起了眉头。

"通过最初的曝光,他已经造成了很大的轰动效应。以后,当他需要再次赚取人们的眼球时,他就会把剩下的内容捅出去。"

玛雅摇了摇头。

"他是一条大鲨鱼,"谢恩说,"鲨鱼从来都是贪得无厌的。"

"意思是?"

"为了不断获取事业上的成功,科里·鲁津斯基不仅需要扳倒他认为腐败了的那些政府官员和企业老板,他还需要尽一切可能去放大眼球效应。"

"谢恩?"

"嗯?"

"我真的不在意这些了。我已经离开了部队,我甚至还成了个——呃——寡妇。让他往最坏了去做好了。"

玛雅不知道谢恩会不会相信她故意做出的这种满不在乎的态度,不过话说回来,他并不了解全部的真相,对不对?

"好吧,好吧,"谢恩喝了一口啤酒说,"这么说你是不打算告诉我究竟发生了什么事,是不是?"

"你这是什么意思?"

"是我为你进行了测试,而我没问你任何问题。"

她点头说:"谢谢你。"

"我不是来这儿让你表达谢意的,这你明白。"

她明白。

"那样偷偷地安排测试,是违背了我的军人誓言的。而且,不必用好听的话来粉饰,它也是违背法律的。你知道这一点,是吧?"

"别说了,谢恩。"

"你事先知道乔面临着什么危险吗?"

"谢恩——"

"或者,他们下手的真正目标是你?"

玛雅把眼睛闭上了片刻。那些声响又在呼啸着向她袭来。

"玛雅？"

她睁开了眼睛，缓缓地转向了谢恩。"你信任我吗？"

"请别用这种话来侮辱我。你救过我的命。你是我见过的最优秀最勇敢的军人。"

玛雅摇头说："最优秀最勇敢的，是躺在棺木里回家的军人。"

"不，玛雅，不能这么说。是的，那些牺牲的军人付出的代价是最大的。这是因为他们的运气不好，我们两人都明白这一点。他们碰巧在错误的时刻待在了错误的地方。"

这是真的。不能说更精干更有战场经验的战士就一定有更大的机会活下来。这像是一场赌博。战场上的生死存亡并不是按照优胜劣汰的原则设定的。

谢恩的声音在夜幕下听起来很柔和。"你是想自己来解决这件事情，是不是？"

玛雅没有回答。

"你是打算亲手抓住杀害乔的凶手。"

这不是一句问话。沉默一度萦绕着他们，就像是夜里湿热的空气。

"假如你需要，我随时都会提供帮助。你明白这一点，是吧？"

"我明白。"接着，玛雅又问道，"你信任我吗，谢恩？"

"永生永世。"

"那你就别再问了。"

谢恩喝光了啤酒,起身走向门口。
"我需要你再帮一个忙。"玛雅说。
她递给谢恩一张纸片。
"这是什么?"
"一辆红色别克威朗的车牌号码。我需要知道车的主人是谁。"

谢恩做了个鬼脸。"我不会问你为什么想知道这个,因为那对我们两个人都是一种侮辱。"他说,"不过这可是我最后一次免费服务。"

他吻了玛雅的额头,是一种父亲般的亲吻。他离开了。

玛雅推门看了看熟睡的女儿,然后沿着走廊向摆放着许多高端器械的健身房走去。乔在他们刚刚搬进这幢房子的时候就设置了这间健身房。玛雅先选了哑铃——蹲举、卧推、臂屈伸——接着上了跑步机。对她来说,这幢房子太宽敞也太奢华了。不论从哪个角度来衡量,玛雅都不算出身贫困,然而她对伯克特家族的这种富有还是觉得难以适应。住在这样的地方,玛雅感到不自在,一直以来都不自在,可是这就是伯克特家族的生活方式。没人能真的摆脱家庭环境的影响,它的复合作用必然会以这样或那样的形式显现出来。

玛雅出了一身汗。锻炼总能让她的心情变得更好。下了跑步机，她在脖子上围了一条毛巾，抓起了一瓶冰镇的百威啤酒。她把酒瓶按在了额头上。好爽。

她移动鼠标唤醒电脑，在地址栏里键入了CoreyTheWhistle的网址。其他类似的爆料网站如WikiLeaks等，它们的页面设计大都缺乏特色——面孔刻板、色彩单调，也许是借此来强调所刊载信息的严谨性。科里的网站却不然，它的页面非常花哨扎眼。首页的上端通栏醒目地依次跳出简洁而冷酷的文字："我提供平台，你提供猛料——爆！"

令人眼花缭乱的色彩，一排排的视频预览缩略图，而且与其他同质性竞争的网站在夸张手法的运用上所持的审慎态度不同，科里的网页不惜用大量耸人听闻的语句来诱使网友点击。"政府监控你的10种手法——第7种让你匪夷所思！""华尔街在窃取你的钱袋——你不会相信下一步还会发生什么""你以为警察在保护你？别傻了""屠杀平民——四星将军为什么仇视我们？""不可不察——银行搜刮你的20种迹象""全球头号富翁如何避税？——你也能做到""你最喜欢什么样的独裁者？请接受我们的测试"。

玛雅点击归档文件，找到了那段视频。她说不清为什么一定要进入科里的网站来搜寻它。这份影像资料在YouTube网上随处可见，她在那儿能够很容易地浏览它，可是不知怎么她觉得还是应该到它的源头来查看。

有人把这段视频泄露给了科里·鲁津斯基。它原本是一次营救行动。在离叙伊边境不远的阿布凯马勒，已经有四个战士——其中的三个玛雅都认识并且很喜欢——遭到伏击牺牲了，还有两个战士活着，但是在敌人的火力压制下动弹不得。有一辆黑色的越野车正在驶向战士们被困的地方，看样子是要去彻底除掉他们。玛雅和谢恩驾驶着波音MH-6轻型武装直升机全速飞往战场，耳机里不停地响起那两个战士声嘶力竭请求救援的呼唤。他们两人的声音听起来都那么年轻，太年轻了。而且玛雅知道，那四个已经牺牲的战士临死前发出的声音也是这般年轻。

他们已经锁定了目标，只等上面发出确认的指令。人们都以为美军的装备是无可挑剔的，事实上从位于艾拉萨德的联合行动指挥部发来的无线电讯号时断时续，根本听不清楚。相反，那两个士兵的呼救却是声声入耳，令人无比揪心。玛雅和谢恩一边听着他们的呼唤，一边对着无线电急得直骂，要求指挥部迅速做出回复。

不能再等了。玛雅的MH-6对准黑色越野车发射出一枚AGM-114地狱火导弹。越野车一下子炸飞到高高的空中，地面的美军步兵立即发起进攻，终于救出了他们的战友。两个人都受伤了，可是还活着。

在当时，这一切看着都是再正当不过了。

玛雅的手机响了。她迅速地关掉网页，仿佛偷看色情网站被人撞见了似的。她看了一眼来电显示，"范伍德"，伯克特家族房产的称呼。

"你好？"

"玛雅，我是朱迪斯。"

乔的妈妈。乔死了有一个多星期了，可是她的声音依然是那样沉痛，每个音都吐得十分艰难。

"噢，嘿，朱迪斯。"

"我惦记你和莉莉怎么样了。"

"您真是太体贴了。我们都还好。"

"很高兴听你这么说。"朱迪斯说，"我打电话也是为了提醒你，明天上午9点整，希瑟·豪厄尔将在范伍德书房里宣读乔的遗嘱。"

"我会到场的，谢谢您。"

"我们派辆车去接你吧？"

"不用，我自己去很方便的。"

"为什么不把莉莉一道带来呢？我们都很想见见她。"

"我到明天看情况吧，好吗？"

"好吧，我……我真是好想她。莉莉长得太像……呃，我们明天见吧。"

朱迪斯好不容易忍住了抽泣，挂掉了电话。

有一会儿，玛雅只是坐在原处发呆。也许她明天应该带上莉莉，还有伊莎贝拉。这时她想起应该查看一下保姆监控器的存储卡。玛雅有两天没看了，不过看了又如何？她觉得累了。

等明早再看也不迟。

玛雅洗漱完毕，坐到卧室里一把大椅子——乔的椅子上翻开了书。这是飞机发明人莱特兄弟的一本新传记。她想集中注意力读下去，却抑制不住依然翻腾的思绪。

科里·鲁津斯基回到美国了。这只是一种巧合吗？

"你是想自己来解决这件事情，是不是？"

她感觉警示灯亮起来了，再不合眼就别想睡着了。她合上书快速钻进了被窝，关上灯等待着进入梦乡。

最先袭来的是一身汗水，接着是映入眼帘的那些画面——不过让她最难忍受的还是声音。那些声音，无休无止的噪声。直升机旋翼持续刺耳的轰鸣。无线电对讲机里静电干扰的杂音。爆豆般的枪声——当然，还有人的声响。有人在大笑，有人在奚落，有人在恐惧地惊叫，有人在歇斯底里地呐喊。

玛雅拉过枕头紧紧地捂住了两只耳朵，结果却是更糟糕。所有这些声音不仅是在外部环绕着她发出回响和震荡，它们已经穿透了她的脑壳，搅入了她的脑浆，就像是无数滚烫的弹片毫不留情地摧毁着她脑子里的一切梦想、思维和欲望。

玛雅忍住了一声惊叫。今晚的状态不妙。她需要获得帮助。

玛雅拉开床头柜的抽屉，摸出一个药瓶，倒出了两片氯硝安定。

药片没能止住那些声音。不过继续经受了一段折磨后，声音终于变得模糊，玛雅睡过去了。

5

睡醒后，玛雅首先想到的是查看保姆监控器。

玛雅总是在清晨4：58准时醒来。有人说这是由于她的体内有只生物钟，如果真有这么个东西的话，这只生物钟设定的仅仅是一个叫醒时间——4：58，而且玛雅根本就无法关闭它。有时她晚上熬夜了，盼着多睡上一会儿，可是不论她怎样去重新"设定"叫醒时间，哪怕只是想调整几分钟，这只生物钟还是不顾她的意愿，仍然回到4：58来唤醒她。

这种规律性是在新兵训练中形成的。担任教官的那位军士长每天早晨5：00准时起床。当新兵战友们都在一边抱怨一边挣扎着爬起来的时候，玛雅已经足足提前两分钟起了床，做好了迎接那位令人心惊肉跳的军士长驾临的准备。

昨夜里一经入睡（应当说是昏厥），玛雅就睡得很沉了。奇怪的是，不论是什么样的恶魔附体，它们却从不到睡梦中来搅扰玛雅。她不做噩梦，不乱蹬被单，也不会在一身冷汗中惊醒。

玛雅从来记不得她做过什么样的梦，这或许是由于她的睡眠平静香甜，或许是由于她的潜意识足够乖巧，有意让她忘掉自己的梦境。

她抓过床头柜上的发带，把头发扎成了马尾。乔喜欢她扎马尾的样子。"你的骨骼非常美，"他会这样说，"我愿意尽可能多地欣赏你的脸部轮廓。"他乐意拨弄她的马尾，在有的场合还温柔地拽它，不过那意味的就不仅是欣赏脸蛋那么简单了。

回忆让玛雅的脸有点发红。

玛雅拿起手机查看信息。没什么重要的东西。她把双腿荡出床外，起身来到了走廊。莉莉还在睡。这一点儿也不奇怪。如果体内的生物钟也有遗传的话，莉莉在这点上更多继承了父亲的基因：一觉就睡到不能不醒的时候。

外边的天仍然黑着。厨房里有烘焙的气味，显然是伊莎贝拉的手艺留下来的。玛雅不烹饪，不烘焙，除非被逼无奈，她不做厨房里的任何事情。她的许多朋友都孜孜不倦地钻研厨艺，玛雅觉得这实在是引人发笑的事情。人类几乎世世代代都普遍认同的一个看法就是，做饭既乏味又辛劳，是应当尽可能敬而远之的一件苦差事。翻遍历史书籍，你看不到王公贵族或是算得上精英的人物喜欢埋头厨房的事例。吃饭？好啊。精美的菜品和上乘的红酒？太棒了。可是烹调食物？对不起，这种卑微的事情还是交给那些下人干吧。

玛雅琢磨是不是应该煎一个鸡蛋，再配上几片腌肉，但最后还是决定用冷牛奶冲一碗麦片算了。她坐在餐桌旁，尽量不去想今天要公布乔的遗嘱的事。她不认为那会有什么令人大跌眼镜的内容。玛雅早就签过了婚前协议（乔："这是家里的老规矩——如果作为伯克特家族的人不签这种协议，我们的继承权就会被剥夺。"）莉莉一出生，乔就立下了遗嘱，万一他由于某种不测死去，他的财产就转入女儿的信托基金。玛雅一点也不反对他这样安排。

橱柜里没有麦片。见鬼了。伊莎贝拉曾抱怨麦片里的含糖量太高，莫非她把这东西都扔了？玛雅又向冰箱走去，却突然站住了。

伊莎贝拉。

保姆监控器。

玛雅刚才一醒来就想到了监控器，这挺奇怪。事实上，她在多数日子里都查看监控录像，但也有顾不上看的时候。她并不觉得这是一件多么要紧的事情，而且也没在录像里发现任何值得担心的问题。玛雅通常都按着快进键浏览。在镜头里，伊莎贝拉总是一副笑容满面、开心快乐的模样。这一点倒是令玛雅有些不安，因为，用计算机的术语来说，这不是伊莎贝拉的"系统默认状态"。她和莉莉待在一起是愉快的，但是伊莎贝拉有一张图腾柱般刻板的脸，她不是那种笑口常开的人。

但是她在监控器镜头里总是笑盈盈的，自始至终都是完美得无可挑剔的保姆形象。事实上没有人是这样的，没有任何人。

我们都有喜怒哀乐，都有自己的小脾气，对不对？

难道伊莎贝拉知道有一部监控器摆在那个地方？

玛雅的笔记本电脑和艾琳送她的读卡器都在她的背包里。退役后的一段时间里她用的还是军用背包——那种军绿色的带有好多口袋的尼龙面料背包——谁承曾想如今有太多的军迷从网店订购这款背包，她再把它背出去都显得有点张扬了。于是乔在TUMI箱包专卖店里给她买了一款凯夫拉纤维面料的电脑双肩包。玛雅开始觉得它的价格太贵，然而对比了军迷们在网上为军用背包付的价钱后也就没什么可说的了。

她拿起相框，按下侧面的一个键，拔出了存储卡。假设伊莎贝拉知道这件事吧。发现监控器是一件很难的事情吗？并不是。如果你的感觉很敏锐——伊莎贝拉恰巧就很敏锐——你也许就会琢磨为什么你的雇主突然间买回了一只新相框。如果你的感觉很敏锐——还是那句话，伊莎贝拉恰巧就很敏锐——你也许就会琢磨为什么在你的雇主埋葬了她丈夫的当天，一只新相框摆在了这里。

不过，即使你的感觉很敏锐，你也许还是不会想那么多。谁知道呢？

玛雅把存储卡插进读卡器，又把读卡器连到了USB接口上。为什么她觉得有些不安呢？如果她的怀疑是正确的，如果伊莎贝拉猜出新相框的功能不仅仅是循环展示一组家庭照，那么，当然了，玛雅在视频里见到的只会是伊莎贝拉行为中最闪光的一面。她不会愚蠢地做出任何让雇主疑心的事情。一部保姆监控器的全部价值在于隐秘。一旦保姆识破了机关,它的存在就变得毫无意义了。

玛雅按了播放键。由于受到运动传感器的支配,画面是由伊莎贝拉端着一杯咖啡走进来开始的。杯子自然是带有防护盖的那种,因为不能让很烫的液体溅洒在幼儿娇嫩的皮肤上。伊莎贝拉从地板上拾起莉莉的毛绒长颈鹿后走回了厨房,从画面里消失了。

"妈咪。"

录像画面是没有音频的。玛雅转过头,看见了站在楼上的女儿。一股熟悉的暖流涌遍了她的全身。玛雅曾以嘲弄的语气谈论过当父母的在育儿过程中表现出的种种呵护和溺爱,可是当你抬眼望着你的孩子的时候,当周围的一切在瞬间统统隐去,只剩下孩子的那张小脸绽放在你的眼前的时候——玛雅便切身地感受到了母爱的含意。

"嘿,宝贝儿。"

玛雅在什么地方读到过,两岁的孩子平均掌握的词有50个左右。这个说法似乎没错,像莉莉说的"再(more)",在这么大孩子的词汇表里是不常见的。玛雅急忙跑上楼梯,在卧室门口伸出双臂把莉莉抱了起来。莉莉的两只手紧紧抓着一本硬壳封面的书,是儿童文学家苏斯博士的经典简写版《一条鱼,两条鱼,三条鱼,蓝色的鱼》。近来莉莉总是抱着这本书转来转去的，就像别的孩子抱着泰迪熊一样。是一本书，而不是一个毛茸茸的填充玩具——玛雅为此感到无比的欣喜。

"你想让妈妈给你读这本书吗？"

莉莉点头。

玛雅把她抱到楼下，让她坐到了厨房的餐桌边上。笔记本屏幕还在播放着监控视频。玛雅已经懂得了一件事：幼儿喜爱重复的体验，他们目前还不那么欢迎新的探索。莉莉有一大堆硬壳封面的书。玛雅喜欢 P.D. 伊斯曼讲故事的本领，比如他的《你是我妈妈吗？》和《离开水的鱼》，都有紧张有趣的情节和出人意料的结尾。给莉莉读这些书的时候，她听得也很认真——有书就比没有强——可到最后莉莉还是闹着要苏斯博士的那些童谣和插画。不过，谁能为此责怪她呢？

玛雅瞥了一眼正在播放视频的显示器。在屏幕中，莉莉和伊莎贝拉都坐在沙发上。伊莎贝拉每隔一会儿就喂莉莉一小块金鱼脆饼干，就像是饲养员用小鱼奖励为观众表演的海豹。受到启发的玛雅从橱柜里抓了一把金鱼脆饼干，把它们摊在了桌子上。莉莉一块一块地吃了起来。

"还要点什么吗？"

莉莉摇摇头，指着书说："念。"

"不要就这么说'念'。要说'妈咪，请你为……'"

玛雅闭嘴了。不说也罢。她拿起书，翻开第一页，从第一条小鱼开始，读完了第二条小鱼，又翻开了第二页。当她刚读到那条戴黄帽的胖小鱼时，笔记本屏幕上有什么东西吸引了她的注意。

玛雅停止了朗读。

"再。"莉莉要求道。

玛雅向屏幕探过身去。

视频还在播放状态中，可是画面却被什么东西完全遮挡住了。怎么会？玛雅估计她此刻面对的是伊莎贝拉的后背。伊莎贝拉正好背对镜头站着，所以玛雅什么都看不清。

不会。伊莎贝拉的个子太矮。她的脑袋也许能挡住监控器，但是她的后背？不可能。还有，玛雅开始辨出颜色来了。伊莎贝拉昨天穿的是一件宽松的红衬衫，而画面上的衬衫是绿色的。

森林绿。

"妈咪？"

"等一会儿，亲爱的。"

不管是谁，这人离开画面消失了。玛雅这时又看到了沙发。莉莉一个人坐在上面，手里捧的就是现在这本书。她来回翻着书页，装得像是读懂了似的。

玛雅等待着。

有人从左边——厨房一侧——进入了画面。不是伊莎贝拉。是个男人。

至少看起来是个男人。他站立的位置还是离镜头太近，而且角度让人看不到他的脸。刚开始玛雅想这大概是赫克特，进来歇一会儿，喝杯水什么的。但是，赫克特穿的是工装裤和T恤衫，这个人却穿着牛仔裤和绿——

森林绿

衬衫……

在屏幕里，莉莉从沙发上抬头看那个可能是男人的人。当莉莉向那人露出开心的笑脸时，玛雅觉得心里的大石块一下子落了地。莉莉不是一个和陌生人自来熟的孩子。所以不论这个人——这个穿着眼熟的森林绿衬衫的人是谁……

那人向沙发走了过去。他的后背又挡住了镜头，玛雅重新看不见女儿了。玛雅有点害怕，身子歪向左边，再歪向右边，似乎这样就能绕过屏幕里的那个男人，看见她的女儿仍然坐在沙发上，安全地和苏斯博士的这本书待在一起。玛雅的感觉是，仿佛女儿处在了某种危险之中，只有她再次看到女儿，目不转睛地盯着女儿，才能解除这种危险。她的感觉实际上是完全离谱的，玛雅明白这一点。她看的不是现场直播的画面，而是已经发生过的情景，而且女儿此刻正坐在她的身边，很健康，看着也很快乐，至少在妈妈闭上嘴盯住电脑之前是快乐的。

"妈咪？"

"就一会儿，宝贝儿，好吗？"

令人眼熟的牛仔裤和森林绿衬衫——他总是如此来描述这种衬衫，不说绿色，不说深绿色，而是说森林绿。这身打扮的那人肯定没有侵犯或者偷走她的女儿，所以玛雅此刻的焦虑和担心显然是不必要的,有点太夸张了。

屏幕里,那人挪到了一旁。

玛雅又能看到莉莉了。她以为自己的恐慌将会减弱,事实上却不然。那人转身紧挨着莉莉坐了下来。他的脸朝向监控器微笑着。

不知怎么玛雅抑制住了尖叫。

收紧,放松。收紧……

玛雅在战场上是冷静的,她总是设法保持脉搏的平稳,不允许自己面对突发性的强烈刺激而陷入手足无措的境地,而眼下的她正在为此拼尽了全身的力气。这套熟悉的服装,蓝色的牛仔裤,特别是这件森林绿的衬衫,应该是帮助玛雅做出了一定的准备,让她模糊地意识到了亲眼见证这种情景的"可能性"——玛雅的意思是,完全不具备可能性的这种"可能性"。所以,她没有放声大叫。她没有倒吸一口气。

取而代之的,是迅速在胸腔里膨胀以至于让她一时难以喘息的镇定,是全身血管的骤然冰冷,是她的嘴唇的轻微颤动。

在那里,在笔记本的屏幕中,玛雅看着莉莉爬上了她已死的丈夫的膝头。

6

这段视频持续的时间不长。

莉莉没在"乔"的膝盖上待上多大一会儿,因为他很快就站起来,抱着莉莉走出了镜头的视距。30秒后,受到运动传感器控制的监控摄像便停止了。

就这样。

等到画面再次激活时,是伊莎贝拉和莉莉从厨房走回房间,开始了游戏,就像她们通常做的那样。玛雅按下了快进键,可是这一天剩下的画面与往常的日子再没什么区别了。没有了死去的丈夫或是别的什么人。

她从头又放了一遍视频。接着是第三遍。

"书!"

这是莉莉。她已经失去耐心了。玛雅朝她转过身,思忖着如何问她。"宝贝儿,"玛雅一字一句地问道,"你看见爸爸了吗?"

"爸爸？"

"是啊，莉莉，你看到他了吗？"

莉莉忽然显出了伤心的样子。"爸爸哪儿去了？"

玛雅不想让女儿难过，但这可是一个大事件。怎么和孩子说呢？玛雅觉得这事没法绕来绕去的。她再次播放视频，把屏幕指给莉莉看。莉莉看得很投入。当乔出现时，莉莉高兴地尖声喊道："爸爸！"

"是呀，"玛雅忍住由于孩子的兴高采烈而产生的痛楚，问道，"你见到爸爸了？"

莉莉指着屏幕说："爸爸！"

"是，那是爸爸。他昨天来这儿了吗？"

莉莉只是瞅着她。

"昨天，"玛雅说。她站起来走向沙发，就坐在"乔"——提到他的名字，她无法不用引号——在视频里坐过的地方。"昨天，爸爸坐在这儿了吗？"

莉莉不明白。玛雅尽力表现得乐呵呵的，试图让这一切看着更像是一场游戏，是一桩轻松快乐的事情，仿佛她并没有极度迫切地渴望着答案。然而，也许她的肢体语言出了什么岔子，也许小丫头的直觉远远超出了玛雅的估计。

"妈咪，别。"

你吓着她了。

玛雅在脸上洋溢出灿烂却虚假的笑容，快速地跑到了孩子身旁。她抱起莉莉上了楼，一路上咯咯笑着，来回扭着，直到莉莉的神色由楼下的多云重新转为晴朗。玛雅把她放在床上，打开了电视机。尼克国际少儿频道正在播放动画片《泡泡孔雀鱼》，这是莉莉的最爱。是的，玛雅曾经发誓不让电视机成为哄孩子的利器——所有的家长都立下过这类的誓言，而且都溃败了——但是这会儿让莉莉分分神也许不是坏事吧。

玛雅急忙来到了乔的储衣间，可是在开门之前有点迟疑了。自从丈夫死后她几乎没有碰过这道门。清点衣物未免太急了。然而现在，不用说，已不是顾虑这种事情的时候。莉莉的目光还黏在电视上，玛雅拉开储衣间的门，开了灯。

乔很在意着装。他精心打理自己的衣物，就像是，嗯，玛雅照料她的那些枪。他的上装整齐地排列着，每只衣架间隔着3英寸。正装衬衫是按照颜色归类的。每条裤子都不叠放，夹住裤脚后从衣架上倒垂下来，避免出现不该有的皱褶。

乔喜欢自己逛商场购买服装。玛雅当作礼物买来送他的衣物，几乎统统遭到他的嫌弃，只有一次例外——玛雅在 Moods of Norway 时装店订购的那件森林绿色的、领尖上钉有纽扣的斜纹棉布衬衫。除非玛雅的眼睛欺骗了她，"乔"在视频里穿的衬衫非常像是那一件。玛雅清楚地知道乔放置它的位置。

那件衬衫不在了。

还是没有放声大叫。还是没有倒吸一口气。她已经确认了一个事实。

有人进入了这幢房子。有人翻动了乔的储衣间。

10分钟后,玛雅看到能够直接给出答案的那个人到了。
伊莎贝拉。

伊莎贝拉昨天在这里,名义是照看莉莉。因此,至少在理论上,她应该是注意到了任何不寻常的动向,比如说,玛雅死去的丈夫翻检自己的衣服或是和自己的女儿玩耍之类的事情。

隔着卧室的窗户,玛雅凝视着朝房子走来的伊莎贝拉,试图把这位保姆当作一个可能的敌人来予以评估。伊莎贝拉不像是带着武器,除了一只手包没别的东西,当然手包里面完全能装进一支枪。她把手包攥得很紧,好像是担心有人会突然抢走它,不过伊莎贝拉平时拿包就是这个样子。伊莎贝拉对人不是非常热情,只有最重要的人物——莉莉除外。她爱着乔,是忠诚的雇员对于雇主的那种热爱,而玛雅在她眼里只是一个不得不容忍的闯入者。忠诚的雇员常常是这样的,他们对外来人的防范和势利往往比富有的雇主还厉害。

伊莎贝拉今天看着是不是比往常更警觉呢?

很难说。伊莎贝拉总是显得挺警觉的。乱转的眼珠,冷漠的表情,自我封闭的肢体语言。而今天,是伊莎贝拉的神情里添了点新的内容,还是玛雅在过大的压力下以凭空想象代替了客观判断呢?

伊莎贝拉用她的钥匙打开了房子的后门。玛雅待在楼上等待着。

"伯克特夫人?"

沉默。

"伯克特夫人?"

"我们马上就下楼了。"

玛雅拿起遥控器关掉了电视。她以为莉莉会提出抗议,结果并没有。莉莉已经听见了伊莎贝拉的声音,正急着到楼下去。玛雅抱起莉莉走下了楼梯。

伊莎贝拉站在水池边刷洗咖啡杯。听到脚步声她转过了身。她的目光在寻找莉莉的目光,只有莉莉的。四目相对时,她那张警觉的脸庞立刻浮现出笑容。笑得不错,玛雅暗想,不过她的笑容与往常相比是不是少了一点灵动?

够了,别再猜来猜去了。

莉莉向伊莎贝拉伸出双臂。伊莎贝拉关掉水龙头,用毛巾擦擦手朝她们走了过来。她同样也伸出双臂,嘴里发出温声细语,还摆动手指做出了"到我这儿来"的姿势。

"你还好吧,伊莎贝拉?"玛雅问候道。

"还好,伯克特夫人,谢谢您。"

伊莎贝拉重新要去抱莉莉,在瞬间玛雅几乎把孩子闪到一旁去。艾琳曾问过她是否相信这个保姆。她当时的回答是,在关系到孩子的问题上,她对伊莎贝拉和对其他人的信任程度都是一样的。而现在,在她看过了保姆监控器的录像后……

伊莎贝拉从玛雅手里拽出了莉莉。玛雅允许了。再没说一句话，伊莎贝拉抱着莉莉走进了小起居室。她们坐到了沙发上。

"伊莎贝拉？"

伊莎贝拉仿佛吃了一惊似的抬起头，微笑冻结在她的脸上。"唉，伯克特夫人。"

"我可以和你说点事吗？"

莉莉还在她的膝上。

"现在？"

"是的，来吧。"玛雅觉得自己的声音突然间听起来有点怪，"我想让你看样东西。"

伊莎贝拉轻柔地把莉莉放到沙发垫子上，又递给她一本硬壳封面的书，站起身抻了抻裙子。她缓缓地走向玛雅，好像是在等待着对方的一记重击。

"什么事，伯克特夫人？"

"昨天有人来这儿了吗？"

"我不明白您的意思。"

"我是说，"玛雅保持着平和的语调说，"除了你和莉莉之外，昨天还有别人进到这间屋子里待过吗？"

"没有哇，伯克特夫人。"那副僵硬的表情又归位了，"您指的是谁？"

"我指的是任何人。比如，你哥哥赫克特来过吗？"

"没有，伯克特夫人。"

"其他人也没来过?"

"没有任何人。"

玛雅瞥了一眼笔记本,又把目光转回伊莎贝拉。"你离开过吗?"

"离开这房子?"

"是的。"

"我和莉莉去了小区的儿童娱乐场,我们每天都去那儿。"

"别的时间里你离开过房子吗?"

伊莎贝拉抬起头做回忆状。"没有,伯克特夫人。"

"你自己也没离开过这里吗?"

"把莉莉一个人留在家里?"她说这话时猛吸了一口气,好像这是对她的最大冒犯,"不,伯克特夫人,我当然不会。"

"你没把她单独留在这里?"

"我不明白。"

"这是个很简单的问题,伊莎贝拉。"

"我不明白所有的这一切,"伊莎贝拉说,"为什么您要问这些问题?您对我的工作不满意吗?"

"我没这么说。"

"我从来没让莉莉一个人待过,从来没有。有时候她在楼上睡着了,我也许会下楼收拾一下屋子——"

"我指的不是这个。"

伊莎贝拉端详着玛雅的脸,问道:"那您指的是什么?"

没有理由再拖延下去了。"我给你看看这个。"

笔记本在厨房的岛台上。玛雅走向它,伊莎贝拉跟了过来。"我在小起居室里安装了一个摄像头。"玛雅开始说道。

伊莎贝拉看起来很困惑。

"是一个朋友送给我的。"玛雅用的是解释的语气,不过说真的,她还有必要来解释自己的行为吗?"我不在的时候,它会把家里的情况拍下来。"

"摄像头?"

"是的。"

"可是我从没见过什么摄像头,伯克特夫人。"

"你是不应该见到这东西的,它是隐藏的。"

伊莎贝拉的目光回到了莉莉待的房间。

"它是个监控器,"玛雅继续说道,"你看到书架上的那个新相框了吧?"

她看见伊莎贝拉的目光落到了书架上。"是的,伯克特夫人。"

"摄像头就在那里边。"

伊莎贝拉回头望着她问道:"您是在监视我?"

"我是在观察我的孩子。"玛雅说。

"但是您瞒着我?"

"是的,我没告诉你。"

"为什么?"

"你没必要对此有太多想法。"

"没必要？"伊莎贝拉的嗓门儿提高了，"您不信任我。"

"换了你呢？"

"什么？"

"这不是专门针对你的，伊莎贝拉。莉莉是我的孩子，我有义务为她的健康和安全负责。"

"而您认为只有监视我才是对莉莉负责？"

玛雅把屏幕的画面调到最大，启动了播放。"在今天早晨之前，我一直认为有个监控器也不会带来什么坏处。"

"现在您怎么认为？"

玛雅把笔记本转到了伊莎贝拉能够看到屏幕的角度。"看吧。"

玛雅本人不想再看视频了，她已经看过了足够多的次数。她把目光盯在伊莎贝拉的脸上，仔细观察对方的神情。

"您想让我看什么呢？"

玛雅瞥了一眼显示器。后背挡住了镜头的"乔"刚刚走出画面。"接着看吧。"

伊莎贝拉眯起了眼睛。玛雅尽力保持着呼吸的平稳。有人说，你永远无法预测当手榴弹飞来时人们会做出怎样的反应。这是一个假设：你和你的战友们站在一起，突然有一枚手榴弹抛到了你们的脚下。这种时候谁会撒腿就跑？谁会就地卧倒？谁会扑向手榴弹掩护战友，牺牲自己？你可以做事先的各种猜想,可是在手榴弹抛过来之前,你没法知道真正的答案。

玛雅早已在她的战友面前反复地证明了自己。大家公认,玛雅在血与火的战场上是沉着冷静、镇定自若的。她曾一次又一次地展现出了这种可贵的军事领导素质。

奇怪的事情在于,这种战场上的领导素质和清醒果敢的作战风格没有移植到她在平民世界的生活当中。艾琳有次谈论她的小儿子凯尔时提到,这个小家伙在蒙台梭利幼儿园里表现得干净整洁、井井有条——回到家里却是又脏又乱,一塌糊涂。这与玛雅的情况有相似之处。

此刻,当她站在伊莎贝拉的身边,"乔"进入画面把莉莉抱上膝头,而伊莎贝拉的面部表情依旧不动声色的时候,不知怎的,玛雅觉得自己竟然有点气馁了。

"怎么样?"玛雅问道。

伊莎贝拉抬头看她。"呃,什么怎么样?"

玛雅的眼里冒出了火光。"你这是什么意思?"

伊莎贝拉畏缩地闪开了目光。

"你怎么解释这一切?"

"我不明白您的意思。"

"别再和我玩儿这种把戏了,伊莎贝拉。"

伊莎贝拉后退了一步。"我真不明白您的意思是什么。"

"你不是看过视频了吗?"

"没错啊。"

"你看到他了,对不对?"

伊莎贝拉不作声。

"你看到那个人了,是不是?"

伊莎贝拉仍旧沉默着。

"我在问你呢,伊莎贝拉。"

"我不明白从我这里您想知道点什么?"

"你看见他了,是不是?"

"谁?"

"你这是什么意思?谁?乔!"玛雅伸出胳膊攥住了伊莎贝拉的衣领,"他到底是怎么进到这间屋子里来的?"

"别这样,伯克特夫人!您吓坏我了!"

玛雅把伊莎贝拉拽到了近前。"你是说你没看到乔?"

伊莎贝拉迎视着她,问道:"您看见了吗?"她的声音很轻柔,几乎像是在耳语:"您是在告诉我您在视频里看见了乔?"

"你……你没看见?"

"求您了,松开我,伯克特夫人,"伊莎贝拉说,"您把我弄疼了。"

"等等,你是说——"

"快松开我!"

"妈咪……"

这是莉莉。玛雅转头向女儿望过去,伊莎贝拉趁机挣脱开来,用手捂着喉咙,仿佛她被掐得窒息了似的。

"不要紧，宝贝儿，"玛雅对莉莉说，"什么事都没有。"

伊莎贝拉做出一副好不容易喘上气来的样子，跟着说道："妈咪和我在玩游戏，莉莉。"

莉莉来回看着她们两个。

伊莎贝拉的右手仍然没离开自己的脖子，过于表演性地揉弄着喉咙的部位。玛雅转向了她。伊莎贝拉连忙扬起左掌，示意玛雅住手。

"我需要听到你的回答。"玛雅说。

伊莎贝拉点了点头。"好吧，"她说，"但是我需要先喝点水。"

玛雅略做迟疑，走向了盥洗池。她打开橱柜取出了一只杯子。一个念头忽然闪进了她的脑海。

是艾琳给了她这部保姆监控器。

玛雅一边这么想着，一边把杯子摆在了水龙头下面。接了半杯后，她转身走向伊莎贝拉，却突然听到了噗噗作响的奇怪声音。

玛雅痛得大叫了起来——灼烈的疼痛吞噬了她。

这种感觉就像是有人将一大把玻璃碎片塞进了她的眼窝。玛雅双膝一软摔倒在地上。

噗噗的响声。

透过烧灼的剧痛，玛雅找出了答案。

伊莎贝拉用什么东西喷了她一脸。

胡椒喷雾剂。

胡椒喷雾剂不仅灼伤了她的眼睛，同时还呛进了她的鼻黏膜、口腔和肺部。玛雅强憋住气，尽力让喷雾少吸进肺里。她快速用力地眨眼，想用泪水尽快地冲洗眼球。然而就目前而言，她的疼痛丝毫没有缓解的迹象。

玛雅动弹不得了。

她听到有人在跑动，接着是"吭"的一声关门的动静。

伊莎贝拉跑了。

"妈咪？"

玛雅好不容易挪进了卫生间。

"妈咪没事，宝贝儿。给我画一张画，好吗？我马上就过来。"

"伊莎贝拉？"

"伊莎贝拉也很好。她过会儿就回来。"

喷雾剂的作用时间比她最初估计的还要长。她的愤怒如她的眼睛一样在燃烧。在开始的10分钟里，玛雅完全处于任人宰割的状态，如果这时有敌人来袭击她，她连最微弱的抵抗都做不出来。终于，疼痛和灼烧的感觉开始衰减，玛雅能喘上来气了。她用水冲洗了眼睛，又用洗涤剂冲洗皮肤，心里在狠狠地责骂自己。

转过身去把后背暴露给了敌人。完全是业余水平。

她怎么会这样傻？

她怒火中烧，主要在生自己的气。玛雅当时甚至多少相信了伊莎贝拉的表演，以为她也许真的是一点都不明白发生了什么事。所以玛雅在心理上解除了武装，也就是片刻的工夫，可你瞧瞧这后果。

难道她不懂得小小的疏忽和瞬间的放松都可能付出生命的代价吗？难道她在血淋淋的战争教训中学到的还不够多吗？

绝不能让这种事再次发生了。

好了，自我鞭挞得差不多了。应该记住教训，长点见识，开始下一步的行动了。

下一步做什么？

答案是相当清楚的。再等几分钟；充分恢复过来；追出去找到伊莎贝拉的下落，逼她开口说话。

门铃响了。

玛雅又冲了冲眼睛，然后朝门口走去。她考虑要不要先去拿支枪——再不能给人以机会——但是她看清了站在门外的是凯尔斯警官。

凯尔斯盯着开了门的玛雅，问道："你这是怎么了？"

"我被人用胡椒喷雾器袭击了。"

"再说一遍？"

"是伊莎贝拉，我的保姆。"

"你不是开玩笑吧？"

"是开玩笑。我是天才的喜剧演员。再没有什么比掏出胡椒喷雾器的保姆更搞笑的了。"

凯尔斯环视一下屋里,目光又回到了玛雅身上。"为什么?"

"我在保姆监控器里看到了一些东西。"

"你有保姆监控器?"

"是啊。"玛雅又一次想到这东西是艾琳送的,而且摆放的位置也是她选的。"它藏在了一个相框里。"

"天啊,你……你看见伊莎贝拉干了些……?"

"什么?"不过一个警官这样来思考问题是很自然的,"不,不是这么回事。"

"那我就听不大明白了。"

玛雅不知道该怎么说这件事,然而从长远的角度考虑,开门见山、实话实说才是保护自己的最佳途径。"给你看看就清楚了。"

她朝着放在厨房岛台上的笔记本走去,凯尔斯跟在后面,带着一脸的困惑。好啊,玛雅想,一会儿他的下巴都该合不上了。

玛雅把屏幕转向他,移动光标点击了播放。

一片空白。

她查看读卡器。

SD 存储卡不见了。

"怎么了?"凯尔斯问道。

玛雅深深地吸了一口气。她必须保持镇定。她要预先看好前面的两步或三步,就像执行任务时那样。你不能只是想着如何用导弹击毁黑色的越野车,你需要考虑发射后对各种情况做出什么样的反应。你在临时采取有可能让你的一生都发生变化的重大行动之前，需要掌握足够的真实信息。

她明白这一切听起来会是怎样的。如果她唐突地说出她在监控摄像里看到了什么，凯尔斯一定会以为她精神错乱了。嘿，现在回头来想想这事，连她自己也觉得是无法置信的。胡椒喷雾剂在她脸上留下的蜘蛛网般的痕迹还没能彻底清除。这儿究竟发生了什么事？你能肯定这个女人的脑袋还正常吗？

从容一点。

"伯克特夫人？"

"我对你说过，叫我玛雅。"

能够支持她的"疯话"的证据——那张 SD 存储卡——已经不在了。伊莎贝拉拿跑了它。这件事也许最好是由玛雅自己来解决，然而如果她这么做，如果她现在不告诉凯尔斯而以后又……

"一定是伊莎贝拉拿走了。"

"拿走了什么？"

"存储卡。"

"是在她，嗯，用胡椒喷雾器袭击你之后？"

"是的。"玛雅拼尽全力让自己的语气具有可信度。

"就是说，她喷了你，她又取出了存储卡，然后她又，怎么着，跑掉了？"

"是的。"

凯尔斯点点头,又问道:"那个视频里有什么?"

玛雅向旁边的屋子瞥了一眼。莉莉正在兴致盎然地摆弄一套动物园拼图玩具。"我看见一个男人。"

"一个男人?"

"对,在视频里。莉莉坐到了他的膝盖上。"

"哇,"凯尔斯说,"我估计这是个陌生人吧?"

"不是。"

"你认识他?"

玛雅点头。

"那么他是谁呢?"

"你不会相信我的。你一定会觉得我患上了妄想症,这是可以理解的。"

"说来听听。"

"那人是乔。"

令人钦佩的是,凯尔斯没有做鬼脸,没有倒吸凉气,也没有用盯着一个有史以来最狂乱的精神病人的目光来打量玛雅。

"我明白了,"他说,似乎他自己也在极力地保持镇定,"这么说,这是一段旧视频。"

"什么?"

"这是你在乔还活着的时候拍过的一段视频。而且,我说不好,也许你还记得拍过它,或者是——"

"我是在他被杀后才搞到的这部监控器。"

凯尔斯只是站立在那里。

"它下面标注的日期表明,这是昨天拍摄的视频。"玛雅补充道。

"但是……"

沉默。

接着是:"你明白这是不可能的。"

"是啊。"玛雅说。

两个人大眼瞪小眼地望着彼此。企图让他完全信服是不现实的,玛雅换了个话题。"你来这儿是为什么?"

"我需要你和我去一趟警察局。"

"为什么?"

"现在还不能说,但是这件事非常重要。"

7

那个年轻漂亮、笑得很甜的姑娘正好在小蓓蕾婴幼儿日托中心当班。

"噢,我记得您。"她和玛雅打了招呼,又弯下腰对莉莉说,"我也记得你,嘿,莉莉!"

莉莉没说话。两个女人把莉莉留在一堆儿童积木旁边,然后走进了办公室。

"我打算把她送这儿来。"玛雅说。

"太棒了!您准备从什么时候开始?"

"就现在。"

"嗯?这可不太寻常,一般来说,我们都是用两个星期的时间来办理申请。"

"我家的保姆突然辞去了工作。"

"我为您感到遗憾。可是——"

"……小姐,抱歉,我没记住你的名字。"

"凯蒂·沈。"

"对了,凯蒂小姐,噢,我就叫凯蒂吧,你看到外边那辆绿色的轿车了吧?"

凯蒂向窗外看了看,眼睛眯缝起来问道:"那个人在纠缠您吗?我们是不是需要给警察打个电话?"

"不,知道吗,那是一辆没有标志的警车。我丈夫最近被人谋杀了。"

"我在报纸上看过报道,"凯蒂说,"我真的为您难过。"

"谢谢你。问题是,这位警官找我去警察局,我不知道去干什么。他就这么突然地来了,所以我没有别的选择了。我也可以带着孩子一道去,但是当警察问到她爸爸被杀的事——"

"伯克特夫人?"

"叫我玛雅吧。"

"玛雅,"凯蒂的眼睛仍然瞅着凯尔斯的车,"你知道如何下载我们的 app 吧?"

"知道。"

凯蒂点点头说:"如果一会儿告别时不那么大张旗鼓的话,对孩子是最好的。"

"太谢谢了。"

当他们开到中央公园警察分局门口的时候,玛雅问道:"现在能告诉我为什么我们要来这里吗?"

凯尔斯在驾车的路上几乎没说什么话。玛雅觉得这样挺好，她需要时间来思考这么多的事情——监控器、视频画面、伊莎贝拉，还有森林绿衬衫等等。

"我需要你来为我从列队的人里边识别嫌疑犯。"

"那些列队的是什么人？"

"我不能让你先入为主，影响自己的判断。"

"要辨认那两个杀手可不行。我对你说过了，他们当时戴着面罩。"

"黑色面罩，你说的。只有眼睛的部位有两个洞？"

"是啊。"

"OK，那好啊，跟我来吧。"

"我不明白。"

"等着瞧吧。"

在往里走的路上，玛雅查看了小蓓蕾婴幼儿日托中心的 app。你可以运用这款应用软件为孩子付费、预约托管时间、了解孩子的活动和课程安排、查阅所有保育员的个人履历等。但是这款 app 最大的好处——也是玛雅当初把小蓓蕾作为首选的一个原因——在于它有一种特别的功能。玛雅正在点击这种功能。画面上有三种选择：红屋子、绿屋子和黄屋子。莉莉这个年龄段的孩子属于黄屋子。玛雅点击了它。

凯尔斯拉开了门。"玛雅？"

"等我一会儿。"

手机屏幕上出现了活动场景，是黄屋子里的现场视频。你也许以为玛雅这一天里受够了监控视频的折磨，一定是不想再和它打交道了。其实不是。她按动手机侧面的按钮，放大了图像。莉莉在里边。安全。一个保育员——玛雅过后可以了解一下她的履历和工作情况——正在与莉莉及另一个差不多大的男孩一道搭积木。

玛雅由衷地感到宽慰。她几乎笑了出来。她应该早几个月就坚持把莉莉送到这种地方来。请保姆照看孩子，意味着你只能不加监督地依赖某个人，这实在不符合分权制衡的原则。在小蓓蕾这种地方，有目击证人，有监控视频，有交流互动。它肯定是更安全的，不是吗？

"玛雅？"

凯尔斯又一次催她。玛雅退出 app，把手机放进了衣兜。他们两人一道走了进去。房间里还有另外两人——一位是被指定办理此案的地区检察官，女性；一位是辩护律师，男性。玛雅很想集中自己的注意力，可是她的脑袋还围绕着保姆监控器和伊莎贝拉打转转。胡椒喷雾剂的效应没完全退尽，仍然折磨着她的两肺和鼻黏膜。她像犯了毒瘾的瘾君子一样吸溜着鼻子。

"我希望能把我提出的异议记录在案。"那位男性辩护律师说道。他的头上留着垂到后背的马尾辫。"这位目击证人已经承认，她从未看见他们的长相。"

"记录下来，"凯尔斯说，"对这一点我们也并不持异议。"

马尾辫两手一摊,问道:"那么,这样做还有什么意义?"

玛雅也是这么想的。

凯尔斯拽动绳子拉开了窗帘。他探身对着一支麦克风命令道:"带第一组进来。"

有六个人鱼贯进入了玻璃窗另一侧的房间。他们全都戴着黑色面罩。

"这么干真是太蠢了。"马尾辫说。

玛雅没料到是这种场面。

"伯克特夫人,"凯尔斯的话听着像是为录音准备的,玛雅想,也许确实有录音,"在这些人当中你能认出谁来吗?"

他望向她,等待着回答。

"第 4 号。"玛雅说。

"完全是胡扯。"马尾辫说。

"你是怎么认出第 4 号的?"凯尔斯问道。

"说是'认出'也许是言重了,"玛雅说,"不过,他的体型、身高同那个对我丈夫开枪的家伙是一样的。而且,他穿的也是同样的衣服。"

"这里边还有别人也穿着同样的衣服,"马尾辫说,"你怎么能说得这样肯定呢?"

"就像我说过的,他们的体型和身高不对。"

"你能确定吗?"

"是的。这里的第 2 号看着也是挺接近的,但是他穿着蓝色的运动鞋。那个枪杀我丈夫的人穿的是红色的。"

"这里要说清楚，"马尾辫继续说，"你无法确定第4号就是那个向你丈夫开枪的人。你只能说，根据你的记忆，第4号具备了相对而言相似的体型和身高，而且穿了相似的服装——"

"不是相似，"玛雅打断道，"是同样的服装。"

马尾辫的脑袋一歪。"真的吗？"

"是的。"

"你不可能确认这一点，伯克特夫人。世界上肯定不只有一双红色匡威鞋，我说得对吧？我的意思是，如果我把4双红色匡威鞋摆在这里，你能肯定地告诉我哪一双是枪手在那天晚上穿过的吗？"

"不能。"

"谢谢你。"

"但是不能说他穿的仅仅是'相似'的东西，比如不能说他的匡威运动鞋的式样差不多而只是颜色差了点。第4号的这身穿戴与那个枪手是完全相同的。"

"这就引出了我的另一个观点，"马尾辫说，"你并不能肯定这就是凶手，是不是？这个戴着面罩的人可能只是穿了同样的衣服，而且他的身形又碰巧和那个枪手一样，我这么说是否正确？"

玛雅点头道："是正确的。"

"谢谢你。"

马尾辫不再说什么了。凯尔斯又探过身对麦克风说:"他们可以离开了,把第二组带上来。"

另外六个人进来了,同样都戴着面罩。玛雅打量着他们,说道:"第5号是最像的。"

"最像?"

"第2号也是同样的穿戴,而且身材和个头儿都差不多。根据我的记忆,应该是第5号,可是他们两人太像了,所以我没法说得特别肯定。"

"谢谢你,"凯尔斯又对着麦克风说,"可以结束了,谢谢。"

玛雅随着凯尔斯离开了那个房间。

"这是怎么回事?"

"我们抓到了两个嫌疑人。"

"是怎么发现他们的?"

"根据你的描述。"

"能让我看看他们的模样吗?"

凯尔斯迟疑了一下,但是很快说道:"好吧,跟我来。"他领玛雅到一张桌子旁坐下来。桌上有一面大显示器,好像是30英寸的,也许更大。凯尔斯边敲击键盘边说道:"我们调看了凶杀当晚那一带的所有监控摄像画面,寻找和你的描述相匹配的两个人。你能想象出来,这是要花点时间的。不管怎样,我们找到了74街和第五大道街角上的一幢公寓大楼,你看看。"

摄像头自上而下拍到了两个人。

"是他们吗？"

"是。"玛雅说，"你想让我出一份有关的证词吗？"

"不，现在只是让你看看这个画面，这不是个记录在案的正式举动。你能看到，这两个人没戴面罩。他们在大街上不会戴这个东西，那太惹眼了。"

"不过，"玛雅说，"从这个角度还是看不清他们的相貌，你们是怎么找到他们的？"

"的确是这样，摄像头设置得太高了，这带来了很大麻烦。你想不到我们看了多少遍这个画面。摄像的角度高得离谱，那些罪犯只要低点脑袋或是戴顶帽子，就没法看清他们的脸了。但是不管怎样，有了这个摄像资料，我们就能肯定这两个人确实在那一带活动过。于是我们就继续开展了搜索。"

"你们又发现了其他摄像？"

凯尔斯点点头，又开始敲击键盘。"没错。他们在半小时后又出现在杜恩·瑞德大药房的摄像镜头里了。"

他调出了摄像资料。这次的画面是彩色的，拍摄的角度在收银台的一侧。这两个人的面孔看得清楚了。一个是黑人，另一个肤色较浅，也许是个拉美裔人。他们正在付款。

"冷酷。"凯尔斯说。

"什么？"

"看看画面下方注明的时间，是他们开枪打死你丈夫的15分钟之后。他们接着就来这儿了，大概只有半英里远，还买了红牛和多力多滋玉米片。"

玛雅只是盯着屏幕。

"所以我说,他们很冷酷。"

玛雅转身对他说:"或者是我搞错了。"

"那倒未必。"凯尔斯按了暂停键,那两个男人定格了。是的,男人,两个十分年轻的男人,这毫无疑问。不过,玛雅和许多这般年纪的男人一道服过役,很难再把他们称作是孩子了。"你再看看。"凯尔斯说。

他敲了键盘上的一个箭头,画面一下子拉近了。凯尔斯指着那个拉美裔年轻人问道:"这是另外那个家伙,是不是?没开枪的那个人?"

"是的。"

"注意到什么了吗?"

"没有啊。"

他进一步把画面拉近,聚焦到了那个人的腰部。"你看。"

玛雅点点头说:"里边掖着东西。"

"对了。他带着枪。如果把画面再放大,你都能分辨出枪把手的形状。"

"还真没怎么遮遮掩掩。"她说。

"可不是。嘿,你们那些公开带枪的爱国军人会怎么样,我不知道,见到这两个把枪别在腰里满大街转悠的家伙你们会怎么办?"

"我怀疑这是不是一支合法持有的枪支。"玛雅说。

"它不是。"

"你们找到他的枪了?"

"你明白我们会找到的。"他叹口气,站起来继续说道,"他叫埃米利奥·罗德里戈,年龄不大,却有一长串抢劫犯罪的记录,令人印象深刻。另一个家伙也是这样。我们去逮捕罗德里戈时,从他那里搜出了一支贝雷塔M9手枪。非法持有。他会为此而坐牢的。"

凯尔斯停住了。

玛雅说:"我从你的口气里听出有个'但是'。"

"我们根据法院的许可令,把他们两个人的住处都搜查了。我们在那里发现了你描述过和刚才辨认出来的那些衣服。"

"这在法庭上会有说服力吗?"

"很难说。就像那个马尾辫律师说的:只不过是一双红色匡威鞋,很多人都穿这样的鞋子。还有,我们没搜出面罩,我觉得有点奇怪。我是说,他们留下衣物没扔,为什么单单把面罩扔了呢?"

"说不明白。"

"他们可能是把面罩丢进了垃圾箱。你知道,就在逃跑的路上,他们开了枪,他们逃离现场,他们摘下了面罩,他们随手把它们扔到了什么地方。"

"听起来很有可能。"

"是啊,只不过我们已经搜遍了附近的所有垃圾箱。当然了,他们还可能扔在了别的地方,排水井什么的。"凯尔斯变得有点迟疑了。

"怎么了?"

"关键的问题是,我们找到了这支贝雷塔,就像我已经说过的那样。但是我们找不到行凶的武器,那支点 38 手枪。"

玛雅向后靠到了椅背上。"如果他们还留着那支枪我才会感到吃惊呢,你不这样想吗?"

"我想是的。只不过——"

"只不过什么?"

"像他们这样的街头混混儿并不都把武器扔掉的。他们应该这么做,可是他们不愿意。枪是值钱的,所以他们留着它重复使用,或者是卖给什么人。不管怎样,是不会轻易抛掉它的。"

"但是这个案子影响很大,不是吗?被害人的身份,还有那么多媒体的介入?"

"没错。"

玛雅盯住他说:"但是你并不这样想,是不是?你有你自己的见解。"

"我的确有自己的见解,"凯尔斯的目光移开了,"但是说出来可能很荒唐。"

"说说又有何妨?"

凯尔斯开始挠起了胳膊,有人在紧张不安的时候是会这样的。"我们把从你丈夫遗体里取出的那颗点38子弹拿去做了弹道测试。你明白,这是为了查明它会不会与我们数据库里的其他案件有吻合的地方。"

玛雅抬起头望着他。凯尔斯还在挠着胳膊。"根据你的表情,"玛雅说,"我估计你们找到了吻合之处。"

"我们找到了,是的。"

"这么说这些家伙以前也杀过人。"

"我不这样认为。"

"可是你刚刚说……"

"同一支枪,但未必是同一伙人。事实上,弗雷德·凯特恩,就是你指证开枪的那个家伙,在第一起凶杀案中有不在现场的确凿证据。他当时在监狱里服刑,是不可能参与第一起凶杀案的。"

"什么时候?"

"什么什么时候?"

"第一起凶杀案发生在什么时候?"

"4个月前。"

屋子里骤然变冷了。凯尔斯不用再说更多了。他明白。她也明白了。凯尔斯无法直视玛雅的目光。他望着别处,点点头说:"枪杀了你丈夫的那支枪,同样枪杀过你的姐姐。"

8

"你没事吧？"凯尔斯问道。

"挺好。"

"我明白，这是很难让人接受的一件事情。"

"别用怜悯的口气和我说话，警官。"

"对不起，你说得对。让我们再把事情捋一遍，好吗？"

玛雅点了点头。她的目光直直地望着前面什么地方。

"我们需要从一个全新的角度来看待这个案子。本以为是两个杀手制造了一场随机的、孤立的杀人案，但是我们现在知道了这同一支手枪被用来杀害了你的两个……"

玛雅没有吭声。

"你姐姐被杀害的时候，你随着部队派驻在中东，这没错吧？"

"在科威特的艾瑞夫江美军基地。"她答道。

"我知道。"

"什么?"

"我们查过了,不过是为了把握起见。"

"把握……?"玛雅几乎笑了出来,"哦,你们是为了弄清我是不是偷偷溜回了家乡,对我姐姐开了枪,再跑回科威特,然后怎么着,等过了几个月又杀了我的丈夫?"

凯尔斯没有回答。他用不着回答。"都核实过了,你姐姐被杀时你不在现场的证据是不容怀疑的。"他说。

"太棒了。"玛雅说。

玛雅的思绪重新回到了乔打给她的那次电话。涕泗滂沱,五雷轰顶。那个电话,那个该死的电话彻底终结了玛雅原本所理解的她自己的人生。从此之后,一切都变得不一样了。如果你仔细想想,还真得承认这件事有点不同凡响。你穿过半个地球去了个地狱般可怕的地方,为的是打败那些疯狂的敌人。你以为那里才是世上一切危险的源头,硝烟四起的战场才是你面对的最大威胁。你以为如果你的人生会变得支离破碎,那一定是由于呼啸而来的火箭弹、埋在路边的土炸弹或是疯子们手里的 AKM 步枪这些东西。

但是,错了。敌人出手了,就像敌人惯常做的那样,然而敌人是在玛雅最没预料到的地方——在她亲爱的美国,在她的后院——出手的。

"玛雅?"

"我听着呢。"

"负责调查你姐姐案件的警官认定了这是一起入室凶杀案。她被……你了解案件的细节吗？"

"了解得足够多了。"

"我深表同情。"

"我说过，请别用怜悯的口气对我说话。"

"我不是，我们警察也是有血有肉的人。在你姐姐身上发生的……"

玛雅掏出了手机。她想打开app，看一眼女儿在干什么。此刻，只有莉莉才是她的定心丸。然而她止住了自己。不，现在不，不能把莉莉裹进这样的事情当中，哪怕是用看似毫无害处的一种方式也不行。

"在案子发生后，警方认真调查了克莱儿的丈夫，也就是你的姐夫……"凯尔斯开始翻起了文件。

"他叫埃迪。"

"对了，埃迪·沃克。"

"他不会干那种事，他爱克莱儿。"

"嗯，警方证明了他是清白的。"凯尔斯说，"但是，如今我们需要更仔细地调查一下你们的家庭，我们必须从全新的视角来看待一切线索。"

玛雅听懂了。她露出了微笑，然而其中不含一丝的幽默或是温情。"多久了，警官？"

凯尔斯仍然低着头，问道："什么多久了？"

"你知道弹道测试的结果有多久了?"

凯尔斯只是翻阅着手里的纸张。

"你已经知道这个结果有一阵子了,是不是?你早就知道了枪杀乔和克莱儿的是同一支枪,不是吗?"

"你为什么这么想?"

"当你来到我家要求查看我的史密斯-韦森手枪时,我估计你是想确认它不是凶杀的武器——确认它不是任何一起凶杀案的武器。"

"那是正常的调查,不说明什么问题。"

"但是你当时说过你已经不再怀疑我了,记得吗?"

凯尔斯没作声。

"那是因为你已经知道了,我不在犯罪现场的证据是毋庸置疑的。你知道是同样的一支枪被用来杀死了我姐姐,而且你知道克莱儿被杀时我派驻在国外。在这之前,呃,你们没有找到那两个戴面罩的家伙,你们认为这两个人也可能是我编造出来的。可是一旦你们得到了弹道测试的结果,你们就必须与部队仔细核实一下我当时的行踪。你们这么做了。我明白这些程序,不会是通个电话问一问那么简单。那么你知道弹道测试的结果究竟有多长时间了呢?"

他的声音很低。"就在葬礼那天。"

"这就对了。那么,你们找到这两个戴面罩的家伙和确认我当时在科威特,又是什么时候呢?"

"昨天深夜。"

玛雅点点头——和她猜的差不多。

"别这样,玛雅,不要太天真。就像我说的,当你姐姐被杀后,我们也仔细调查过你的姐夫,在这种事情上是不区分性别的。想想吧,你是乔的配偶,你一个人在公园里活了下来。如果把我们换成你,你眼里的第一嫌疑人会是谁呢?"

"特别是,"玛雅补充道,"这个配偶有着从军的经历,而且还是一个不折不扣的枪迷?"

凯尔斯没有费心去为自己辩护。还是那句话,他用不着再说什么了。他是对的。配偶总是首先受到怀疑的人。

"现在进展到这个程度了,"玛雅说,"我们接下来还要做什么?"

"我们需要寻找其中的联系,"凯尔斯说,"你姐姐和你丈夫之间的联系。"

"他们之间最重要的联系,当然就是我。"

"是的,不过还有其他的联系。"

玛雅点头道:"他们两人在一起工作。"

"对了。乔雇请你姐姐在他的股权投资公司上班,这是为什么呢?"

"因为克莱儿非常聪明,"提到姐姐的名字,玛雅感到心在刺痛,"乔了解她是个尽职尽责的人,值得信任。"

"而且因为她是亲戚?"

玛雅考虑了一下说:"是的,不过和一般意义上的那种任人唯亲有所不同。"

"有什么不同呢?"

"伯克特这家人非常重视自己的家族,有点像是旧时代的一个部落。"

"他们不信任外人?"

"他们不愿意信任外人。"

"好吧,我懂了。"凯尔斯说,"不过,如果是我,整天和妻子的姐姐一道工作……啊哈,想想就要发抖。你明白我的意思吗?"

"明白。"

"当然了,我的大姨子是个世界级的、奥林匹克水平的事儿妈。我估计你的姐姐——"他打住了,清了清嗓子又说,"就是说他们在一起工作,乔和克莱儿——这有没有使他们的关系变得有点紧张呢?"

"我曾担心过这一点,"玛雅说,"我的叔叔办过一家企业,非常成功。后来亲属们都想参与经营,他同意了,可是企业却弄得一塌糊涂。亲情和金钱从来不是最佳的搭档,到头来总是有人会心怀怨愤的。"

"但是他们之间不是这样?"

"恰恰相反,克莱儿和乔形成了这种新的关系后合作得非常愉快。他们都热爱工作,他们总是在谈论公司的业务。克莱儿冒出了什么主意就给乔打电话。乔想起第二天要做的什么事情就给克莱儿发短信。"她耸了耸肩说,"不过话说回来……"

"话说回来?"

玛雅抬头看着他说:"我毕竟离开了他们好长时间。"

"你派驻国外了。"

"对了。"

"问题是,"凯尔斯说,"一切都让人看不懂。怎么会有人在杀了克莱儿之后竟把武器藏匿了4个月,后来又把它给了这个叫凯特恩的家伙,让他去戴着面罩杀死乔?"

"凯尔斯?"

这是警察局的另一个探员。这个年轻的警官立在房间的另一侧,用手招呼凯尔斯过去。

"请原谅,等我一会儿。"

凯尔斯向那人走去。年轻的警官也迎上前,两人站在那里开始了窃窃私语。玛雅看着他们,脑子还在快速运转,可是她的念头总是跳到凯尔斯似乎根本未予重视的那件事情上——

保姆监控器。

这也不奇怪,她想,凯尔斯没有亲眼看到那段视频。他关注的是实实在在的证据。他还算是客气的,没把玛雅的话全当是一个疯子的胡言乱语而嗤之以鼻,但是他心里也许把这当成了丧偶的冲击带来的一种幻觉。公平地讲,如果换了玛雅也会这么想的。

凯尔斯和那人谈完了,回头向她走来。

"有什么事吗?"玛雅问道。

他抓起自己的西服上衣朝肩上一搭,说:"我开车送你回家,我们可以在车上接着说下去。"

行驶了10分钟后,凯尔斯问道:"你看见我们离开前我和另一个警官说话了,对吧?"

"是啊。"

"我们谈的是有关你的,呃,遭遇,"他的目光一直盯在路上,"我的意思是,你说的有关保姆监控器和胡椒喷雾剂方面的事情。"

这么说他还没忘。"那怎么了?"

"嗯,这么说吧,从现在起我打算不去考虑你所描述的那段视频的具体内容,好吗?在我见到它并一道来分析视频的内容之前,我们没有理由否定或者是确认那里边可能有什么……那是什么来着?是个U盘?"

"是个SD存储卡。"

"对了,是个存储卡。我们没有理由为那种难以把握的事情下太大的功夫,但是这也并不意味着我们就完全无所作为。"

"我没大听懂。"

"你遭到了袭击。这是事实。看看你的症状吧,你在家里显然是被胡椒或是什么东西喷在了脸上。你的眼睛现在还是红的。我能看出你还没完全克服它的残余物的影响。所以不管我们是否相信别的什么,你遭到了袭击这一点是不用怀疑的。"

他扭动方向盘转了个弯,顺势瞥了玛雅一眼。

"你说是你们家的保姆伊莎贝拉干的,对吧?"

"对。"

"所以我派人去了她的家,你明白吧,去核实你的说法。"

"你的人找到她了吗?"

凯尔斯的眼睛仍然盯着路面。他说:"让我先问你一个问题,好吗?"

玛雅并不喜欢这个回答。"好吧。"

"在你们的这场争执中,"他字斟句酌地问道,"你威胁过她或是让她几乎窒息了吗?"

"这是她对你们说的?"

"我问的只是个很简单的问题。"

"没有,我没那么做。"

"你没碰过她吗?"

"我也许是碰过,但是——"

"也许是?"

"得了吧,警官。我也许是碰过她,那是为了引起她的注意。这可是两个女人之间常有的事情。"

"两个女人,"他几乎露出了笑容,"这么说你开始对我打起女人这张牌了?"

115

"我根本就没伤到她。"

"你揪了她的衣服吗?"

玛雅听懂了。"这么说你的手下找到她了?"

"找到了。"

"而伊莎贝拉,怎么着,声称她是出于自卫的需要才对我喷了胡椒液?"

"差不多吧。她说你的行为好像是失去了理性。"

"在哪些方面呢?"

"她说你竟然言之凿凿,说什么你在视频里看见了乔。"

玛雅琢磨着自己应该如何应对。"她还说什么了?"

"她说你把她吓得不轻。她说你以威胁的姿态攥住了她的衬衫,是靠近喉咙的位置。"

"我知道了。"

"她说的是实话吗?"

"她说我给她播放了视频吗?"

"说了。"

"怎么说的?"

"她说屏幕上一片空白,什么都没有。"

"哇。"玛雅叹道。

"她说她很担心你患了妄想症。她说你当过兵而且经常佩带枪支。她说把这一切联系起来考虑——你的军旅背景,你的大发雷霆,还有你先对她动武——"

"动武？"

"你自己承认了，玛雅，你碰过她。"

她皱起了眉头，但是没说话。

"伊莎贝拉说她感觉受到了威胁，所以她使用了胡椒喷雾器，接着就跑掉了。"

"你的手下问了那张失踪的存储卡是怎么回事了吗？"

"问了。"

"让我猜猜。她没拿走它，而且对此毫无所知？"

"你猜中了。"凯尔斯边说边按下了转向灯，"你还打算指控她吗？"

玛雅想象得出这会是何等情景。一个在部队服役时就引发了舆论关注的女枪迷如今又歇斯底里地发誓说，她被人杀害的丈夫在视频里和女儿一同玩耍；她还揪住了家里保姆的衣领——并指控这位保姆，怎么说，不正当地使用了胡椒喷雾器？噢，还偷走了存有她那个死去的丈夫影像的视频存储卡。

是啊，这可有戏看了。

"现在还不。"玛雅说。

凯尔斯把她送到了家门口。他承诺一有新的进展就会联系玛雅。玛雅谢了他。玛雅考虑要不要提前把莉莉从日托中心接回来，她快速地查看了手机的app——那里正是讲故事的时间，虽然摄像头的角度有点偏，但是玛雅仍看得清莉莉那副全神贯注的神情——她断定接孩子的事还可以再等等。

电话里有十来条未接信息,都是来自乔的家人。噢,该死,今天宣布乔的遗嘱,可是她缺席了。玛雅本人还真没大在意这件事,可是乔的家人一定是很生气的。她摘下话筒给乔的妈妈去了电话。

朱迪斯在第一声铃响后就接起来了。"玛雅?"

"我今天太抱歉了。"

"你没事吧?"

"我挺好。"玛雅说。

"莉莉呢?"

"也很好。遇到了一些事情,我怕您着急就没先告诉您。"

"有什么事还能比——"

"警察找到了杀手,"玛雅打断说,"他们找我去辨认了那两个家伙。"

玛雅听见对方倒吸了一口气。

"你辨认出来了吗?"朱迪斯问。

"是的。"

"这么说他们被关进牢里了?案子破了?"

"比这要复杂,"玛雅说,"警方目前还没有足够的证据逮捕他们。"

"我不明白。"

"他们当时都戴着面罩,所以我没看到他们的长相。仅仅辨认身材和衣服还是不够的。"

"这……这么说警察要放了他们？让这两个杀了我儿子的坏蛋大摇大摆地走在大街上？"

"其中一个会由于非法持有枪支而遭到起诉。就像我刚才说的，这件事挺复杂。"

"你明天上午来这儿后我们再好好聊聊这件事，好吗？希瑟·豪厄尔认为，最好还是在我们全家人都在场的情况下宣读遗嘱。"

希瑟·豪厄尔是家族的律师。玛雅说了再见，放回话筒，打量起了自己的厨房。一切东西都是时髦的、簇新的，可是天啊，她想念的是布鲁克林家里那张塑料贴面的老餐桌。

她还在这个地方待着做什么？这里从来都不属于她的。

她来到了电子相框旁。那张SD存储卡也许还在里边吧。玛雅明知道这是不可能的，但是她现在觉得什么情况又都是可能的。她当真在视频里看到乔了吗？没有吧。他仍然活着吗？不会吧。这一切都是她自己的凭空想象吗？

绝不是。

她的爸爸是侦探推理小说的热心读者。他曾在那张塑料贴面的餐桌旁为玛雅和克莱儿读过柯南道尔的小说。夏洛克·福尔摩斯是怎么说来着？"当你排除了所有的不可能之后，剩下来的一定就是真相了，不论它是多么令人难以置信。"

玛雅拿起相框，查看它的背面。

没有SD存储卡。

"当你排除了所有的不可能之后……"

SD存储卡不见了。就是说,伊莎贝拉带走了它。就是说,伊莎贝拉撒谎了。伊莎贝拉用胡椒喷雾器制伏了玛雅,这样她就能取出并抢走SD存储卡。伊莎贝拉参与其中了。

她参与的到底是什么?

先做眼前的事,别的以后再说。

玛雅刚要把相框放回书架,却忽然停住了。她盯着相框,艾琳事先输入进去的那些照片正在更替中。那个念头又冒了出来。

为什么艾琳忙不迭地送她这部保姆监控器呢?

艾琳解释过,不是吗?玛雅变得孤单了,身边只剩下了莉莉,还有一个保姆。设置保姆监控器还是有必要的。小心无大错。她这些话都挺在理,是不是?

玛雅继续盯着相框。经过端详,她注意到了镶嵌在黑色框架上方的针孔摄像头。这件事细想起来并不简单:没错,监控器增添了一份安全上的保障,可是你把摄像头摆在自己的家里……

别人会不会也能用它来监视你?

OK,从容点,先不要惊慌。

有人发明制造了监控摄像器。这类物件大都能直接馈送讯号,可供人们监看现场的实时画面。不是说摄像头都会这样被运用，但是这种可能性是存在的。有人可以给它设置某种秘密的后门，然后用它来观察你的一举一动，就像玛雅打开 app 观察莉莉在日托中心的情况一样。

好可怕。为什么她竟让这么个玩意儿摆在了自己的家里？

艾琳的声音响在了她的耳旁。

"这么说你信任她？"

然后是：

"你不信任任何人，玛雅……"

实际上并非如此。玛雅信任谢恩。她信任克莱儿。那么艾琳呢？

她是通过克莱儿认识艾琳的。玛雅上高三的时候，比她大一岁的克莱儿考上了瓦萨文理学院。她驾车送克莱儿去学院报到，还到寝室帮助姐姐整理寝具。艾琳也被分到了这间寝室。玛雅记得当时在她眼里艾琳简直酷得不得了。艾琳聪明风趣，爱说爱笑，活力十足，说起骂人的话来像是个水手。放假时克莱儿带着艾琳回到了布鲁克林的家。艾琳能够和玛雅的教授爸爸一气儿争辩两三个小时，爸爸承认这种讨论让他挺受启发。

玛雅曾断定艾琳是个开足马力不屈不挠的铁娘子。但是，生活在改变人。生活喜欢挑选那些不同凡响的女人予以打压，使她们陆续在时光的列车中泯然众人矣。还记得高中时代那个聪颖火辣的小女神吗——有谁知道她如今干吗呢？这种情况在男人中较少发生，优秀的小男生往往都成长为了社会的中坚。

而那些超常优秀的小女生呢，似乎都被这个无情的社会缓缓地绞杀了。

为什么艾琳要送监控器给玛雅呢？

关在屋里思来想去已毫无意义，是时候去当面弄个清楚了。玛雅走进地下室，用指纹打开了枪械保险柜。那支贝雷塔M9手枪就在眼前，可是她选了一支格洛克26。它更小，便于隐藏。

玛雅并不认为她真的需要携带武器，不过没人知道什么时候会需要它。

9

玛雅的车开到路边时,艾琳正在房前的草坪上莳侍弄玫瑰花。艾琳向她招手。玛雅也挥了挥手,停好了车。

玛雅从来就没有太多的女朋友。

玛雅和克莱儿生长在布鲁克林的绿点区,一直住在一幢多栋联排住宅的下面两层房屋里。她们的父亲是纽约大学的教授。母亲是个律师,可是干了6年就辞去了工作,在家专心抚养两个孩子。她们的父母不是什么反战人士或社会主义的信奉者,不过他们的观点倾向于左派是无疑的了。他们送两个女儿参加布兰迪斯大学校园著名的夏令营;他们让女儿们吹奏铜管乐器,阅读文学经典;他们鼓励女儿们接受正规的宗教学培训,同时跟孩子们强调,宗教所传播的大多是寓言和神话,而不是事实;他们从来没有收藏过枪支;他们不打猎、不钓鱼,不参与其他任何被称为野外活动的事情。

玛雅小时候就冒出了开飞机的念头。谁都说不清她究竟是如何或是为什么产生了这种愿望。这个家庭里从来没有人从事飞行,也没有人对航空或者机械或其他相近领域的事情感兴趣。父母以为玛雅对飞行的痴迷只是一阵子的心血来潮,然而他们错了。当玛雅决定投考美国陆军培训精英飞行人才的机构时,父母没有对她发出指责或是做出宽恕。他们只是不明白她为什么要这么做。

经过一段基础训练后,玛雅领到了一支贝雷塔 M9。人们早已用各种复杂深奥的心理学理论探究过有人钟情于枪械的原因。玛雅的原因却很简单。她就是喜欢枪,喜欢射击。是的,她明白武器可以置人于死地。她理解人性的深处有一种毁灭的欲望。她见到有许多人,主要是男人,在自认为遇到不公时,拿起武器来寻求危险的也是愚蠢的补偿。她也懂得,有些人之所以迷恋武器,是因为一枪在手能让某种不健康不正常的情绪在他们的体内膨胀,这种感觉让他们上瘾,而其结果通常都不是什么好事情。

可是就玛雅而言,对于射击,她就是个简单的喜欢。她擅长射击,同时被射击所吸引。为什么?谁知道呢,就像有人喜欢篮球,有人喜欢游泳,有人喜欢收藏,有人喜欢跳伞,都是同样的道理吧,玛雅这样想。

艾琳站起身,拂拭了粘在膝盖上的泥土后,微笑着朝玛雅走来。玛雅跨出了车门。

"嘿,玛雅!"艾琳说。

"你为什么要送我监控器?"

就这么脱口而出。

艾琳走到一半停住了。"什么?怎么了?"

玛雅总在艾琳身上寻找那个活力无限的大学一年级女生的模样,偶尔还能看到一点当年的影子。艾琳在逐渐恢复,但毕竟时间已经流逝,而且她的创口也是很难完全愈合的。艾琳曾是那样聪明、刚强、神通广大——或者至少看起来是的——可是她选错了男人。事情就这么简单。

罗比起初爱她爱得简直是无以复加。他千方百计取悦艾琳,一有机会就向人夸耀她。他为艾琳而骄傲,对所有的人都介绍她多么聪明能干。他的骄傲变得过分了,爱恋转化成了一种强迫症。克莱儿有所担心,然而发现了青紫色瘀伤的是玛雅。艾琳已经穿起了长袖的衬衣,可是她们姐妹俩一开始也没理会,很简单,因为她们完全不能相信会有这样的事情发生。玛雅曾以为,家庭暴力的受害者多少都有点……受气包儿的特征。只有弱势的女人才会陷入这种境地。那些贫苦的、教育程度低的女人,那些天生软弱、缺乏骨气的女人——男人欺负的都是她们。

像艾琳这种自强自立的女人?没门儿。

"回答我的问题,"玛雅说,"你为什么把监控器送给了我?"

"你说会是为什么?"艾琳反诘道,"你是个带着小女孩的寡妇。"

"为了保护我们？"

"这你还看不出来吗？"

"你在哪儿买的这个玩意儿？"

"什么？"

"隐藏了摄像头的电子相框。你在哪儿买的？"

"在网上。"

"哪家网店？"

"你开玩笑，是不是？"

玛雅只是冷眼盯着她。

"好家伙，OK，我是在亚马逊买的。发生什么事了，玛雅？"

"提供证明给我。"

"你当真吗？"

"如果你是在网上买的，就肯定有订货和付款之类的记录。让我看看。"

"我不明白这是怎么了。发生什么了？"

玛雅曾对艾琳非常钦佩。她姐姐有点温良的气质，艾琳却带有一股野性。艾琳赢得了她的心。和艾琳在一起，玛雅感到很舒服。

不过那都是老早以前的事了。

艾琳生气地扯下干活戴的手套，把它们抛到了地上。"好吧。"

她扭头走向门口。玛雅在后面追了上去，看见艾琳的脸绷得很紧。

"艾琳……"

"你以前说的是对的。"

"关于什么?"

泪水在艾琳的眼眶里打转。"关于罗比,你说过我应该永远地摆脱他。"

"我不明白你怎么说起了这个。"

这是一幢 20 世纪 60 年代建造的错层房屋。她们走进了起居室。一面墙上挂的都是艾琳的两个孩子——凯尔和米茜的照片。没有艾琳的照片,也没有罗比的。另一面墙上的招贴画吸引了玛雅的目光。克莱儿也有与它同样的一幅。它上面从左至右排列了四幅黑白照片,框外用印刷字体标明这反映了埃菲尔铁塔建设过程的几个阶段。在艾琳和克莱儿 20 岁、玛雅 19 岁的时候,她们三个人趁着暑假去法国来了一次背包旅行。艾琳和克莱儿都在那次旅行中买了这幅招贴画。

在旅行的第一周里,三个姑娘每天夜里都和不同的法国小伙子出去约会。她们在做爱——仅是做爱之后,会整晚咯咯地笑个不停,谈论着弗朗西斯或是劳伦或是帕斯卡尔有多么可爱。一个星期刚过,克莱儿遇上了让·皮埃尔,书写起了一部真正意义上的夏日罗曼史——如醉如痴,如火如荼,如诗如梦。两个人即使在公众面前也毫无顾忌地展示彼此间的柔情蜜意,玛雅和艾琳不禁为之瞠目结舌。不幸的是,6 周的假期就要结束了。

面对转瞬即逝的尾声阶段,克莱儿半是调情、半是认真地提出不回瓦萨文理学院读书了。她陷入了爱河。让·皮埃尔陷入了爱河。他乞求克莱儿留下来。他声称自己是"现实的浪漫主义者"。他说他知道这样做的代价有多大,但是他同样知道只要他们两人在一起就能战胜一切。他爱她。

"求你了,克莱儿,我明白我们能行。"

克莱儿是真正现实的。她让他心碎,也让自己心碎。她痛哭了一场,可是回来了,回到了她正常的、早已规划好了的生活轨道上。

玛雅不禁想知道,让·皮埃尔现在干什么呢?他结婚了吗?幸福吗?有孩子了吗?他还在想念克莱儿吗?通过网络这类的渠道他已经知道克莱儿死了吗?如果知道了,他会做出什么样的反应呢?震惊,愤怒,不予置信,一蹶不振,还是只不过伤心地耸耸肩膀?

玛雅还想知道,如果克莱儿当时决定留在法国与让·皮埃尔厮守下去,又会是怎样的结局。最有可能的是,她会延续几个星期也许是几个月的浪漫情缘,最后还是回到家里来。她也许会落下一个学期的功课,相应地,毕业也要向后推迟一段。

浪漫的代价。

克莱儿应该留在那里。她考虑事情不应该过于实际。

"我明白你以为你已经把罗比永远地赶出这里了,"艾琳说,"而且我非常感谢你当时做的事情。你救了我的命,这你是懂得的。"

艾琳在那天午夜发给玛雅的短信简单明了：他要杀了我，快帮帮我。玛雅当即驾车出发，包里装的就是现在这支手枪。醉醺醺的罗比暴跳如雷，大骂艾琳是肮脏的娼妓，甚至还骂得更难听。他暗中监视艾琳，看见了她在健身馆对别的男人露出的微笑。玛雅到达的时候，罗比正在摔着东西四处搜寻艾琳，而艾琳已经在地下室里找了个藏身的地方。

"你那天晚上把他吓坏了。"艾琳说。

的确如此。也许玛雅当时有点过分了，不过有时候你别无选择。

"可是当他得知你再次被派往国外后，他就又开始来纠缠我了。"

"为什么你不去报警？"

艾琳耸耸肩说："警察从不相信我说的。他们用一番无比正确的大道理劝说我。你知道罗比，他有办法让自己显得很有魅力。"

而且，玛雅告诉自己，艾琳也从未正式起诉过罗比。心存幻想和心怀恐惧，两者的叠加是家庭暴力恶性循环最理想的助推器。

"那么发生了什么情况？"

"他回到这里动手打我，打折了两根肋骨。"

玛雅闭上了眼睛。"艾琳！"

"我再也受不了这种担惊受怕的日子了。我想过要弄一把枪。你懂的,那可以看作是正当防卫,对不对?"

玛雅没有作声。

"不过,那又能怎样?警察会怀疑我为什么突然申请办理购枪手续。也许我还是会被判有罪,即便没被判,凯尔和米茜今后的生活会是什么样?他们的妈妈杀了他们的爸爸。你以为他们能理解这种事情吗?"

他们能,玛雅想,不过她没说出来。

"我无法继续忍受下去,所以我设了一个套,让他再打我一次。最后的一次。如果我能从这场殴打中活下来,我大概就能让他永远地滚出我的生活。"

玛雅开始听懂了。"你用隐藏的摄像头拍摄了视频。"

艾琳点点头。"我把视频交给了我的律师,他想把它送给警察,可是我只想让事情了结算了,所以他就找了罗比的律师。最后罗比放弃了孩子的共同监护权。他明白视频在我的律师手里,如果他再回来……这个结果不算很完满,但是这么一来还是好多了。"

"你为什么没告诉我?"

"因为在这件事上你做不了什么,因为你总是充当保护别人的角色,我不想再给你添乱了。我希望你也能过得好。"

"我挺好。"

"不,玛雅,你过得并不好。"

艾琳俯身摆弄电脑，嘴里说道："你知道有多少人赞成警察随身携带摄像设备吗？92%的公众。这不奇怪。我也想了，如果不允许人们配备这种东西，我们的行为会怎样呢？人和人之间的关系难道会更好一点吗？我常常在想这个事情。我认为我们不论做什么，都应该拍摄下来，记录在案。所以我就买了监控器。你听明白了吗？"

"让我看看订单，好吗？"

"好，"艾琳没再提出抗议，"在这儿呢。"

玛雅低头看向屏幕。果真是订单——订购3部装有隐蔽摄像头的电子相框。

"一个月前下的单。"玛雅说。

"我给自己订购了3部，其中一部送给了你。"

一个月前。看来认为艾琳参与了这件事——鬼知道这件事究竟是什么——的想法并不能站住脚。没人能在一个月前就预见到这些事情。而且说实在话，玛雅大概是想多了，艾琳还能对她搞什么鬼吗？

这一切都不合情理。

"玛雅？"

她转头看艾琳。

"你不信任我，这让我很受伤，可是我打算跳过这一段不提了。"

"我在视频里看到了一些事情……"

"是吧，我猜也是这么回事。看到什么了？"

玛雅没兴致与艾琳分享那些听着像是疯话的事情。艾琳听了也许相信，也许不信，不管怎样都需要花时间去解释，而且玛雅看不出艾琳在这事上能帮上她什么忙。

"警方在克莱儿被杀的案子里发现了一点奇怪的东西。"玛雅说。

"新的线索？"

"也许吧。"

"过了这么久之后？"艾琳晃晃脑袋说，"哇。"

"对我说说你记得的事情吧。"

"关于克莱儿的凶杀案？"

"是的。"

艾琳耸耸肩说："是入室抢劫杀人，可能是流浪汉干的，警察这么说。我知道的就是这些。"

"不是入室抢劫。不是流浪汉。"

"那是怎么回事？"

"杀克莱儿用的那支枪，"玛雅说，"也用来杀了乔。"

艾琳的眼睛瞪大了。"但是……这不可能。"

"可事实如此。"

"这是你在监控器上发现的？"

"什么？不。警察从乔的身体里取出弹头后，拿去做了弹道测试。他们用计算机进行比对，看这颗子弹与他们掌握的其他案件的数据是否有关联。"

"结果发现和杀害克莱儿的子弹是一样的?"艾琳颓然坐下了,"我的上帝啊。"

"所以我需要你的帮助,艾琳。"

艾琳抬头看她的眼神就像是罩在烟雾里那样迷蒙。"任何事都行。"

"我需要你回头仔细想想。"

"好啊。"

"克莱儿被杀之前有什么异样的表现吗?发生了什么不寻常的事情吗?我指的是任何事情。"

"我一直以为这是个偶然的事件,"艾琳还没从震惊中恢复过来,"以为就是碰上了入室抢劫的歹徒。"

"不是这样,我们现在知道了。我需要你集中起精神来,艾琳,好吗?克莱儿死了,乔也死了,是同一支枪杀害了他们两个人。也许他们两个共同卷进了什么事情——"

"卷进了什么事情,克莱儿?"

"不一定就是坏事,可能有什么事情——是某种和他们两人都有联系的事情——正在进行中。好好想一想,艾琳,你比谁都更了解克莱儿。"

艾琳低下了头。

"艾琳?"

"我没觉得这件事和她被杀有什么关系……"

玛雅感觉身上穿过了一股电流。她尽力显得不动声色。"说给我听听。"

"克莱儿的行为……我不是说她显得很古怪什么的……但是有这么一个事。"

玛雅点头,鼓励她说下去。

"我们有一天在鲍姆加特饭店吃午餐。这大概是凶杀案发生的一个星期,也许是两个星期前。她的手机响了,她的脸一下子变得苍白。一般情况下她都是当着我的面接电话,我们之间真的没什么秘密,这你明白。"

"继续说。"

"但是,这一次不同,克莱儿抓起手机急忙出去了。我从窗户往外看,看得见她对着手机谈得很热烈。她大概是说了有5分钟,然后就回来了。"

"她说了是谁的电话吗?"

"没有。"

"你没问她?"

"问了,她说没什么事……"

"我听着你要说'但是'。"

"但是,那显然不是没什么事。"艾琳摇起了头,"我为什么没让她对我说出来呢?我怎么会只是……?不论是怎么回事,克莱儿后来在吃饭的过程中显得完全心不在焉。我试着提了几次话头,想问问那个电话的事,都被她挡回来了。天啊,我应该逼她说出来才对。"

"我想你没法做得更多了,"玛雅思索着说,"警方肯定要仔细调查她的手机通话记录。他们会注意到她的每次通话的。"

"问题就在这里。"

"什么?"

"那部手机。"

"手机怎么了?"

"那不是她的。"

玛雅探过身去。"能再说一遍吗?"

"她平时的手机,就是把孩子们的照片设定为壁纸的那部,还在桌上放着呢。"艾琳说,"克莱儿还带了另外一部手机。"

10

伯克特家族的仆人们住的一排小房子位于范伍德庄园大院后侧的边缘,房子的右面就是向庄园运送货物的出入口。这些房子都是单层的,它们让玛雅记起了部队的营房。其中最大的一幢属于伊莎贝拉一家人。伊莎贝拉的母亲罗莎仍然在庄园的主楼里工作,由于伯克特一家的孩子们都长大了,没人知道她还在那里干些什么。

玛雅敲了敲伊莎贝拉的门。这片房子全都是静悄悄的,几乎不像有人居住的样子,其实是他们这些人的工作强度很大,这时大概都出去干活了。玛雅远不是一个社会主义者。然而,伯克特家族总是在指责和抱怨雇佣的员工,他们从心底相信这个社会就是一个等级分明的精英治理结构。玛雅感觉她的婆家人的这种势利眼是十分可笑的。事实上,伯克特家族能够坐拥巨大财富,只是由于上溯两代这个家族的某位祖父巧妙地钻了房地产法规上的一个空子。玛雅明白,如果要求伯克特家族的人都按照那些仆人的劳动时间来工作,他们中的大多数连一个星期都撑不下去。

在玛雅的身后,赫克特开着道奇皮卡车过来了。车停到了离玛雅还有相当距离的地方,赫克特跨出了车门。

"伯克特夫人?"他的神情显得有些惊慌。

"伊莎贝拉在哪儿?"

"我想您最好是离开这里。"

玛雅摇头道:"在见到伊莎贝拉之前我是不会离开的。"

"她不在这里。"

"那么她在什么地方?"

"她走了。"

"去哪儿了?"

赫克特摇起了脑袋。

"我只是来道歉的,"玛雅说,"这完全是一场误会。"

"我会把您的这番话转告她的。"赫克特来回倒脚,把身体的重量从一条腿转移到另一条腿上,嘴上继续说道,"我想您还是离开吧。"

"她在哪儿,赫克特?"

"我不会告诉您的。她真的被您吓坏了。"

"我需要同她谈谈。你可以留在房间里,也好确保她的安全什么的。"

一个声音在她的背后响起:"这种事你就别想了。"

玛雅回过身,只见伊莎贝拉的妈妈开门站在那里。她用愤恨的目光瞪着玛雅,说道:"离开这儿。"

"不。"

她把眼神转向自己的儿子说:"你进门来,赫克特。"

赫克特以唯恐避之不及的姿势绕过玛雅闪进了门里。伊莎贝拉的妈妈又瞪玛雅一眼,接着关上了房门,把玛雅一个人挡在了外面。

她应该防备这一手。

先忍住,玛雅告诉自己,三思而后行。

她的手机响了。她查看屏幕,是谢恩的电话。

"嘿。"她说。

"我查了你给我的车牌号,"谢恩直入主题,"那辆别克威朗是一家叫 WTC 的有限公司从租车行租来的。"

WTC,没听说过。"知道这几个字母缩略词代表什么吗?"

"不知道。这家公司是用得克萨斯州休斯敦市的一个邮箱地址注册的,看着像是所谓的控股公司之类的企业。"

"是那种不愿意暴露真实面目的企业?"

"对了。如果我们想了解得更多,我就需要搞一个开展侦查的许可令。而为了达到这个目的,我又需要找出一条对它进行调查的理由。"

"算了吧,不查了。"她说。

"好吧,既然你这么说。"

"那不算什么要紧的事情。"

"别对我撒谎,玛雅,我恨你对我不说实话。"

玛雅没有回答。

"什么时候你想对我和盘托出,就给我打电话。"

谢恩挂断了。

埃迪没换门锁。

从扯下费尔教练裤子的那天之后,玛雅再没来过克莱儿的家——是的,她仍然认为这里是克莱儿的家。门前的车道上没有车。她敲了门,屋里没有反应。所以她掏出钥匙开门进去了。走进前厅时,埃迪的话又在她耳边响了起来。

"死神在跟随着你,玛雅……"

也许埃迪说得不错。如果真是这样,她把危险带到丹尼尔和爱丽克丝这里,是公平的吗?

还有,对莉莉来说不也是如此吗?

装着克莱儿遗物的那些纸箱还堆在原地没动。玛雅想着艾琳见过的那部神秘的手机。很显然,当你不希望任何人知道你与谁通话时,你就会去买一部这样的手机。

这部手机的下落如何呢?

如果克莱儿被杀时手机在她身上,警察就不会轻易放过它。当然,这种情况很可能已经发生了。警方在侦查中也许已仔细地恢复和分析了手机所能提供的各种信息,最后认定了它们没什么意义。但是玛雅不这么看。谢恩在警察局有内线，他已经替玛雅了解了办案的过程，其中没有出现另外一部手机和解释不清的通话记录。

这就意味着这部手机很可能还没被人发现。

这些箱子上没贴标签。埃迪看来是在悲痛和慌乱中匆匆地把克莱儿的物品装了进去，衣服和化妆品、首饰和纸张、鞋和一些小零碎都混杂着塞在了各个箱子里。克莱儿喜欢买一些便宜的纪念品。古董和其他真正具有收藏价值的东西太昂贵了。每到一个新的都市或是旅游名胜，克莱儿总要买个雪花球什么的做个纪念。她在墨西哥蒂华纳买了一只玻璃酒杯，在意大利比萨城买了一个斜塔形状的储蓄罐。她有个印着戴安娜王妃头像的瓷盘，有个可以放在汽车仪表盘上面的来回摇呼啦圈的夏威夷女郎塑像，还有一对儿拉斯韦加斯赌场的骰子。

都是些无用且不值钱的小物件，它们存在的价值就在于曾经让克莱儿露出过开心的笑容，而正在翻动这些东西的玛雅却是一脸严峻。玛雅此刻是在履行自己的使命。从一定层面来说，睹物思人，触碰她姐姐喜爱的这些小摆饰，给玛雅带来的是强烈的痛苦，还有渐渐放大的负罪感。

你的丈夫说得对，是我招来了死神。我应该守在你的身边，我应该保护你才对……

不过从另外的——更高更重要的——层面上说，这种痛苦和负罪感是有帮助的。它们使她对自己的使命认识得更加明确清晰。当你意识到你在为何而赌命一博,当你意识到你的使命的真正意义,你就有了激励自己的动力。它让你心无旁骛,它让你殚精竭虑。你看清了行动的目的,你就有了行动的力量和勇气。

但是,那部手机不在这些箱子里。

翻完最后一只箱子后,玛雅仰面躺在了地板上。好好想想,她提醒自己,钻进克莱儿的脑袋去想。她的姐姐有一部不想让人察觉的手机。她会把它藏在……?

玛雅的脑袋里浮现出一个记忆。那是克莱儿上高三、玛雅上高二的时候。克莱儿大概是出于突发的叛逆意识,开始抽起了香烟。爸爸有一只超级敏感的鼻子。他能从克莱儿身上闻出端倪来。

爸爸在大多数事情上都持非常开放的态度。作为大学教授,他见多识广,鼓励年轻人对于生活的尝试和探索。但是,吸烟是个例外。他的母亲是患上肺癌死去的。在濒临死亡的那些日子中,奶奶一直躺在房子最里边的一间小屋里。玛雅清楚地记得从奶奶的屋子里传出的可怕声音。艰难的湿漉漉的喘息声,还有胸腔的积水咕噜咕噜的声响。奶奶就这样缓慢而痛苦地挨过了最后的几天,直到再也喘不出后面的一口气。奶奶去世后玛雅很少进入那个房间。死神仿佛还在那里游荡,死亡的气息似乎已经牢牢地渗入了四周的墙壁。更糟糕的是,玛雅有时不得不承认,她重新听见了那种咕噜咕噜的声响。她在什么地方读到过，声响永远不会彻底消失，它们只是在衰减，渐渐地变得微弱。

比如直升机旋翼的轰鸣，比如炮火和枪弹的呼啸，比如临死前凄厉的尖叫。

也许，玛雅想，就是从那间小屋开始……也许死神就是从那里开始盯上并且牢牢跟住了她。

仍然躺在地板上的玛雅合上了双眼。她尽力让呼吸平稳下来，远离那些可怕的声音。

脑海深处的记忆重新冒出来提示她：爸爸憎恶香烟。

对了，是这样，克莱儿吸上香烟后，爸爸有所察觉了。他在晚上搜查克莱儿的卧室，真的翻出了香烟，发了一顿脾气。克莱儿的吸烟史持续的时间不长，但是在它还没结束的时候，克莱儿终于找到了爸爸永远想不到去搜寻的一处藏烟的好地方。

玛雅的眼睛睁开了。

她立即爬起身去了客厅。奶奶的那只老木箱在这里。克莱儿曾把它当作咖啡桌来用，此刻上面摆放着一些家庭照。玛雅把照片挪到了地板上。大都是丹尼尔和爱丽克丝的照片，埃迪和克莱儿的只有一张，是他们在婚礼上拍摄的。玛雅停下来凝视着这张照片。他们俩都显得那样年轻和快乐，充满了憧憬，对未来没有丝毫的怀疑和担忧。这两个人当时对命运为他们做出的安排一无所知，不过话说回来，没有人预先知道这种安排，不是吗?

木箱里装的是桌布这类的日用织品。玛雅拨开它们,手伸进下面来回触摸箱底。

"这只箱子是我爸爸在基辅买的。"奶奶对她们姐妹俩这样介绍。那时离奶奶患癌症去世还有好多年,克莱儿和玛雅都还小。奶奶很健康,敏捷好动,经常领着小姐俩去游泳,还教她们打网球。奶奶指着箱子里边说:"看见了吗?"

小姐俩弯下腰朝下看去。

"他亲手改造了这只箱子,在下边隔出了一层秘密的储藏区。"

"为什么它是秘密的啊,奶奶?"克莱儿问道。

"这样他就能把他妈妈的珠宝和家里的现金藏在里边。你们这两个小丫头要记住,任何陌生人都可能是一个小偷。长大了,你们俩可以互相依靠,但是永远不要把你们值钱的东西放在其他人能发现的地方。"

玛雅的手指摸到了那条细窄的木缝。她按下机关,听到咔嗒一声,挡板滑开了。就像是小时候那样,玛雅弯下身向下望去。

手机在里面。

玛雅露出满意的微笑,取出了这部手机。如果玛雅是一个笃信宗教的人,她会相信奶奶和姐姐此刻正在天国俯瞰着自己。然而她的信仰不够虔诚。人死了就是死了,这是个无法改变的现实。

她想打开手机，可是电池的电量已经耗尽了。这不奇怪。自从克莱儿被杀后大概没人碰过它。玛雅转动手机查看它的充电插口。不是很另类的那种，她回头应该能找根合适的电源线给它充上电。

"你在这儿干什么？"

这声音把玛雅吓了一跳。她本能地闪到一旁，做出了防御的准备。

"噢，天哪，埃迪。"

埃迪的脸涨得通红。"我说过——"

"你是说过，当面对我说的。等一会儿，我得把气儿喘匀了。"

这可真是心无旁骛啊，玛雅自嘲地想。她刚才完全沉浸在取得重大发现的喜悦之中，竟浑然不知埃迪已经蹑手蹑脚地进了屋，到了她的身后。

对伊莎贝拉疏于防范后，这是她犯的又一个错误。

"我说过你不要再来——"

"我是来查看箱子里她的东西。"玛雅说。

埃迪向前跨了一步，重心显得不是太稳。"我对你说了，离我们远点。"

"你是说了。"

埃迪穿的还是那件红色法兰绒衬衫，两只袖子挽了上去，露出了胳膊上发达的肌肉。他结实匀称，看着像个次重量级拳击手。克莱儿喜欢他的这一点，他的身材。他的眼睛由于酒精的作用而发红。

他伸出了手,掌心向上。

"把钥匙给我,马上。"

"我不会给你的,埃迪。"

"我可以换锁。"

"你倒是应该换换你的衣服。"

埃迪看了看摊在地板上的那些相框和桌布,问道:"你打开木箱干什么?"

玛雅没有回答。

"我看见你拿了什么东西。把它放回去。"

"不。"

他的目光移向了玛雅,两手攥成了拳头。"我可以夺过——"

"不,你不能。她有外遇吗,埃迪?"

他怔住了,不由得张开了嘴巴。接着他说:"去你的。"

"你知道这事吗?"

埃迪的眼里泛起了泪光。玛雅的双眸不由得瞥向结婚照上埃迪快乐的、充满了憧憬的脸庞。也许他的眼球发红不仅仅是由于酒精的原因。埃迪也低头看着照片,同样是那一张。他好像是撑不下去了,一屁股跌进沙发,低头把脸埋进了手掌。

"埃迪?"

他的声音微弱得很难听清。"那人是谁?"

"我不知道。艾琳说克莱儿有时接到神秘的电话。我刚刚在这只箱子里找到了一部手机。"

他仍然用双手捧着脸。"我不相信。"他的声音冷漠空洞。

"发生什么事了，埃迪？"

"没什么。"他抬起了头，"我的意思是，我们不能说仍然处在一个最好的时期。不过婚姻就是这样子，有个高低起伏的周期。你全明白，不是吗？"

"我们现在谈论的不是我的事情。"

埃迪摇摇脑袋，又把它垂下去了。"也许不是，也许是。"

"这是什么意思？"

他说这话时的语速过于缓慢。"克莱儿是为你的丈夫工作的。"

玛雅不喜欢他说话的节奏。"那怎么了？"

"所以，当我问她的时候，她的理由总是，她工作到很晚。"

现在是他盯着她的眼睛在看。她也看着他。玛雅不是个转弯抹角的人。

"如果你是在暗示克莱儿和乔……"

这太荒谬，荒谬得很难把意思说完整。

"是你提到她有外遇的，"埃迪用力地耸耸肩说，"我只是告诉你她晚上都在什么地方。"

"就是说你隐约感觉到有个第三者？"

"我没这么说。"

"不，你等于是说了。你怎么一直也没对警察说出你的感觉呢？"

这次轮到埃迪不做回答了。

"噢，是啊，"玛雅说，"你是她的丈夫。警察本来就反复调查她的死是否和你有关，如果他们知道了你怀疑她有外遇，结果更是可想而知了。"

"玛雅？"

她等他说下去。他却向她跨出了一步。她随着往后退了一步。

"给我那部该死的手机，"他说，"然后从这儿出去。"

"手机我拿走。"

埃迪挡住了她。"你真想看看把我逼急了会怎样吗？"

玛雅想到了手包里的那支枪。事实上，你从没忘记它。一旦你携带了一支武器，它就或明或暗地盘桓在你的脑际，你绝对没法无视它的存在。不论是好是坏，它毕竟是让你多了一种选择。

埃迪又向她逼近了一步。

玛雅决不会交出手机。正在她把手伸向手包时，响起了两个熟悉的喊声。

"玛雅姨妈！"

"唉！"

丹尼尔和爱丽克丝以只有孩子们才有的方式跌跌撞撞地冲进门来。他们紧紧地拥抱玛雅，她也紧紧地抱住了他们，同时留心着不让他们挤住了自己的手包。她重重地吻了两个孩子，没等埃迪做出什么蠢事就很快找个借口离开了。

5分钟后，埃迪打通了她的手机。

"很对不起，"他说，"我爱克莱儿，我怎么会……你都明白。我们是遇到点问题，是的，可是她也爱着我。"

玛雅开着车答道："我知道，埃迪。"

"求你一件事，玛雅。"

"什么事？"

"不论你在那部手机里发现了什么，不论事情有多么糟糕，我都希望你告诉我。我需要知道真相。"

玛雅从后视镜里再次看到了那辆红色别克威朗。

"答应我，玛雅。"

"我答应。"

她挂断手机，又看了看后视镜，可是那辆车不见了。她在20分钟后开到了小蓓蕾婴幼儿日托中心。凯蒂小姐让她填写了余下的一些表格，办理了付账手续。莉莉离开时显得恋恋不舍，玛雅认为这是个好兆头。

回家安顿好莉莉后，玛雅拉开了她的"充电器抽屉"。如同玛雅认识的许多人一样，她从不扔掉任何一只充电器。这只塞满了过时充电器的抽屉简直像个蛇穴，蜿蜒盘绕着几十根，也许是上百根数据线——哈，没准儿还能发现大尺寸磁带录像机的充电器呢。

她终于找到一根与克莱儿的手机底端的插口相匹配的数据线，插入后等到手机获得了维持运行的电量。这是那种很便宜的老款手机，不过通话记录的功能还是有的。玛雅按下图标，用手指滚动屏幕。

完全是同一个号码。

玛雅查了查，一共是16次通话。号码是陌生的，地区号是201，就是说在新泽西北部。

克莱儿究竟是和什么人通话？

她看了看日期。通话开始于克莱儿死前3个月的时候，最后一次是在凶杀案发生的4天前。这意味着什么？通话的频率不是很均衡，开始时很集中，后期也很多，中间一个时期只是零星的。

克莱儿是在商定约会地点吗？

片刻间让·皮埃尔闪进了玛雅的脑际，不禁调动起了她的想象力。设想一下吧，过了这么多年，让·皮埃尔忽然冒出来联系了克莱儿。这种事屡见不鲜，特别是在网络时代。有了facebook，情人们就不会消失得踪迹全无。

但是，不可能，这不是让·皮埃尔。如果是这回事，克莱儿不会瞒着她。

真的吗？你这样确信无疑吗？不用说，克莱儿是在忙着做什么事情，看来她没打算把这事告诉玛雅。玛雅一直以为她和克莱儿可以分享任何消息，两人之间没有秘密可言，可是她想错了。不过话说回来，看问题要公平。当这一切发生的时候，玛雅正在地球另一端的荒漠上为国家而战斗。玛雅没在这里，没在家乡，没在姐姐身旁保护她。

你守着一个秘密，克莱儿。

现在怎么办？

从最简单的开始，上网搜索这个电话号码，如果幸运的话说不定会有收获。玛雅把号码敲进搜索引擎，按下了回车键。

有了，这真是……

搜索立即就出了结果，这让她有点意外，因为通常在搜索一个电话号码时，有关的第三方会要求你提供一些自己的信息或背景资料。与克莱儿通话的这个号码属于一家经营机构，可是如同荒唐错乱的近几个星期发生的其他一切事情一样，你得到的答案只是给你引出了更多的问题。这部电话的位置的确在新泽西北部，如果谷歌地图可信的话，就在乔治·华盛顿大桥的附近。这个经营机构的名称是黑流苏——一家绅士俱乐部。

绅士俱乐部，脱衣舞夜总会的委婉代称。

只为得到确认，玛雅又点击了链接，满屏扑面而来的都是极度吝惜衣料的女人。没错，脱衣舞夜总会。她姐姐搞到一部秘密手机，把它藏在奶奶的旧木箱里，为的是和脱衣舞夜总会方便地通话。

这能说得通吗？

不能。

她尝试着将这个刚获知的情况融入大的背景做通盘分析。她把所有的因素——克莱儿、乔、保姆监控器、秘密的手机、脱衣舞夜总会以及其他——都加了进来，考虑到了各种各样的可能性，最后却什么都没弄明白。没有一件事显得合乎情理。玛雅在绝望中不惜抓住任何一根稻草。也许克莱儿有了外遇，而她的男朋友，怎么着，在这家夜总会工作。也许让·皮埃尔就是夜总会的经理。夜总会的网页上倒是提到了，他们乐于让"高端客户"领略妙不可言的"法兰西风情"，可是玛雅不懂也不想弄懂那到底意味着什么。也许克莱儿开始了一种秘密的新生活，在夜总会找了份工作。你有时会读到或是在有线电视播出的劣质电影里看到这种故事：白天是家庭主妇，夜里是脱衣舞女。

快打住吧。

她拿起电话打给了埃迪。

"你发现了什么吗？"埃迪问道。

"你曾经去过脱衣舞夜总会吗？"

沉默，然后是："曾经？"

"是的。"

"去年。有个同事就要结婚了，我们去搞了一次告别单身的派对。"

"在那以后呢？"

"就那一次。"

"那个夜总会在什么地方？"

"等等，这究竟——"

"回答我就是了，埃迪。"

"费城的郊外，樱桃山一带。"

"没去过别的地方？"

"没有。"

"有一家叫黑流苏的夜总会，你有印象吗？"

"你开玩笑，是不是？"

"埃迪？"

"没有，从来没听说过。"

"好了，谢谢你。"

"你就不想告诉我这是怎么回事吗？"

"现在还不行，再见。"

玛雅坐在那里盯着屏幕发愣。克莱儿为什么和黑流苏通话？

光靠猜来猜去是不行的。她真想马上就驱车赶往那家夜总会，只是莉莉没人照看。日托中心到晚上 8 点就关闭了。

明天，她想。明天，她要去黑流苏一探究竟，就这么定了。

11

玛雅做了个奇怪的梦,是与宣读乔的遗嘱有关的。梦中的情景一片混沌,玛雅记不清它发生在什么地方、有些什么内容。她只记住了一件事情。

乔在那里。

他坐在一把很气派的紫红色皮椅上,穿着他和玛雅第一次相遇时的那件燕尾服。他看起来英俊潇洒,目光注视着一个模糊不清的身影。那个身影在读一份文件,玛雅却一点也听不到——好像是听老师讲课的查理·布朗[①]——不过玛雅知道那个身影读的是遗嘱。她不在意遗嘱,心思都在乔身上。她大声喊他,想引起他的注意,但是乔始终不转过脸看她。

醒来后的玛雅再次遭到了那些声音——尖叫声、轰鸣声、枪炮声的围剿。她抓过枕头压住耳朵,试图让可怕的声响变弱

[①] 查理·布朗:Charlie Brown,美国著名的卡通人物,是一个思想奇特的小学生。比他更有名的是他的宠物狗史努比。

一点。她当然明白这是徒劳的,这些声音不是来源于外部,而是出自她的脑袋。如果枕头真有什么作用的话,它们只是把那些声音更加严实地堵在脑袋里。然而玛雅还是这么做了。声音持续的时间一般都不长。她闭上眼睛——又一个奇怪的做法:你想挡住的是声音,可是你闭上的却是眼睛——等待着它们的消失。

发作的高峰过后,玛雅下床来到了洗手间。她看了一眼镜子,随即明智地拉开了小药柜,这样她至少不用再盯着自己憔悴的面容了。棕色的药瓶伸手可及,她内心里斗争着是取出一片还是两片药片。但是,玛雅今天需要保持锐利和清醒,宣读乔的遗嘱时他的全家人都将在场。

她冲完淋浴,从衣橱里挑出了黑色的香奈儿衫裤套装。这是乔为她选的衣服。乔喜欢给她买东西。玛雅按照他的要求试了这身套装,她挺喜欢它的式样和做工,嘴上却说没看好,实际上是因为价格贵得太离谱了。她没能骗过乔。第二天乔又去了那家商场买回了它。玛雅到家后,发现套装已经在床上躺着,就像现在这样。

她穿上了这身香奈儿,接着叫醒了莉莉。

半小时后玛雅把莉莉送到了日托中心。凯蒂小姐穿着一身迪士尼公主装,玛雅差点儿没认出她来。"你也想穿上公主的漂亮衣服吗,莉莉?"莉莉连忙点头,跟着公主凯蒂小姐就走,几乎没顾上和妈妈说再见。玛雅回到车上,打开了小蓓蕾的app。她查看室内的视频，见到莉莉正往身上套着《冰雪奇缘》里的小公主艾莎的表演装。

"随它去吧——"玛雅哼了一句《冰雪奇缘》的主题曲，开始向自己的婆家驶去。

她打开了收音机，希望广播里那不论多么无聊的音响能把她脑子里的声音彻底驱赶出去。主持早间播音节目的人们并不知道他们自己有多可笑。她选择了新闻频道。她欣赏这套节目几近军事化风格的准确性和可预见性。一刻钟的体育消息。每10分钟一次的路况播报。玛雅漫不经心地听着广播，突然被一条消息吸引住了。

"著名的CoreyTheThistle网站宣布，本周内该网站将有一次极具轰动效应的重大爆料。网站创始人科里声称，爆料的结果不仅会让目前政府机构里的一位高官颜面扫地，而且肯定导致他被迫辞职，并很有可能使其受到法律的制裁……"

尽管玛雅嘴上说CoreyTheWhistle已经不能再把她怎样了，可是听见这家网站的消息还是让她不寒而栗。谢恩对科里没把有关玛雅的料全部爆出去而感到纳闷儿，怀疑他是在等待更好的机会引爆一颗更大的炸弹。她也觉得有这种可能性。玛雅·斯坦恩已经是过气的新闻人物了，但是仍具有引起新的轰动的潜力。越是能够吸引眼球的秘密，就越是难以作为秘密存在下去。他们会在你最不提防的时候进行余下的爆料，制造出更广泛的涟漪、更久远的回响，和更巨大的——玛雅再次意识到军事词汇已经融入了她的日常用语——附带性伤亡。

范伍德是那种典型的老式富人庄园。在遇到乔之前,玛雅以为在小说和历史书里才存在这样的地方。事实证明她想错了。她开到庄园大门时,遇上了守卫莫里斯。莫里斯从20世纪80年代初起就在这道大门前做守卫了。他也住在伊莎贝拉一家住的那排平房里。

"你好,莫里斯。"

莫里斯就像往常一样皱起眉头看着她。这是他在以自己的方式提醒玛雅,她只不过是嫁进了豪门,而并非是这个家族的嫡亲传人。他今天的皱眉大概还多了一些含意——对于乔的死亡尚存的一点悲伤,受到有关伊莎贝拉和胡椒喷雾器的那些传言的影响。莫里斯不情愿地压下了按钮,大门开得非常缓慢,肉眼几乎看不出它在移动。

玛雅行驶在起伏的山坡上,经过了一个草地网球场,又经过了一个标准尺寸的足球场。玛雅从没见过有人使用这些球场。她开到了庄园的主楼。这幢都铎风格的建筑很容易让人联想到电视剧《蝙蝠侠》里布鲁斯·韦恩住的大房子,玛雅甚至想象会有一群穿着狩猎服装的人在门口迎接她。但是代替他们立在门前的,是她的婆婆朱迪斯一个人。玛雅把车停在了石块铺就的小路上。

朱迪斯是个美丽的女人。她的身材娇小玲珑,眼睛又大又圆,秀气迷人的脸蛋有点像玩具娃娃。朱迪斯比她的实际年龄显得年轻。她想必采用了一点整容手段——肉毒杆菌,也许只是在眼圈周围注射了一点点——不过做得很有品位,一点不过分。她年轻的外貌主要还应归功于她的基因和每天坚持的瑜伽训练。她现在依然能够赢得回头率。男人们认为她的吸引力——长相、头脑和金钱是毋庸置疑的,不过,如果说她有男友的话,玛雅可是一点都不知晓。

"我觉得她有秘密的情人。"乔有一次对玛雅这样说过。

"为什么是秘密的呢?"

乔只是耸耸肩膀,没有进一步说明。

有传言说,当年的朱迪斯曾是西海岸嬉皮士运动的积极参与者,玛雅相信这是真的。如果仔细看她,你仍然会在她的眼神和笑容中捕捉到一丝野性的神采。

朱迪斯走下房前的台阶,却停在了最下面一级台阶上,这样一来她的高度与玛雅就大体一致了。她们互相亲吻了脸颊。朱迪斯一直向玛雅的身后张望。

"莉莉呢?"

"在托儿所。"

玛雅等着她婆婆的脸上露出惊讶的表情,可是落空了。"你应该处理好和伊莎贝拉之间的事情。"朱迪斯说。

"她对您说了?"

朱迪斯不屑于做出回答。

"那就帮助我处理好吧,"玛雅说,"她在哪儿?"

"据我所知,她出门旅行了。"

"要多长时间?"

"不知道。这段时间里我建议你用罗莎。"

"我不这样想。"

"你要知道,她曾经做过乔的保姆。"

"我知道。"

"那么?"

"我不用她。"

"那你就送莉莉去托儿所?"朱迪斯摇着头表示不赞成,"许多年前,我被人邀请,介入了与日托机构有关的一些事情。"朱迪斯是具有医学会专业考试认证资格的精神病科医生,在曼哈顿上城开着一家诊所,目前一周出诊两次。"你还记得80年代和90年代那几起虐待儿童的案件吗?"她问道。

"当然记得。当时您是作为专家被人请去的吗?"

"差不多是这样。"

"我记得后来证明那些指控都是伪造的,好像是出现了儿童妄想症什么的。"

"是的,"朱迪斯说,"那些托儿所的管理人员都获得了无罪释放。"

"嗯。"

"他们无罪释放了,"朱迪斯重复道,"可是不等于说这套机制是无罪的。"

"我没大明白。"

"托儿所的孩子轻易就被家长利用了。这是为什么呢?"

玛雅耸了耸肩。

朱迪斯说:"仔细想想吧。那些遭受虐待的可怕故事都是孩子们编出来的。我问自己这是为什么。为什么这些孩子如此渴望着迎合他们的家长,不惜撒谎说出一些他们认为父母想听的故事?也许,只是也许,如果他们的父母对孩子多一些关心的话……"

噢,玛雅想,这未免有点牵强附会了吧。

"关键是,我熟悉伊莎贝拉。她还是个小姑娘的时候我就认识她。我不认识托儿所的人,也不信任他们——你也不该信任他们。"

"我有比信任更棒的东西。"

"你说什么?"

"我能监督他们。"

"什么意思?"

"孩子在那里是相当安全的。有很多人在监督他们,包括我。"她打开 app,按下图标,穿着艾莎卡通装的莉莉出现在了屏幕上。朱迪斯接过手机,面对屏幕露出了微笑。"她这是在干什么?"

玛雅看了一眼说:"从她转圈的模样看,她是在跳《冰雪奇缘》的舞蹈。"

"到处都是摄像机,"朱迪斯摇着头说,"这是个新时代啊。"她把手机还给玛雅,又问道:"你和伊莎贝拉之间究竟怎么了?"

现在说这事似乎不大合适,特别是在他们聚集起来请人宣读乔的遗嘱的时候。"我想没什么好担心的。"

"我有话直说可以吗?"朱迪斯问道。

"您什么时候没这么做呢?"

朱迪斯笑了:"就这一点而言,我们是同样的人,你和我。嗯,在许多方面,我们两人很相似。我们都嫁到了这个家族。我们都成了寡妇。还有,我们都不隐瞒自己的想法。"

"我听着呢。"

"你还去看心理医生吗?"

玛雅没说话。

"你的情况变了,玛雅。你的丈夫被杀了。你在现场,差点也遇害。你现在一个人担负着抚养孩子的责任。如果你把最近面对的这些压力都摊在医生的案头,过去对你的诊断——"

"伊莎贝拉都对您说什么了?"

"没什么。"朱迪斯把一只手放到玛雅的肩上说,"我自己也可以给你提供治疗,但是——"

"那不是什么好主意。"

"没错,那不合适。我的角色就定位在慈祥的奶奶和可信赖的婆婆上。我的意思是,我有个同事,实际上是好朋友,她在斯坦福大学教过我。我相信弗吉尼亚州的心理医生是很优秀,不过我提到的这位女士在这个领域是最棒的。"

"朱迪斯?"

"嗯?"

"我现在挺好的。"

一个声音喊道:"妈妈?"

朱迪斯转过了身,是她的女儿——乔的妹妹卡洛琳。这两个女人长得很像,你一眼就能看出她们是母女。不过,与始终强悍自信的朱迪斯不同,卡洛琳总显得畏缩懦弱。

"嘿,玛雅。"

"你好,卡洛琳。"

又一次互相亲吻脸颊。

"希瑟律师在书房等着我们呢,"卡洛琳说,"尼尔已经到了。"

朱迪斯的神情变得冷峻:"好啊,我们走吧。"

女儿和儿媳从两边挽住朱迪斯的胳膊,簇拥着她向楼里走去。她们默默地穿过了宽敞的前厅和宴会厅。一幅老约瑟夫·T.伯克特先生的肖像画悬挂在壁炉的上方。朱迪斯站住脚,凝视着画像。

"乔长得很像他的父亲。"她说。

"的确很像。"玛雅赞同道。

"这是我们之间相似的又一个方面,"朱迪斯带着一丝微笑说,"对于男人,我想我们有着共同的品位。"

"真是啊,身材高大、皮肤黝黑、模样英俊,"玛雅说,"我觉得这就把我们显得黯然失色了。"

朱迪斯喜欢听她这么说:"太对了。"

卡洛琳接连打开了双层木门,三个人进入了书房。里边举架有两层楼高,四周的墙边都是从地面达到棚顶的书架。脚下是华丽的东方地毯。天花板上垂下一只璀璨的吊灯。书架前面铺有窄窄的铁轨,上面竖着两架可以在轨道上滑动的梯子。一只古色古香的大地球仪,掀开它的"上半球"就能看到里边盛放的水晶醒酒器。乔的弟弟尼尔已经在书房里等候了。

"嘿,玛雅。"

又是互相亲吻脸颊,只不过有点马马虎虎。尼尔做什么事都是马马虎虎的。而且他是那种梨形身材的男人,做工多么考究的服装穿在他身上,同样也不过是马马虎虎的。

"来一杯?"

尼尔指着地球仪里的醒酒器问道。

"不了,谢谢。"玛雅说。

"你肯定吗?"

朱迪斯的眉头皱起来了:"现在是上午9点,尼尔。"

"但是世界上有的地方是晚上5点,人们不是常常这么说吗?"他笑了起来,却没人迎合他。"而且我也不是每天都有机会听到我哥哥的遗嘱,不是吗?"

朱迪斯把脸扭到了一旁。尼尔是伯克特家四个孩子当中最小的一个。朱迪斯最早生下的是乔。一年后安德鲁出生了——后来他死在了海上。然后是卡洛琳，最后是尼尔。很奇怪，从父亲那里接手掌管家族生意的是尼尔。老约瑟夫·T.伯克特先生在事关金钱的问题上从来不是一个多愁善感的人，他指派小儿子尼尔来指挥两个哥哥。

乔对此的反应只是耸了耸肩膀。"尼尔是冷酷无情的，"他有一次对玛雅说，"爸爸喜欢冷酷无情的家伙。"

"我们都坐下来吧。"卡洛琳说。

玛雅看到椅子——豪华的紫红色皮椅——想起了昨夜的梦。她仿佛又见到乔坐在那里，穿着燕尾服，架起二郎腿，裤线笔挺，眼睛望着别处，令人可望而不可即。

"希瑟在哪儿？"朱迪斯问道。

"我来了。"

大家都朝着门口的声音转过脸去。希瑟·豪厄尔担任这个家庭的律师已有10年了。在这之前，是她的父亲查尔斯·豪厄尔三世为伯克特家族做律师。再往前，占据这个位置的是希瑟的祖父查尔斯·豪厄尔二世。

没人说起查尔斯·豪厄尔一世是做什么的。

"好，"朱迪斯说，"让我们开始吧。"

朱迪斯的这种能力是令人叹服的。刚才她不露痕迹地由慈爱的祖母转换成了医学专家的形象，而此刻她又轻松地过渡为一个威严刻板、英式口音明显的女族长。

大家都在找座位，可是希瑟站着没动。朱迪斯望着她问道："遇到什么问题了吗？"

"恐怕是这样。"

希瑟是那种举手投足间处处显出自信和干练的女律师。你是不会愿意与这种人为敌的。玛雅第一次见到希瑟是在乔刚向她求过婚之后。希瑟打电话让玛雅过来，就到这间书房。她把婚前协议文件夹"啪"地甩到玛雅的面前，没有任何废话，不含任何友善，只是说："这是不容讨价还价的，签字吧。"

然而，眼下希瑟第一次露出些许窘迫，至少是看着不大自在。

"希瑟？"朱迪斯喊道。

希瑟转向了她。

"怎么回事？"

"恐怕我们不得不延期宣读遗嘱了。"

朱迪斯看了看卡洛琳，没有反应；她又看了看玛雅，玛雅只是站在那里。朱迪斯回头盯着希瑟说："你不介意给我们解释一下吧？"

"我们还要履行某些必要的程序。"

"什么程序？"

"没什么需要担心的，朱迪斯。"

朱迪斯不喜欢她的回答："我看着像是要靠你来安慰的样子吗？"

"噢，那当然不是。"

"那么为什么我们不能宣读乔的遗嘱呢？"

"并不是说我们不能宣读。"希瑟仔细斟酌张口吐出的每个字。

"但是？"

"但是要延后一点时间。"

"我还是那句话：为什么？"

"只是文书准备上的一点事情。"希瑟说。

"这究竟是什么意思？"

"我们，呃，我们还没得到正式的死亡证明。"

沉默。

"他死了都快两个星期了，"朱迪斯说，"我们都举行了葬礼。"

棺盖没有打开。玛雅突然记起来了。

那不是玛雅的主意。她听任乔的家人操办了葬礼的所有事宜。她对此是不介意的。死亡就是死亡。让乔的母亲和弟弟妹妹料理后事也许有助于缓解他们的痛苦。葬礼上没开棺盖也是有道理的。乔的头部中了枪。即使经过殡葬师最为精心的化妆，人们大概也很难接受乔悲惨的遗容。

朱迪斯的声音重新响起："希瑟？"

"是，当然了，我懂得，我是说，我参加了葬礼。但是遗嘱认证必须有死亡证明才能生效。这是个正常的程序，我让我的助理核实了有关的法律条文。由于乔是凶杀案的受害者，我们需要从警察局负责此案的部门获得官方的死亡证明。我刚刚被告知，他们还需要一点时间来确认相关的证据。"

"需要多长时间？"朱迪斯问道。

"我真的说不清楚，不过我估计不会超过一两天，因为我们正在抓紧办理这件事呢。"

尼尔第一次开口说道："你说的证据是怎么回事？你是说乔死了这件事还需要证据吗？"

希瑟拧起了手上的戒指。她答道："我目前还没搞清楚全部的情况。但是在我们正式宣读遗嘱之前，这个……让我们称之为程序上小小的混乱吧，这点混乱是必须要克服的。我已经派了我们最能干的人来解决这个问题。我会很快报告结果的。"

趁着其他人在惊诧中一时都陷入沉默之际，希瑟迅速转身，离开了书房。

12

"这不算什么事情。"在送玛雅走回前厅的路上,朱迪斯说道。

玛雅没做应答。

"这些律师就是这样,什么事都给你搞得很麻烦,不排除是为了保护当事人的权益,可是我看主要还是为了拖长按时计费的时间,"朱迪斯试图笑出声来,可是不大成功,"这不过是一些官样文章、繁文缛节……"她的话音渐渐消失了,似乎意识到了她正在谈论的是自己的儿子,而不是什么一般的法律事务。

"两个儿子。"朱迪斯的声音听起来空荡荡的。

"我为您难过。"

"哪个做母亲的都不该埋葬自己的两个儿子。"

玛雅握住了她的手。"是的,"她说,"哪个母亲都不该有这样的遭遇。"

"也没有哪个年轻女人应该埋葬完姐姐,再埋葬自己的丈夫。"

"死神在跟随着你,玛雅……"

也许死神同样跟随着朱迪斯。

朱迪斯的手让玛雅握了一会儿,便抽了出来。"多和我们联系,玛雅。"

"那当然了。"

她们迈进了和煦的阳光中。朱迪斯的黑色轿车等在门前,司机为她拉开了车门。

"早点把莉莉带来。"

"我会的。"

"还有,和伊莎贝拉的事情要处理好。"

"我越早见到她,"玛雅说,"我们就能越早消除其中的误会。"

"我也帮你找找她。"

朱迪斯坐进了车的后排,司机关上了车门。玛雅站在那里一直看着这辆车驶离她的视线。

玛雅走向自己的车,发现卡洛琳在等她。

"占用你一点时间,我们聊聊好吗?"卡洛琳问道。

不聊才好,玛雅心想。她急着想走,她有地方要去,准确地说,是要去两个地方。首先,她要再去一趟这里用人们的住处,给罗莎一个冷不防。如果这办法不管用,她还有个寻找伊莎贝拉的备用计划。其次,她要去黑流苏夜总会,调查她已故的姐姐和这家"绅士俱乐部"到底有什么样的联系。

卡洛琳用手抓住了玛雅的臂膀:"就一会儿,行吗?"

"哦,好吧。"

"但是不在这里说,"卡洛琳用警觉的目光四下打量着说,"我们去散散步吧。"

玛雅忍住了叹息。卡洛琳率先沿着车道向坡下走去,她的哈威那短腿犬跟在她们后面。这只小狗没有绳子牵着,不过说真的,如果这么大面积的地盘都属于你家,它又能跑到什么危险的地方去呢?玛雅想不出,生长在这种豪华、美丽而又宁静的地方,视野所及的所有草木和建筑都属于你自己的地方,会是一种什么样的感觉。

卡洛琳向右转弯,哈威那犬仍然跟随着。

"这是我爸爸为乔和安德鲁建的,"卡洛琳指着足球场笑道,"而网球场是给我的。我喜欢打网球,经常去参加训练。于是我爸爸就修了球场,从长岛华盛顿港接来最好的教练专门给我上课。但是我并不是真正地热爱这项运动,你懂吗?我接受了训练,而且我也有一点这方面的才能。我获得过大学预科的女单冠军,不过仅此而已。你想再上到更高的层次,就得全身心地投入进去,这种事是装不了假的。"

玛雅点点头,因为除此而外她不知还能做什么。哈威那犬伸出了长长的舌头。卡洛琳在酝酿着什么。玛雅不想催促她。

她告诉自己要耐心。

"但是乔和安德鲁……他们真的是热爱足球，是热爱。他们两人都是优秀的球员。乔是前锋，估计你是知道的。安德鲁是守门员。我说不清一天里他们要在球场耗去多少个小时。乔练习射门，安德鲁练习挡住射来的那些球。这里的球门离主楼有，嗯，四分之一英里远吧，你说呢？"

"我看差不多。"

"你在楼里听得见他们的笑声飞过山坡飘进窗户。我妈妈在这种时候就会坐在门廊上，微笑着倾听他们的笑声。"

卡洛琳这时也露出了微笑。笑得很像她的母亲，是朱迪斯那种笑容的精确摹本，然而少了一点原版的气场和神韵。

"你了解我二哥安德鲁吗？"

"不。"

"乔没对你说起他？"

他说过，当然了。乔揭示了安德鲁死亡事件的一个重大秘密，可是玛雅不想与卡洛琳或是任何人谈论它。

"世人都以为我弟弟是从船上意外摔出去的……"

玛雅和乔当时是在特克斯和凯科斯群岛的一个度假酒店。他们两人都裸着身子，仰面躺在床上凝视着天花板。乔的眼睛反射着月亮的光芒。窗户是开着的，吹进来的海风让玛雅的皮肤发紧。她握住了乔的手。

"真相却是，安德鲁自己跳下了船……"

玛雅说："乔没怎么谈过他。"

"我猜是因为谈论他的事太痛苦了，他们兄弟间的关系非常亲密。"卡洛琳停下了脚步，"别误会我的意思，玛雅，乔和安德鲁都非常爱我，噢，尼尔是个淘气的小弟弟，两个哥哥对他很宽容。我们兄弟姐妹的关系都很好，但是最亲密的是他们两个——乔和安德鲁。安德鲁出事的时候，他们在同一所高中读书，这你知道吧？"

玛雅点头。

"是在离费城不远的富兰克林倍德中学。他们住同一间寝室，在同一支球队踢球。我们家的房子这么大，可是在家里乔和安德鲁还是愿意住同一间卧室。"

"安德鲁是自杀的，玛雅。他陷入了极大的痛苦当中，可是我一直没发现……"

"玛雅？"

她转过脸看卡洛琳。

"你对今天的事怎么想，就是那个……延迟？"卡洛琳问道。

"我不清楚。"

"没点儿自己的看法吗？"

"听你家律师的口气，是官僚体制带来了一些麻烦。"玛雅说。

"你相信吗？"

玛雅耸耸肩说："我当过兵。在我们看来，官僚体制制造各种麻烦是很寻常的事情。"

卡洛琳垂下眼帘。

"怎么了？"玛雅问。

"你看见他了吗？"

"谁？"

"乔。"卡洛琳说。

玛雅觉得全身发僵。"你这话是什么意思？"

"他的尸体。"卡洛琳柔声说，"在葬礼之前，你见到他的尸体了吗？"

玛雅缓缓地摇头说："没有。"

卡洛琳抬起了头。"你不觉得有点奇怪吗？"

"棺盖是合上了的。"

"那是你的决定吗？"

"不是。"

"那么是谁定的？"

"我想是你的妈妈。"

卡洛琳点点头，似乎是认为这才说得通。"我曾经提出过要看看尸体。"

别用什么平静、宁和之类的词语来形容——此刻，四周的一片沉寂造成的感觉，就是一个"窒息"。玛雅用力地呼吸，同时尽量保持节奏的平稳。她懂得，在此时的沉寂里，在一切的沉寂里，都潜藏着某种值得玩味也令人恐惧的东西。

"你见过很多死人，是不是，玛雅？"

"我不明白，你说这个干吗？"

"当一个战士牺牲后，你们认为把他的遗体运回来是非常重要的，这是为什么？"

卡洛琳让她有点难以忍受。"因为我们不能丢弃任何一个战友。"玛雅说。

"是啊，我听说了，这是军中的规矩。可这是为什么呢？我知道你们认为它事关战士的尊严和荣誉，但是我觉得不只是这样。那个战友已经死了，你们再做什么，对于他或者是她——我不是性别歧视主义者——已经没有意义了。你们把那具尸体带回家，不是为了死人，而是为了他的家庭，不是吗？家里的那些亲人，他们需要看到死去的战士，他们需要看到遗体，他们需要有一个了结。"

玛雅没有心思深入探讨这个话题。"你的意思是？"

"我不只是希望看到乔，我是需要见到他，我需要确定他的死是真实的。如果你没见到尸体，你就不能完全相信，这就好像——"

"好像什么？"

"好像这事也许并没发生，好像他们仍然活着。你会常常梦见他们。"

"见到了尸体后你还是会梦见的。"

"嗯,我明白。可是,有没有一个了结,是不一样的。安德鲁在海上出事后……我也从来没见过他的尸体。"

玛雅吃了一惊。"等等,为什么?他们把尸体打捞上来了,不是吗?"

"我听说是这样的。"

"你不相信这个说法?"

卡洛琳耸耸肩说:"我当时还小,他们一直不让我看。葬礼上棺盖同样也没打开。我产生了幻觉,玛雅,白天都能梦见他,直到现在还是这样。在梦里安德鲁没死,他就站在那里,球门前面,微笑着扑救一个个险球。噢,我当然知道他不在那里,他死于一场事故。可是我又不知道,你懂吗?我始终无法接受安德鲁的死讯。有时我觉得,他跌落海里以后活下来了,游上了岸,在某个小岛上生活。我觉得有一天我会碰到他,有个皆大欢喜的结局。如果我见过他的尸体……"

玛雅体态僵硬地站立在原地。

"所以我想,这次绝不能让同样的错误再次发生。这就是为什么我提出要看看乔的尸体,我甚至是哀求来着。我不在意他的遗容是不是很吓人,甚至越是吓人对我才越有用。我需要这么做,这样我才能接受他真正离去了的事实,你理解吗?"

"可是你还是没看到他的尸体?"

卡洛琳摇头道:"他们不让我看。"

"是谁不让你看?"

卡洛琳扭头凝视着足球场的球门，说道："我的两个哥哥，都这么年轻就死去了。也可能只是我们的运气不好，是不是？这种情况是有的。但是，在这两起死亡中我都没看到尸体。你听希瑟说了吧？没人想正式出具乔的死亡证明。他们都是我的哥哥。我总觉得……"她转过脸来直视着玛雅说，"总觉得他们可能都还活着。"

玛雅不为所动。"可是他们并没有活着。"

"我知道这听起来不可思议——"

"的确是不可思议。"

"你和伊莎贝拉打架了，对吧？她告诉我们了。她说你坚持声称你看见了乔。你为什么这么说呢？这是什么意思？"

"卡洛琳，听我说，乔死了。"

"你怎么会如此肯定？"

"我在现场。"

"但是你没看到他死去，不是吗？天很黑，没等他们开第三枪你就跑开了。"

"听我说，卡洛琳。警察后来赶到了现场，他们开展了侦查。乔在中了头两枪后已经没法动弹了。我是看到这种情形后跑开的。警察甚至已经抓住了两个嫌疑人。所有这些你怎么解释？"

卡洛琳只是摇摇头。

"怎么？"

"你不会相信我的话。"卡洛琳说。

"试试看。"

"负责调查此案的警官，"卡洛琳说，"他叫罗杰·凯尔斯。"

"没错啊。"

沉默。

"卡洛琳，你怎么了？"

"我明白这听起来匪夷所思……"

玛雅恨不得把剩下的话从她身体里摇晃出来。

"我们家有不公开的银行账户。我不想说具体细节，那并不重要，不过我们说定了，你永远别在这个账户的问题上刨根问底，好吗？你听懂我的意思了吧？"

"我想我是懂了。且慢，这个账户的户头是WTC吗？"

"不是。"

"它是不是设在休斯敦？"

"不，它是海外账户。为什么你要问什么休斯敦？"

"没什么，继续说吧。你们有秘密的海外银行账户。"

卡洛琳盯了她挺长一会儿，说道："我查看了这个账户最近在网上的资金往来情况。"

玛雅点点头，做出鼓励她说下去的表情。

"多数情况下都是把资金转入其他开户账号或是海外的股份持有人，这一笔那一笔地分散在各个地方，搞来搞去没人能查清资金的来源和去向。不过还是那句话，我们不必操心这方面的具体事务。但是，转账记录上有个名字。我们的账户几次向罗杰·凯尔斯支付了资金。"

听到这个惊人消息的玛雅依旧不动声色。"你肯定吗？"

"我亲眼看到的。"

"给我看看。"

"什么？"

"你有办法在网上进入那个账户，"玛雅说，"所以让我也亲眼看看。"

卡洛琳敲入了密码。屏幕上还是跳出"密码有误，无法登录"，这已经是第三次了。

"我搞不懂了。"卡洛琳坐在书房的电脑前说道，"玛雅？"

玛雅站在她的身后，眼睛盯着电脑。先忍住，玛雅还是告诉自己，三思而后行。不过这件事不需动太多脑筋。她迅速地排除了其他的可能性，意识到剩下来的只有两种：或者是卡洛琳在耍她玩儿，或者是有人改动了密码，使得卡洛琳不能继续在网上查看财务记录。

"你当时具体都看到了什么？"玛雅问道。

"我对你说过了。资金转给了罗杰·凯尔斯。"

"转过多少次？"

"我不清楚，好像是3次？"

"转了多少钱？"

"每次9000美元。"

9000美元。不无道理。只要低于10000美元就不用申报了。

"还有什么?"

"你的意思是?"

"第一次给他钱是在什么时候?"

"记不清了。"

"是乔被杀之前还是之后?"

卡洛琳用手掐着嘴唇回忆着。"我不是记得很清楚,不过……"

玛雅等待着。

"不过我基本可以肯定,第一次是在乔被杀之前。"

玛雅可以用不同的方式来应对这件事。

显而易见的方式是,当面质问朱迪斯,质问尼尔。马上就直面他们,要求他们提供答案。然而,这么做也有问题,他们此时都离开家出去了,这倒不是最重要的。问题在于,她究竟想得到什么?如果他们是在遮掩什么,他们会痛痛快快地向她承认吗?即使她想法迫使他们登录那个账户,他们不是也有办法删除或是遮掩网上的证据吗?

他们在遮掩什么?

到底是怎么回事?为什么伯克特家族要向负责调查乔的凶杀案的警官付钱?这么做有什么合乎情理之处吗?假设卡洛琳是诚实的,在凶杀案发生前就已经向凯尔斯付了钱。嗯,还是这个问题,他们怎么知道会由他来负责此案?不,这完全不合情理。卡洛琳并不能说准第一次付款的时间,如果是在案发后付的钱,也许更合乎情理——所谓"更合乎情理"与"完全不合情理"之间,差的也就是一根头发丝的距离。

付钱是出于什么目的?

朝前多看几步,这是关键。就算朱迪斯或尼尔是所谓转账一事背后的始作俑者,玛雅按照朝前多看几步的原则认真考虑了与他们当面摊牌的结果之后,断定这不会带来什么实质性的好处。她只会把自己暴露在对方面前,却无法从他们那里获得任何有价值的信息。

沉住气。想好你先做什么,需要时再面对他们也不迟。有人说,一个好律师不能轻易发问,除非已经知道了问题的答案。同样的道理,一个优秀的军人应该在审时度势、胜算较大的前提下才发起攻击。

在此之前玛雅已有自己的安排:想办法找到伊莎贝拉,让她吐出实情;查明克莱儿为什么与黑流苏夜总会秘密联系。

按原定计划办,先去伊莎贝拉的家。

开门的是赫克特。

"伊莎贝拉不在家。"

"伯克特夫人认为我应该和伊莎贝拉好好谈谈。"

"她出国了。"赫克特说。

胡扯。"什么时候回来?"

"我让她给您打电话。请不要再来这里了。"

他关上了门。玛雅预料到了这个结果。她转身走回自己的车。中途经过赫克特那辆皮卡时,她没有放慢脚步,只是顺手把一只带有磁铁的GPS实时追踪器贴在了皮卡的保险杠下面。

出国了,是不是?

追踪器用起来很简单:下载它的app,调出网络地图,你就能发现它的当前位置和移动状况。想找到这种东西一点不难,购物中心里有两个商店都卖。玛雅根本不相信伊莎贝拉去国外了。

她敢打赌,赫克特早晚会把玛雅带到他妹妹身边。

13

也许有人以为这样的地方只有到了傍晚才会营业，其实不然。黑流苏夜总会上午11:00就开门了，并提供"丰盛美味的自助午餐"。它紧邻着气势非凡的大都会体育场，那里是职业橄榄球纽约巨人队和纽约喷气机队的共享主场。玛雅以前到过脱衣舞夜总会，那是在军人假期当中，男战友们打算释放一下压力，玛雅也随着去了一两次。她原本以为这种场所肯定不适合她，然而让她万万没想到的是，女顾客会在这里受到明星般的礼遇，竟然每一位钢管舞女郎都来到近前对玛雅挑逗放电。玛雅对此有自己的解释——与其说这些女郎有同性恋倾向，不如说她们在潜意识里有一种敌视男人的情结——不过她没对别人说起这种见解。

进入黑流苏的前提条件，是要通过门前那位大脑袋壮汉的审验。这人有超过1.9米的个头儿，大约130公斤的体重，看不到脖子，留着寸头。黑色的恤衫绷得太紧，像止血带一样箍住了他的臂膀。

"嘿，你好。"他的神情仿佛是有人送来了免费的开胃小菜，"我能帮你做点什么，小美人儿？"

好家伙。"我找你们的经理。"

他眯着眼睛上下打量玛雅，目光犹如在挑选超市柜台里的牛肉，然后点头道："有推荐信吗？"

"我还是想当面和经理谈谈。"

大脑袋至少是第三遍打量她了。"找这份工作你的年龄有点大了，"他说，接着又点点头，奖励了玛雅一个鼓励的笑容，"但是依我看，你非常火辣。"

"这对我意味着很多，"玛雅答道，"连你都这么说。"

"我是当真的，你很性感，身材太棒了。"

"我都快晕倒了。你们经理呢？"

几分钟后，玛雅走过了长长的自助餐台。这时候顾客还不是很多。男人们大都低着脑袋。舞台上有两个女人以中学生在数学考试当天早上起床的那种"热情"跳着舞。在没有服用处方镇静药的条件下，她们能够把没精打采演绎到这种程度，也算是很不容易了。

穿着瑜伽短裤和无袖衫的经理对玛雅说："叫我比利吧。"比利个子不高，一看就是经常泡在健身房里的家伙，不过手指却很纤细。他的办公室墙壁是浅绿色的，电脑屏幕上是更衣室和舞台的监控画面，摄像的角度让玛雅联想到了莉莉的日托中心。

"首先，我必须得说你很性感，好吗？你非常火辣。"

"别人也这么说。"玛雅回答。

"而且你有一副健美的身材，有一种运动员的气质，这在当今是很流行的，就像电影《饥饿游戏》里的那个辣妞，她叫什么来着？"

"珍妮弗·劳伦斯。"

"不，不，我说的不是演员，而是她演的那个角色的名字。你瞧，我们在这里做的是梦幻般的事业，所以我们希望你……"比利突然打了个响指说，"凯特尼斯，那个女主人公的名字，对不对？那个穿着黑色皮衣、拿着弓箭的辣妞。她叫凯特尼斯·伊芙什么的，记不全了。但是……"他的眼睛睁大了，"噢，天哪，这可是天才的创意。她叫凯特尼斯，我们就叫你凯特尼姬，明白吗？"

在他们身后传来了一个女人的声音："她不是来这里找工作的，比利。"

玛雅回头发现说话的是个戴眼镜的女人。她不到40岁，穿着一身剪裁考究的西装，与这里的环境很不搭，就像是健康中心大厅里摆放的一包香烟。

"你这是什么意思？"比利问道。

"她不是这种类型的女人。"

"得了吧，露露，你这么说可不公道。"比利说，"你说这话是带有偏见的。"

露露对玛雅微笑道:"你在这种奇怪的地方也找到了欣赏你的人。"接着她对比利说:"我来处理这件事。"

比利离开了。露露走过来查看监控录像。她移动着鼠标,轮番调出不同角度的摄像头拍摄的画面。

"我能帮你做什么?"露露问道。

没理由绕什么圈子。"我姐姐曾经和这里通过电话。我想查明其中的原因。"

"我们接受电话订位,也许她打电话是为这事吧。"

"不,我不这么想。"

露露耸下肩膀说:"那我就不知道了。很多人都给这里来电话。"

"我姐姐叫克莱儿。这个名字你有点印象吗?"

"没什么印象。即使有,我也不会告诉你的。你明白我们从事的是什么样的行业。我们为我们对顾客的严格保密而骄傲。"

"很高兴你们还有值得骄傲的地方。"

"别总想对我们这个行当做出道德评判什么的,你叫……"

"玛雅。玛雅·斯坦恩。我的姐姐被人杀害了。"

沉默。

"她藏了一部手机。"玛雅拿出它来,调出了通话记录,"她唯一拨打和接听的都是这里的电话。"

露露没怎么细看玛雅手里的屏幕。"我为你姐姐的不幸感到难过。"

"谢谢你。"

"但我没有什么可向你提供的。"

"我可以把这部手机交给警察。一个女人秘密地持有它,她通话的唯一号码是属于这里的。然后这个女人被人杀害了。你不认为这里将会围上来一群警察吗?"

"不,"露露说,"我不这么想。即使警察真的来了,我们也没什么好隐瞒的。你怎么知道这部手机真是你姐姐的?"

"什么?"

"你在哪儿发现它的?是在她家?她和别人住在一起,是吧?也许手机是别人的,不属于她。她结婚了吧?或者是有男朋友?手机也可能是那个男人的。"

"不是。"

"你肯定吗?百分之百?因为——你会为此而惊讶——男人上这种地方来都是偷偷摸摸的。即使你有办法证明手机是你姐姐的,使用我们这部电话的人也太多了。舞女、调酒师、服务生、厨师、保安、洗碗工,甚至一些顾客也用这里的电话。你姐姐遇害有多长时间了?"

"4个月了。"

"我们的视频资料只保存两个星期,然后就删除了,还是个为顾客保密的问题。我们不希望有人拿着法院的许可令来查看她的丈夫是否来过这里什么的。所以,即便你想查看视频——"

"我明白了。"玛雅说。

露露屈尊俯就地笑笑说:"很抱歉不能给你提供更多的帮助。"

玛雅向她靠近一步说道:"我们把法律上的事情先搁在一边吧。你知道我到这儿不是来抓行为不检点的丈夫的。我寄希望于你的人性和同情心。我姐姐被人杀死了。警方做了很多努力,却不得不放弃了破案的希望。唯一的一条新线索就是这部手机。所以我求你了,我以作为一个人的名义,恳请你来帮帮我。"

露露已经转身走向门口。"我为你失去亲人而难过不已,但是我没法帮你。"

一迈出夜总会,玛雅就感觉遇上了太阳大爆炸。这种地方的室内完全处在夜间,而在现实的世界里此刻却是中午。玛雅眯着眼睛,手搭凉棚,蹒跚地走进强烈的阳光之中。

"没得到这份工作吗?"大脑袋问道。

"我的运气不好。"

"太遗憾了。"

"是啊。"

现在该怎么办?

玛雅可以像刚才威胁的那样把手机交给警察。那意味着，当然是的，交给凯尔斯。玛雅信任凯尔斯吗？问得好。不是他在接受伯克特家族的金钱，就是卡洛琳在撒谎，或是卡洛琳弄错了，或是……这都无关紧要。她不信任卡洛琳。她也不信任凯尔斯。

有谁值得信任呢？

如果说还有谁可以信任的话，那就是谢恩了，不过这也意味着她必须谨慎地对待谢恩。谢恩是她的朋友，然而他过于坦诚和透明了。玛雅已经逼着他做了一些他不愿做的事情。今晚他们会在靶场见面，也许她到时候可以对他说说这些事，可是仔细想想这种可能性也不大。谢恩提出的问题已经越来越多了……

且慢，稳住神。

玛雅这时正在穿越停车场。她的眼睛还没有完全适应强烈的阳光，不过突然间看见了它。一开始她没觉得这算得了什么。她是从挺远的距离看到它的，而且这种车街上有不少。

街上有不少红色的别克威朗。

这辆车停在远处的角落里。它的一侧是停车场的护栏，另一侧是一辆凯迪拉克凯雷德越野车，车很大，挡住了它的半个车身。玛雅回头看了一眼夜总会的门口。大脑袋竟然还在盯着她的屁股，真令人吃惊。玛雅朝他挥了下手，开始走向那辆红色别克。

她要看看车牌号能否对得上。

玛雅发现高高的护栏上方挂着摄像头。那又怎样？未必有人碰巧在这时候盯着看它的画面，就算有人看又能看出什么呢？她已经有了一个计划。在她近期以来做出的为数甚微的明智之举中，有一项就是在商场购买了几只GPS追踪器。第一只，没错，已经贴在了赫克特的皮卡上。

第二只在她的手包里，整装待发。

她的计划简单明了：首先，核实车牌，弄清她是否找对了车；其次，从红色别克旁边经过，把GPS追踪器贴在它的保险杠上。

第二个步骤多少有点麻烦。这辆车停在角落，挨着护栏，如果有人看见她在这里漫步，难免会觉得怪怪的。好在停车场里并不喧闹，有两辆刚开进来的车都停在了路的另一侧。到这种地方来的许多人也许毫无羞惭之心，不过这也不是什么值得骄傲地炫耀的事情，所以他们大概顾不得东张西望，多管闲事。

车牌进入了视野，而且对了，就是那辆车。

WTC。一个控股公司，也许在黑流苏有股份？

"你走错了。"

是大脑袋，玛雅回头看到他已追到身边了。她挤出了一个笑脸。

"怎么了？"

"这是员工停车区。"

"噢，"玛雅说，"是吗？对不起。我常常就是这么蠢。"她完美地露出一个"嘻嘻,看我多没头脑"的笑容说:"我竟然把车停在这儿了。也许我是太想得到这份工作——"

"不,你不是的。"

"什么?"

他用肉嘟嘟的手指朝远处比画着说:"你不是停在了这地方。刚才你把车停在对面了。"

"噢,是吗?我的记性真是太差了。"

她站着不动。他也站着不动。

"我们不准外来人进入员工停车区。"大脑袋说,"这是公司的规矩。你知道吗,有的家伙从里边出来就到舞女的车旁等着,明白我的意思吧?有时他们还想抄下车牌号,以便查出女孩子的电话。我们有时候不得不护送姑娘们走到这里,避免她们遇上那些让人毛骨悚然的家伙,听懂我的意思了吗?"

"明白了,不过我可不是让人毛骨悚然的家伙。"

"不错,你肯定不是那种家伙。"

她站在那里。他也站在那里。

"来吧,"他说,"我陪你去找你的车。"

街对面离路边大约 80 米的地方,有一幢体量很大的仓库用房。玛雅把车开到仓库前面,选了个有利于监视黑流苏员工停车区的角度泊好了车。玛雅寄希望于有人迟早会钻进那辆红色别克,随后她就跟踪它。

接下来呢?

走一步看一步。

不是一再告诫过自己要朝前多看几步吗?后面还有什么样的计划?

玛雅无以作答。不打无准备之仗固然正确,可是这个世界上还有个叫作临场发挥的东西。她后面的行动取决于这辆红色别克开往什么地方。比如说,如果它晚上停在一幢住宅前面,也许她下一步要做的就是查明住在里面的是什么人。

脱衣舞夜总会的顾客在性别上比较单一,然而在服饰上却是多姿多彩的。他们中有穿着皮靴和牛仔裤的蓝领,也有西装革履的白领,还有穿着大口袋短裤和T恤衫走进里面的,甚至还有一伙人穿着高尔夫球运动装,看来是从球场直接赶来的。嘀,也许是这里的饭菜不错?谁知道呢。

一个小时过去了。有4个人开车离开了员工停车区,有两个人把车开进了这里。没人碰护栏旁的那辆红色别克。

玛雅可以利用这个时间把最近的事情好好捋一遍,可是她发现时间对她没什么帮助。她需要的不是时间,她需要的是更多的情报。

红色别克是一个叫作 WTC 的公司租的。这是伯克特家族控股的一家公司吗?卡洛琳提到了他们和某些海外公司以及其他身份不明的机构的资金往来,WTC 也属于其中的一家吗?卡洛琳认识开这辆红车的家伙吗?或者乔认识他?

玛雅和乔有若干个共同账户。她在手机上下载了这些开户行的 app，可以随时得知这些账户的支出情况。乔来过黑流苏吗？如果来过，账户上却没反映出来。话说回来，乔有那么傻吗？黑流苏这种地方肯定明白疑心的妻子有可能查看丈夫的账单，那么，按照露露对于保密性的一再强调，他们难道不会以其他的名义为顾客开具账单吗？

也许以 WTC 公司的名义？

抱着新的希望，玛雅查看乔有没有给 WTC 公司支付过资金。找不到。黑流苏夜总会在新泽西州的卡尔斯巴德市，玛雅又查看乔有没有给这个城市的任何一个地方付过账。还是没有。

有人在隔着红色别克两个泊位的地方停了车。车门开了，一个钢管舞女郎下了车。是的，玛雅知道她的身份。长长的金发，刚刚箍住臀部的超短裤，在隆胸术的帮助下高高挺立的乳房——不消等到她们抓住钢管攀爬，你就能够辨认出，她们究竟是看破红尘的脱衣舞女还是 16 岁男孩子梦中那种绰约清新的女郎。

苗条的钢管舞女郎刚刚走进供员工出入的那道侧门，一个男人从里面出来了。他戴着扬基队的棒球帽，帽檐压得很低，脸上还遮着一副太阳镜，脑袋低着，双肩下垂。一个人试图不引起注意的时候往往就是这副样子。玛雅在座位上直起了身。那人还蓄着一撮乱蓬蓬的胡子，是那些迷信的运动员在决赛阶段露面时的式样。

玛雅看不清那人的面孔，可还是觉得有那么一点熟悉……

玛雅打着了火。那人仍然低着头，逐渐加快脚步，终于一头钻进了红色的别克威朗。

这么说就是他了。

跟踪他是有风险的。也许玛雅最好的策略是现在就上去面对他。如果是跟踪，他有可能发现尾巴，她有可能跟丢了他。所以她应该舍弃那些精巧微妙的盘算，干脆把车开回黑流苏的停车场，挡住他的车，要求他做出解释。然而这样一个场面也会造成问题。那里有保安人员，数量大概还不少。大脑袋会过来干预，其他人也会。脱衣舞夜总会善于处理一些突发事件。谢恩在宪兵部队经手的一些案件为大脑袋的那番话提供了佐证。一些男人在夜总会打烊后仍然徜徉在周围，真诚地相信有的舞女对他本人而不是对他的钱包发生了兴趣——尽管从来没有、永远不会有这种事——冀图与女郎们产生更为深刻的联系。那些在许多方面都缺乏自信的男人却往往在一个方面保持着幻觉，他们以为自己具有所有女人都无法抵挡的魅力。

简而言之，那里有保安。等到他一个人的时候再说，是不是？

红色别克倒出车位，转弯朝出口驶去。玛雅跟了上去。刚开上普兰克大道，她就觉得心里一阵不安。怎么回事？是她的凭空想象，还是红色别克真的有点游移不定？是不是发现了后面的她？这很难说。她和他之间隔着三辆车。

两分钟后,玛雅意识到这种跟踪不是个好办法。

她在事前想不到那么多,跟踪计划一经实施,好多问题就都冒出来了。问题一:那人显然是认识她的车。事实上他已经跟踪过玛雅许多次。只要在后视镜里瞥到她的车,他就能猜出是怎么回事。

问题二:露露或比利或大脑袋或夜总会的其他人会向他透露她的造访,事实上也许已经告诉他了,于是这位别克扬基帽先生立即披上了战袍。就是说,他可能在出门前就知道玛雅在等候他。

问题三:从他跟踪玛雅的时间长度来看,这位别克扬基帽完全有机会做玛雅对赫克特的皮卡所做的那种手脚——给玛雅的车放上一只追踪器。如果是这样,从玛雅在夜总会外面停车的那一刻他就有了准备。

他可能是给玛雅设了一个圈套,挖了一口陷阱。

玛雅此刻可以退出去,想出一个更好的方案,再回到黑流苏去实施这个方案。但是,哈,那可没门儿。她已经厌烦了被动应对。她需要答案。如果这意味着丢弃一点谨慎、增强一点果敢,那好啊,就这样吧。

他们仍然行驶在产业园区里,距离主干高速公路只剩几英里了。一旦红色别克上了那条路,她就没了机会。玛雅的手伸进包里,灵巧地摸出了手枪。信号灯变成了红色。那辆别克停止了滑行。它是右侧车道上的第一辆车。玛雅一踩油门,先是斜着向左，转而靠向右边。她明白她的速度要快。她从左侧超过别克后，猛地转动方向盘，横过车堵住了别克。

玛雅跳出了车。手枪低垂，为的是减低人们的注意力。是的，她此时正在冒着极大的风险，不过她也不是没做一点算计。如果对方打算倒车逃跑，她就朝着轮胎开枪。会有人报警吗？很可能。但是她打算冒这个险。最坏的景象是：警察逮捕了她。她就会对他们讲述丈夫的凶杀案以及这个家伙如何跟踪她。她也许不得不饰演一个处在歇斯底里状态的寡妇，但是遭到某种严重指控的概率并不很大。

玛雅在瞬间冲到了红色别克的前面。风挡玻璃反射着阳光，使她看不清里边的驾车人，不过这种状态马上就会结束。她本想到驾驶员座位这一侧，隔着玻璃用枪逼住他，可是转念选择了副驾驶一侧。这边的车门有可能没锁，那她就可以进入车里。如果锁着，她同样可以在这一侧隔着窗户用枪对准他。

玛雅伸手握住车门把手向外一拉。

车门开了。

玛雅迅速钻进车里，举起枪对着这个戴扬基队棒球帽的家伙。

那人向她转过脸，笑着说："你好，玛雅。"

她在座位上目瞪口呆。

他摘下棒球帽，说道："真高兴，我们彼此终于见到真人了。"

玛雅很想扣动扳机。她梦想过这一刻——见到他，扣动扳机，把他崩得稀碎。见到他的第一个反应是简单的、原始的、出于本能的：杀死敌人。

但是如果杀了他，先不提法律、道德之类因素的考虑，她需要的答案也将随之消失。而在此刻，她比以往任何时候都渴望了解真相。因为，这个驾着红色别克跟踪过玛雅的人，这个在克莱儿遇害前的几个星期里与她秘密通话的人，不是别人，正是爆料大王科里·鲁津斯基。

14

"你为什么跟踪我?"

科里仍然在微笑。"把枪挪开,玛雅。"

在科里·鲁津斯基所有的照片里,他都是衣冠楚楚的,一张娃娃脸刮得干干净净。一撮脏乱的胡须、一顶棒球帽、一条宽松的老爹牛仔裤,这些目前都起到了很好的化装效果。玛雅只是盯着他看,枪口仍然在对着他。后边的汽车鸣起了喇叭。

"我们阻塞交通了。"科里说,"把你的车让开,然后我们再聊。"

"我要知道——"

"你会知道的。但是你先把你的车开到路边去。"

喇叭声更加密集了。

玛雅伸手拔下了他的车钥匙。他要想溜掉可绝对不行。"你哪儿都别跑。"

"我没这个打算,玛雅。"

她把自己的车开到路边停好,回来又坐进别克车的副驾驶位置,把车钥匙递给了他。

"我相信你一定是大惑不解。"科里说。

好一个理解先生。玛雅还处在震惊之中。如同一个被击倒的拳击手,她需要一点时间来恢复,在裁判的8次数秒中站立起来,抖擞精神重新投入搏斗。

这一切都太不合情理了。

玛雅从最明显的问题入手。"你怎么会认识我的姐姐?"

听她问到这里,科里的笑容退去了,取而代之的是一种真实的悲伤。科里·鲁津斯基当真认识克莱儿,而且,玛雅看得出,在他的眼里她姐姐不是无足轻重的。

他的目光望着前方,说道:"让我们离开这里。"

"我要的是你马上回答问题。"

"我不能待在这里,太暴露了。他们也不会赞成的。"

"他们?"

科里没做解释。他把车开回夜总会,又停在了原来的位置上。另外有两辆车在他们后面开进了停车场。这两辆车在路上一直跟着他们了吗?玛雅认为很可能是这样的。

员工出入的那道门旁镶嵌着密码电子键盘。科里敲进了几位数字。玛雅默记了这组密码,心想也许有用得着的时候。"别费心记了,"科里说,"还得有人在里边按下开关我们才能进去。"

"你输入的密码不是开门用的,而是请门卫来核实你?"

"正是如此。"

"听起来有点过度防范的感觉,也许是由于过度恐慌?"

"对了,我想是的。"

过道里很暗,弥漫着一股臭袜子的味道。他们穿过夜总会的大厅,迪士尼动画片的歌曲《全新世界》震耳欲聋,台上的钢管舞女郎穿着《阿拉丁》里茉莉公主的卡通服装在扭动。玛雅皱起了眉头。看来穿这种特别服装的并不仅仅是托儿所。

科里领着她穿过一道珠帘,进入了一间私人密室。屋里的主色调是金黄和碧绿,似乎是中西部地区篮球啦啦队女孩的制服激发了装修者的这番创意。

"你知道我刚才来过这里,"玛雅说,"我和露露谈过。"

"我知道。"

她进一步做出推理。"所以我走的时候你大概也看到了。你发现我朝你的车走过去,因此你明白我将跟踪你。"

他没说什么。

"在我们后面到达的那两辆车呢?他们是你的人吗?"

"过度防范,玛雅,过度恐慌。坐下吧。"

"坐这上面?"玛雅皱眉道,"你们多长时间清洗一次椅套呢?"

"够经常的了,坐吧。"

他们都坐下了。

"我想先应该让你明白我在做什么。"他开始道。

"我明白你在做什么。"

"嗯?"

"你认为秘密是坏东西,它们往往和恶行联系在一起。所以你揭露这些秘密,批判和谴责它们带来的后果。"

"不错,大体上是这么回事。"

"所以,你可以省掉基础理论的传授了。你怎么会认识我姐姐?"

"是她找我的。"科里说。

"什么时候?"

科里有点迟疑,又说:"我不是一个激进分子,也不是一个无政府主义者,完全不是的。"

玛雅才不关心这个。她想了解克莱儿的事情,还有为什么科里要跟踪她。但是她不想无谓地激起他的敌意或是扫了他的兴。她管住嘴听了下去。

"你关于秘密的那些说法,的确是我的观点。我是从一个黑客起步的。我觉得好玩儿,侵入了一些地方,逐步发展到黑进大企业和政府的网络,就像是打电子游戏。但是我由此掌握了很多很多秘密,我看清了那些权贵集团是如何欺压普通百姓的。"他停住了,问道,"你并不想听我这番演讲,对不对?"

"那倒不是。"

"长话短说吧,总之,我们目前不再自己充当黑客了,我们给那些爆料者提供平台,让他们自由地讲出真相。这就是我们的事业。面对权力和金钱，人们是无法监督和制约自我的。这很简单，人性就是如此。为了自己的利益，人们可以扭曲和篡改真相。比如那些烟草公司的人——他们并不都是邪恶黑暗的人物。他们不能做出正确的选择，是因为那不符合他们自己的利益。我们人类在为自己的行为寻找理由和进行辩护方面，具有无与伦比的能力。"

刚才还说不做演讲了呢。

一个女服务生进了屋。她戴的那顶窄帽子比发带也宽不了多少。"喝点什么吗？"她问。

"玛雅？"科里喊道。

"我不用。"

"请给我来一杯苏打水加柠檬。"

女服务员走了。科里重新转向玛雅。

"人们以为我的目的是打击政府和企业。事实上恰恰相反，我这么做是为了支持和帮助它们。我们通过爆料迫使它们做正确的事情，做公正合理的事情。如果政府和公司是建立在谎言之上的，那就让它们重新回到真相的基础之上。所以我们要曝光所谓的秘密，不让这些秘密有存活之地。如果一个亿万富翁给政府官员送钱，从而获得了一块油田的开采权，公众就应该知道真相。拿你的事来说，如果政府在战争中屠杀平民——"

"那不是事实。"

"我懂，我懂，你们称作附带性伤亡。好一个暧昧的概念，你不这么看吗？不论你们是怎么认为的，不论那是偶然事故还是故意为之，公众有权知道这一事实。也许我们还是坚持要把这场战争打下去，但是该知道的事情公众是必须知道的。看看我们的周围，企业在欺诈，体育在作弊，政府在撒谎。面对这些，公众只能耸耸肩膀，他们什么也不知道。我们应该建设一个清除了这些现象的新世界。想象一下吧，一个建立起了公正的、对公众高度负责的权力系统的世界，一个普通人不再受到欺凌的世界，一个不再有所谓秘密、公众有充分知情权的世界。"

"独角兽和精灵尘的神话故事真的能发生在现实生活中吗？"玛雅问道。

他笑了。"你认为我太天真？"

"科里——我叫你科里行吗？"

"好啊。"

"你怎么认识我姐姐的？"

"我对你说过，她主动联系我的。"

"什么时候？"

"在她遇害的几个月前。她给我的网站发了个邮件。几经周折，终于转到我那儿了。"

"她说了什么？"

"她的邮件吗？她想和我见面谈谈。"

"谈什么？"

"你以为呢，玛雅？谈关于你的事。"

女服务员回来了。"两杯苏打水加柠檬。"她对玛雅友善地眨眨眼说,"虽然你说不喝,但我想你也许会渴的。"

她递过水杯,给了玛雅一个热情的微笑,转身出去了。

"你不会是想对我说克莱儿就是那个向你泄露战况视频的——"

"不。"

"因为她不可能接触到——"

"不,玛雅,我不是这个意思。她是在我曝光你们的视频后才联系我的。"

这还说得通,不过仍没有解答什么实质问题。"她都说了什么?"

"我首先阐明我们的价值观念和行事准则的原因就在这里。所以,关于爆料,关于我们的社会责任和自由权利什么的,我说了很多。"

"我没大明白。"

"克莱儿找我,是因为她担心我会把你们那个视频中的剩余内容全部捅出去。"

沉默。

"你懂得我的意思,是吧?"

"是的。"

"这方面的事情是你告诉克莱儿的?"

"我对她无话不说。我们之间什么都不瞒着,至少我是这么认为的。"

科里对她微笑着说:"她想保护你。她请求我不要再把音频部分曝出去。"

"你也的确没有接着曝下去。"

"正确。"

"因为我姐姐求了你。"

科里喝了一口水。"我认识一个人,准确说是一个团队。他们认为他们在做和我同样的事情,其实不是。他们的确也在曝光,但是格调太低,只是做个人隐私方面的东西。调查欺骗妻子的丈夫,揭露服用类固醇的体育明星,公布挟嫌报复者录制的不雅视频等等,针对的是个人的一些欺骗行为。如果你想利用网络做点不道德的勾当,他们这个团队就想法揭露你,就像去年一些黑客攻进男女偷情的网站后做的那样。"

"而你不赞成他们的做法?"

"我不赞成。"

"为什么不呢?他们不也是在追求一个更加透明的世界吗?"

"很有趣。"科里说。

"什么?"

"你姐姐也提出了同样的问题。也许听起来有点伪善,但是我们在选择曝光的对象和内容上是很严肃的,难道不是吗?不过真人面前不说假话,我当时没曝光你视频中的声音,是因为，是的，是因为我们有自己的打算。我想等一等，选个好时机接续曝出去，使这一事件再次引起轰动，让它的影响最大化。我的网站的点击率就不用说了。从我们的角度考虑，我是要继续爆料的。"

"那为什么没这么做呢？"

"你的姐姐。她请求我不要这么干。"

"还是这么回事。"

"她的话很有说服力。她说你，玛雅，只是个马前卒，你干下的事情，是我们这个该死的腐败制度要求你做的。我想接着爆料的原因在于，还是那句话，了解真相是公众的自由权利，但是它会给你个人进一步造成无法挽回的伤害。克莱儿说服了我。她让我相信，如果我这么做，就和我那些热衷于暴露个人隐私的同行没什么区别了。"

玛雅不想这么兜着圈子说话。"就是说，你希望遭到打击的主要对象不是我，而是那些发动了战争的人。"

"对了。"

"所以你向网络提供的视频是由你自己来配音的。你引导大家去憎恨政府。如果你接着曝光音频，人们不仅会进一步指责政府，而且更要对我本人痛骂不已了。"

"我想会的。"

这位真相的鼓吹者在需要时也不惜用自己的配音来涂抹真相。撕开表面的那层薄膜，人性都是一样的。不过现在没有时间也没有理由去思索这种形而上的东西。

"这么说我姐姐找到了你,"玛雅说,"因为她想保护我。"

"没错。"

玛雅点点头。这是合乎情理——可怕的、令人伤悲的情理的。负罪感重新涌上了她的心头。"接下来发生了什么呢?"

"她让我信服了她的观点是正当和合理的,"科里的双唇间掠过了一丝微笑,"而我也让她信服了我的要求是正当和合理的。"

"我不明白。"玛雅说。

"克莱儿为一家堕落的大企业工作。她能接触到企业内部的核心机密。"

玛雅一震。"你说服她为你提供内幕?"

"她意识到了这是一件正当和正义的事情。"

玛雅思索着没有说话。

"怎么了?"

"这是一种交换吧?"玛雅问道,"克莱儿同意帮助你扳倒伯克特企业集团,作为交换,你停止了对我的进一步爆料,是吗?"

"不要说得这么赤裸裸嘛。"

或者说现实就是这样赤裸裸?

"这么说,"玛雅感到答案渐渐浮出了水面,"你让克莱儿参与了你那些偷偷摸摸的事情,最终导致她被杀。"

科里的脸庞罩上了一层阴影。"不只是克莱儿。"他说。

"这是什么意思？"

"她和乔在一起工作。"

玛雅沉思片刻，摇了摇头说："乔不会出卖他自己的家族。"

"你姐姐显然具有不同的看法。"

玛雅不禁闭上了眼睛。

"想想吧。克莱儿调查内幕，结果她死了。乔接着调查，结果也……"

两起案件之间的联系，玛雅想，看来有许多人在关注这种联系。

科里以为他明白这一切是怎么回事。

但是他错了。

"你姐姐死后，乔联系上了我。"

"他说了什么？"

"他希望和我见面。"

"然后呢？"

"我没法见他。我必须隐藏起来，脱离人们的视线。我相信你也看到了有关的消息，丹麦政府企图凭借捏造的证据把我抓捕归案。我当时对乔说，我没有一个确信是安全的途径与他保持沟通，但他还是坚持要见我。我认为他是想提供帮助，而且我认为正是由于他发现了内幕，所以他也被杀了。"

"克莱儿和乔调查的是什么方面的问题？"

"经济犯罪。"

"你能说得更明确一点吗?"

"你一定听过人们常讲的那句话——巨额的财富总是伴随着不可告人的秘密。这是真的。哦,我相信你也能找出个别例外,但是揭开那些大公司的面纱,你总能发现行贿政府官员、恐吓竞争对手这类丑闻。"

"那么在这件事上呢?"

"伯克特家族有向国内外的高层政治人物输送利益的悠久历史。你还记得印度兰伯西制药公司的那起案子吗?"

"有点印象,"玛雅说,"好像是药品质量有什么问题了。"

"是的。伯克特家族在制药业有一家叫作EAC的控股公司,他们在亚洲也干了和兰伯西制药公司类似的事情。由于他们的药品不达标,出现了一些死亡案例。可是迄今为止伯克特家族毫发未损,把责任都推给了当地的医疗单位和管理部门。他们声称死亡病例和他们一点关系都没有,药品的检测结果能够充分证明这一点,诸如此类的吧。其实完全都是谎言,我们敢肯定,他们篡改了检测数据。"

"但是你们没找到证据。"玛雅说。

"太对了,所以我们需要有人从内部来帮助我们搞到真实的监测结果。"

"你就派了克莱儿去做这事。"

"没有人强迫她,玛雅。"

"不,你是哄骗了她。"

"不要侮辱你姐姐的智商。她懂得其中的危险。她是个勇敢的女人。我没有要求她一定要这么做。她希望站在正义一边。所有人当中你应该最明白——她是为了揭露和战胜黑暗而献身的。"

"别这样。"

"什么?"

玛雅不喜欢人们动不动强调经历过战火的军人就应该怎么样。这种说法貌似尊重,实则愚蠢。可是还是那句话,现在不是纠缠这个的时候。

"那么你的看法是乔的家族中有人杀了克莱儿——接着又杀了乔——为的是掩盖不可告人的内幕?"

"怎么?你以为他们干不出来这种事?"

玛雅思索着。"他们也许能杀死克莱儿,"她说,"可是他们绝不会对家族的血脉下手。"

"你说得不无道理。"科里用手搓着脸颊,目光移向了别处。玛雅听见外面在播放动画电影《美女与野兽》的插曲《请来做客》,其中的"请检验我们的服务吧"这句歌词在此时此地似乎被赋予了新的含义。

"不过,"科里继续道,"我知道克莱儿发现了另外的线索,问题似乎比伪造药品检验数据严重得多。"

"什么样的问题?"

他耸耸肩说:"我也不清楚。露露说你找到了她的另外一部手机。"

"是的。"

"我不想弄清我和克莱儿的通话在技术上都有些什么样的名堂,反正拨到这里的电话,通过某个暗网的再次传输,最后能转到我的手机上。尽管如此,我们之间还是约定尽可能保持通话线路的静默状态,只有在她打算递交调查结果或者是出现某种紧急情况时,我们才可以通电话。"

玛雅探过身去问道:"而克莱儿的确给你来电话了。"

"是的,就在她遇害的前几天。"

"她说了什么?"

"她说有了一些新的发现。"

"药品检测之外的?"

科里点头说:"某种很可能是更严重的事情。克莱儿告诉我,她还在综合分析各方面的线索,不过她想把第一份证据发给我。"他顿了一会儿,浅蓝色的眼珠盯着天花板,后来说道:"这是我和她的最后一次通话。"

"她发来那个第一份证据了吗?"

他又点点头,说:"这就是你现在坐到这里的原因。"

"什么?"

然而她心里是明白的。科里清楚地掌握着她的行踪——来了夜总会,与露露谈过,接着又跟踪科里的车。目前的会面是科里精心安排的,这么做肯定是有目的的。

"你坐到了这儿,"科里说,"这样我就可以给你看看克莱儿发现的东西。"

"这个人叫汤姆·道格拉斯。"

科里把打印出来的表格递给了玛雅。他们仍在夜总会那间密室里。这是个非常理想的秘密碰头地点,没有人注意你,也没有人希望你注意他们。

"对这个名字你有点印象吗?"科里问。

"我应该知道他吗?"

科里耸肩说:"只是一般性地问问。"

打印表格上记载,伯克特家族每月都向"汤姆·道格拉斯法律事务所"支付 9000 美元。玛雅注意到了一个明显的事实:与据称向罗杰·凯尔斯支付了的单次数额是一样的,都是 9000 美元。

巧合吗?

"汤姆·道格拉斯在新泽西的利文斯顿市开了个所谓的法律事务所,实际上是从事私人调查员的工作,规模很小,就他一个人。他的业务主要是婚前对方背景调查这类事。他三年前退休了,但是这笔钱还是照常支付给他。"

"这么说它也许是合法收入。他继续为别人充当私人侦探的角色,虽然退休了,但是还为原来的大客户提供服务。"

"我不反对你的看法,但是你姐姐显然认为这件事比我们想的要复杂得多。"

"复杂在什么地方?"

科里只是耸了耸肩。

"你怎么能不问问她?"

"你还不清楚我们的工作方式。"

"噢,我想我清楚是怎么回事。克莱儿后来很快遭到了杀害,你向警察报告这件事了吗?"

"没有。"

"或者是告诉警察克莱儿正在调查什么了吗?"

"我说过了,她死亡的那阵子我必须躲藏起来,不能暴露自己。"

"不是通常的'死亡',"玛雅说,"她是在遭到残忍的折磨后被枪杀的。"

"我知道。相信我,我明白。"

"但是还没有明白到为找出杀害她的凶手而尽一点力。"

"我们必须为向我们提供情报的喂料者保守秘密。"

"可是你的喂料者死了。"

"那也改变不了我们对她所承担的责任。"

"真是讽刺。"玛雅说。

"此话怎讲?"

"你致力于打造一个所谓没有秘密的新世界。但是你本人却在心安理得地制造着秘密,并把这些秘密深深地隐藏在你的心里。你这么干的时候,想到过你鼓吹的那个万事皆透明的、一切都必须大白于天下的乌托邦吗?"

"这么说不公平,玛雅。我们甚至不知道她的死是不是真的和我们有关系。"

"你当然知道有关系。你保持沉默是因为你害怕。你害怕如果你的喂料者被杀的消息传出去,会给你造成非常不利的后果。你害怕是由于有人泄露了她的名字,导致了她的被杀。你害怕——现在大概还在怕——出卖克莱儿的这个人就是你们内部的人。"

"不是我们的人。"科里说。

"你怎么能肯定?"

"你提到了我们的过度恐慌和过度防范。在我们这里我是唯一知道克莱儿的人。我们有自己的一套安全措施。克莱儿的名字从我们这个组织泄露出去的可能性是不存在的。"

"你明白公众对你这个说法是不会信服的。"

他的手抚在了额头上。"他们也许会误解我们,这是实话。"

"他们会把责任归咎于你们。"

"这样的话,我们的敌人会借势来打击我们,我们的其他喂料者也会没有了安全感。"

玛雅摇了摇头说:"你真没觉出来,是不是?"

"什么?"

"你在为你隐藏秘密、不去报警而辩护。你现在做的，与你痛斥的那些政府机构和大公司完全没有两样。"

"不是这么回事。"

"当然是这么回事。你不惜代价地想保护你们自己的组织。你造成了我姐姐的遇害，而且你事实上还在帮助那个杀手逍遥法外，这不过都是为了保住你们自己那个小团伙。"

科里的眼里燃起了火花。"玛雅？"

"怎么？"

"我不需要你来给我上道德品行课。"

适可而止。玛雅激怒了他，也许有点过头了。这是个错误。她需要让他信任自己。"为什么伯克特家族要付钱给汤姆·道格拉斯呢？"

"我们搞不明白。前一段我们黑进了道格拉斯的电脑，查看了他的浏览记录，甚至还调出了他的委托人名单，可是没发现一点线索。不论这是怎么回事，他做得都是极其隐蔽的。"

"你没想过要盘问他吗？"

"噢，他不会对我们说的。而如果是警察问他，他就会搬出律师对客户的保密特权做挡箭牌。与他的业务和客户有关的工作资料，他都已委托豪厄尔和拉米律师事务所予以管理，按照相关法律，这些东西是不能随意调阅的。"

那是希瑟·豪厄尔的律师事务所。

"那么我们怎样才能了解到更多情况呢？"

"我们做了很大努力,结果是零。"科里说,"所以我想能不能请你也设法试一试。"

15

与电影里的场景不同,汤姆·道格拉斯的事务所门上没有镶嵌镂印着名称的磨花玻璃。它设立在利文斯顿市诺斯菲尔德大街一幢平常得难以描述的红砖建筑里。走廊里散发着一股牙科诊所的气味,玛雅想起刚才在入口广告牌的名录上确实看到了有这么一家诊所。玛雅敲了敲事务所厚实的木门。没人应答。她拧了一下把手,门是锁着的。

她看见走廊另一头的服务台旁站着一个穿医院手术服的男人。他正在怀着一种毫不含蓄的兴致打量着玛雅。玛雅用一个笑容作为回报,指了指自己前面那道门,耸了一下肩膀。

手术服向她走过来了。"你的牙齿很美。"他说。

"哎呀,是吗?谢谢你。"玛雅装出一副高兴得上不来气的模样,并注意保持了笑容的持续性,"你知道道格拉斯先生什么时候回来吗?"

"你需要他帮忙做点儿调查,是吗,宝贝儿?"

宝贝儿。"

"差不离吧,不过这是保密的。"她轻轻咬住下嘴唇,用来表明她的话是郑重的,不过,哦耶,其中自有难掩的风情。"你今天见到他了吗?"

"我有几个星期没看见汤姆了。他现在可以说走就走,真是太自在了。"

玛雅谢过他,转头向外边走去。手术服还在身后喊她,她没有理睬,加快了脚步。科里也给她提供了道格拉斯的家庭地址,离这里只有5分钟的车程。她再去那里试试。

道格拉斯的家是一幢漂亮的科德角式独栋住宅,主调是蓝色,有些紫色的点缀。花床里怒放着绚丽斑斓的鲜花。窗户的遮阳帘装饰感很强。看得出房主人在房子的外貌上有点用力过猛,不过效果还说得过去。玛雅在街上停好车向房前走去,看见车库旁停放着一节拖车,上面载着一艘钓鱼艇。

玛雅敲了敲门。开门的是一个50多岁、穿着黑色运动上装的女人。

这个女人眯起眼睛问道:"有什么需要帮忙的吗?"

"嘿,"玛雅希望自己显得乐观开朗,"我想见见汤姆·道格拉斯先生。"

眼前的女人——玛雅猜是道格拉斯太太——一直在端详玛雅的脸庞。"他不在家。"她说。

"您知道他什么时候能回来吗?"

"恐怕还要一段时间。"

"我的名字是玛雅·斯坦恩。"

"是啊,"女人说,"我认出来了,在电视上看见过。你找我丈夫有什么事?"

问得好。"我能进去说吗?"

道格拉斯太太闪到一旁让她进了屋。玛雅不是真想进屋,她只是希望争取点时间,想清楚接下来该怎么办。

道格拉斯太太带着她穿过前厅,进入了起居室。这间屋子的主题是大海。压倒一切的主题。天花板上用绳子吊着填充玩具鱼。四壁的木墙板上用古老的渔竿、渔网、老船舵和救生圈做装饰物。摆放的家庭照片也是以大海为背景的。玛雅在照片上看到道格拉斯夫妇有两个儿子,想来现在也都该长大了。全家四口人明显是喜欢一起去钓鱼。玛雅不懂钓鱼的乐趣何在,不过她发现,虽然有这么多的经年留影,他们笑得最开怀最真挚的,还是托着钓上来的大鱼的那张照片。

道格拉斯太太抱起双臂等待着。

玛雅迅速做出判断,最好的沟通办法是开门见山。

"您的丈夫为伯克特家族工作过很长时间。"

面无表情。

"我想向他打听一下他的工作内容。"

"嗯。"道格拉斯太太说。

"您对他为伯克特家族所做的事情很了解吗?"

"你自己就是伯克特家族的人,玛雅。我说得不对吗?"

她的话让玛雅不由得一怔。"我是属于嫁到那里的,我是这么看的。"

"我也是这么看的,而且我知道你的丈夫遇害了。"

"是的。"

"我为你难过。"接着是,"你觉得汤姆能知道一点有关凶杀案的线索?"

她的直言不讳再次让玛雅感到惊讶。"我也说不好。"

"但你还是为了这件事来这里了?"

"在一定程度上,是的。"

道格拉斯太太点点头:"很抱歉,但是我确实不了解什么。"

"我是想和汤姆谈谈。"

"他不在家。"

"去哪儿了?"

"出去了。"

道格拉斯太太开始向门口走去。

"我的姐姐同样被人杀了。"玛雅说。

道格拉斯太太的脚步慢了下来。

"她叫克莱儿·沃克。您听说过这个名字吗?"

"我应该听说吗?"

"就在她遇害前不久,她发现了伯克特一家在秘密地向您丈夫提供资金。"

"秘密地提供资金？我不明白你是想暗示什么，不过我认为你最好马上离开。"

"汤姆为他们做的是什么工作？"

"我不知道。"

"我搞到了你们在过去5年里的纳税申报单。"

这次轮到道格拉斯太太吃了一惊："你……什么？"

"您丈夫年收入的一半以上都是从伯克特家族领取的。他们付的报酬颇为可观。"

"那怎么了？汤姆干工作是非常努力的。"

"干什么工作？"

"我不知道。而且如果我知道了，我也肯定不会告诉你的。"

"他们付钱给您丈夫，这其中有某种东西让我姐姐感到不安，道格拉斯太太。就在发现这件事的几天之后，她先是遭到了拷打，然后被人对着脑袋开了一枪。"

道格拉斯太太的口形呈现出一个完美的"O"。"而你认为，怎么着，汤姆参与其中了？"

"我没这么说。"

"我丈夫是个好人。他也像你一样，在军队服过役。"她用脑袋对玛雅身后的那面墙做了个示意。墙上有一块写着"Semper Paratus[①]"的纪念牌匾，它下面挂着一枚奖励给贡献卓著的水

---

① Semper Paratus：拉丁语，意为"时刻准备着"，是美国海岸警卫队的口号和徽标用语。

手长的徽章——左右交叉的两只银色海锚。玛雅认识海军的几位水手长,所以明白这是很值得骄傲的荣誉。"后来他又在警察局干了几乎20年,由于执勤时受了伤,就转行开了自己的事务所。不论在哪里,他工作起来都很努力。"

"那么他为伯克特一家究竟都做了什么呢?"

"我已经说过了。我不知道。"

"或者是知道了也不会说?"

"对了。"

"不论他为伯克特家族做了什么,肯定是值得领取每月9000或10000美元的报酬……领了多长时间?"

"我不知道。"

"他开始接受这笔钱的时候,您一点儿都不知情吗?"

"他的工作是保密的。"

"他从没和您谈过伯克特家族的事情吗?"

道格拉斯太太轻声答道:"从来没有。"这是玛雅第一次发现这个女人偶尔也有露马脚的时候。

"他在哪里,道格拉斯太太?"

"他出门了,而我又什么都不知道,"她急忙拉开了门,"我会想法告诉他你来过这儿。"

16

  大多数人对于靶场的认识还是相当陈旧的。他们以为靶场还是当年那种在枪支商店后面辟出的一小块地方。在他们的想象中，这种地方的墙上挂着发霉的动物标本和一大张熊皮，墙边凌乱地立着一排落满尘土的步枪，柜台后面坐着坏脾气的店主。他穿着旧式猎装或是无袖T恤衫，手里还搂着一个妓女。

  那都是当年的老皇历了。

  玛雅、谢恩和他们的同伴常去的是一家当今最先进的射击俱乐部。它的名称是RTSP[①]，取自"捍卫自身的权利"这句话的单词首字母，不过也有人开玩笑说，它代表的意思是"射杀他人的权利"。忘掉当年靶场的尘土吧——这里的所有东西都是簇新闪亮的。永远彬彬有礼、热情周到的服务人员一律穿着黑色开领短袖衬衫，下摆利索地掖进了卡其裤的腰带里边。

[①] RTSP：Right To Self-Protect（捍卫自身的权利）的缩略语。然而Right To Shoot People（射杀他人的权利）的首字母缩写也是RTSP。

武器都摆放在玻璃橱窗当中,仿佛它们是珍贵的珠宝。这里总共有 20 个射击位,其中 10 个是 25 码距离的,10 个是 50 码距离的。还有一部数字化射击模拟器,用起来很像是玩一场与真人一般大小的敌人较量的电子游戏。想象一下吧,在小剧场里模拟各种实战接敌的情景——嗜杀成性的黑帮,控制人质的劫匪,荒蛮西部的江洋大盗,前赴后继的吸血僵尸,一个个全都活灵活现,一步步对你紧紧相逼,而你则拿起与真枪的重量和形状完全一致的激光武器向这些敌人"射击"。

玛雅来这里一般都是使用真枪对着纸靶射击。与她一道来的朋友大多都是军人出身。这里的广告声称要让大家"体验放松,融入时尚"。有人喜欢高尔夫,有人喜欢网球,有人喜欢桥牌,凡此种种,不一而足,而玛雅却成为了射击俱乐部的 VIP 成员。作为退伍军人,她和她的朋友们可以享受五折的优惠。

俱乐部的深色木墙和松软的地毯让玛雅联想到伯克特庄园的书房,或是某家高档牛排连锁店。大厅的中央是一张台球桌,四周摆放着许多真皮沙发。三面墙上都挂着平板电视,剩下那面墙上是巨幅书写的美国宪法第二修正案的全文,用的是草写字体。这里有雪茄吧和纸牌屋,还有免费的 Wi-Fi。

老板里克也和员工一样穿着黑色衬衫和卡其裤,只不过他的腰间总是挎着一支手枪。他用悲伤的微笑迎接玛雅,还和她撞了一下拳头。"真高兴你又来了,玛雅。我和我的这些员工听到这个消息时……"

玛雅点点头:"谢谢你们送来的鲜花。"

"我们只想为你做点什么,知道吗?"

"我非常感谢。"

里克用拳头挡住嘴咳了一下,说道:"我不知道这种时候说这个是否合适,不过假如你想换一份时间上更加灵活的工作……"

里克一直都在邀请玛雅来这里做射击教练。购枪和出入他这种靶场的女性数量目前在迅速增长。她们更愿意接受女性教练的指导,而能干这行的女人为数甚微。

"我会记得这件事的。"玛雅说。

"太好了。你的小伙子们都在楼上呢。"

他们今晚一共是5个人,包括玛雅和谢恩。那三个人去玩射击模拟器,谢恩和玛雅打的是25码远的纸靶。玛雅在射击中找得到一种禅的感觉。扣动扳机时的轻缓呼气,子弹即将出膛那个瞬间的凝固和静止,都让玛雅感受到了一种特殊的抚慰和惬意。

结束射击后他们回到了VIP厅。玛雅是这里唯一的女人。人们可能以为这种地方会格外地歧视女性,其实不是这样,在这里最重要的是你的射击本领如何。即使不提她在部队的英勇事迹,仅凭曝光给她带来的知名度,玛雅也算得上当地的一个人物了。俱乐部的一些男人对她感到敬畏,也有一些男人对她有所迷恋,玛雅对这些都不在意。也许你读到过一些其他的说法，然而事实上大多数当过兵的人对于女人都是尊重的。就玛雅的个例而言，不论这些男人最初被玛雅吸引是出于什么样的感觉，逐渐地他们都以与她结下了纯洁的战友情谊和兄弟般的关系而自豪。

玛雅的目光浏览着墙上的宪法第二修正案：

管理良好的民兵队伍，对于一个自由国家的安全是必需的。人民拥有和携带武器的权利不可侵犯。

不甚畅达的表述源于试图保持中立的骑墙态度。玛雅早就明白，不要试图就这个问题与持任何一派观点的人讨论或争辩。她父亲是个坚决反对民众持有枪支的人，他常对人喝道："你想弄一支突击步枪？只有'管理良好的民兵队伍'才能有枪，这你难道不明白吗？"而玛雅的一些赞成民众持有武器的朋友却总是说："'拥有和携带武器的权利不可侵犯'，这句话有那么难懂吗？"第二修正案的表述方式显然是具有令人惊奇的弹性，而且正如智者所说的，人的眼睛看见的总是他们愿意看见的东西。如果你钟爱枪支，你在字里行间发现的是一种含意；如果你憎恨枪支，你就会发现另外一种含意。

谢恩给玛雅拿过来一罐可乐。酒精饮料在这里是禁止的，即便是最不守规矩的人也明白，枪支和酒精这两样东西不搭。他们五个人开始围坐在一起侃大山。话题总是先从当地的球队开始，但是很快会转入更深的层次。这是玛雅最喜欢的时光。她是他们当中的一个，却又和他们有所区别。他们经常请她从女人的角度谈点看法，因为他们回来后都在家庭关系上遇到了这样那样的问题。假如一个军人抱怨说他的家人无法理解他都经历过什么，人们也许以为他只是找到了一个廉价的托词，殊不知他说的是再正确不过的大实话。在战壕里摸爬滚打过后，你看待事情的眼光就不一样了。你的这种变化有时是显而易见的，更多的时候它不易察觉，然而却浸淫在你的每根神经和每个细胞之中。过去以为不得了的一些事情，现在觉得无所谓了；过去不以为意的一些事情，现在感到很珍贵了。婚姻家庭原本就不是个轻松的课题，再添进战争造成的疏离和差异，一道小小的缝隙可能会撕裂成巨大的创口。没有人具有与你相同的眼光，除了你昔日的战友。这就像是某个电影里的情景，只有侠客看得见黑暗中的魔鬼，而众人却以为侠客是在说疯话。

这间屋子里的几个人都能看得见魔鬼。

作为单身汉，也由于情感上的某种因素，谢恩不大喜欢与人剖白彼此的内心世界。他挪到角落的椅子上，掏出安娜·昆德伦最新出版的一本小说读了起来。谢恩酷爱读书——不是他给莉莉大声朗读的那种读书——而且在任何环境下都能读书，甚至在直升机的旋翼仿佛就在你的脑袋里边轰鸣的情况下，谢恩照样坐在机舱里读书。

玛雅到后来也朝谢恩走了过去。他们头顶上的电视正在播放纽约尼克斯队与布鲁克林篮网队的第三局比赛。见玛雅来到身边,谢恩放下了书,把长长的双腿架到前面的皮榻椅上,说了句:"好啊。"

"什么?"

"我估计你现在打算对我说出内情了。"

玛雅没这个打算。她想保护谢恩,从来都是。

但是谢恩不会买这个账。而且如果什么都不对他说,对他是不公平的,对他们之间的关系可能也是有害的。她犹豫着是否把见到了科里·鲁津斯基本人的情况告诉他,但是不知谢恩会做出什么样的反应。很生气,也许会吧。科里在他们结束会面时说得很清楚:

不要用临时手机。平时我们不能通话,除非有紧急情况。如果你想找我,就给夜总会来电话对露露说。如果我想找你,夜总会将给你打电话,然后把电话挂断,那就是请你来这儿的信号。但是记住,玛雅,假如我的感觉不好,哪怕是一丁点,我就会销声匿迹,可能永远也不再露头了。所以,不要对任何人讲起这件事。

还是不说,目前只有这么做才是正确的。如果搞砸了,科里很可能就消失了,她冒不起这个风险。

但是,她还有别的路可走。

谢恩盯着她,等待着,他能这么等下去,等整整一个晚上。

"你对凯尔斯有什么了解吗?"玛雅问道。

"那个负责乔的凶杀案的警官?"

玛雅点点头。

"不大了解。听上去他的口碑不错,但是我们和纽约警察局的关系一般。怎么了?"

"你记得乔的妹妹卡洛琳吗?"

"是啊。"

"她告诉我,他们家付钱给凯尔斯。"

谢恩做了个鬼脸:"你这是什么意思?付钱给他?"

"每次不到10000美金,一共3次。"

"为了什么?"

玛雅耸下肩说:"她也不知道。"

她对谢恩讲述了卡洛琳如何对她说起转款的事情、密码如何失效,还有她打算等一等再当面质问尼尔和朱迪斯等情况。

"一点儿也说不通,"谢恩说,"为什么乔的家庭要贿赂凯尔斯?"

"我还等你告诉我呢。"玛雅说。

他思索了一会儿说:"我们都知道富人们的行事风格有点古怪。"

"是的。"

"但是他们送钱给凯尔斯是为了什么?让他抓紧破案?把乔的案子摆到重要位置?它本来就是各方关注的大案。难道伯克特一家认为非得给一个警察送好处才行?"

"我不知道,"玛雅说,"不过还有别的情况。"

"什么?"

"卡洛琳声称,他们家在乔出事之前就开始给凯尔斯钱了。"

"胡扯。"

"她是这么说的。"

"她说得不对。那就更说不通了。为什么还没等凶杀案发生,他们就要给凯尔斯送钱呢?"

玛雅又一次说:"我不知道。"

"怎么着,他们预料到了乔将被人杀死,而且猜到了是哪个警官负责这个案件?"谢恩摇头说,"你明白最可能的答案是什么,是不是?"

"不明白。"

"卡洛琳在耍你。"

玛雅想过这一点。

"去她的吧,她对你说这些都是她在电脑上看到的,然后突然间,怎么着,密码让人换了?这个借口找得再容易不过了,不是吗?"

"的确是。"玛雅表示同意。

"所以说她在撒谎。等等,也许不是。"

"什么?"

谢恩转过脸看着玛雅说:"卡洛琳是个性格怪僻的女人吧?"

"一等一的,喜怒无常,没人摸得准。"

"所以说也许她不是在撒谎,"谢恩斟酌着提出他的新见解,"也许这一切都是她的幻觉,是她想象出来的。她的性格不稳定。她的哥哥被人杀了。你们聚在一起准备听遗嘱,忽然又取消了,因为,什么来着,一些文件弄乱了?"

"不是弄乱了,"玛雅说,"竟然是在乔的死亡证明上出了什么岔子。"

"那问题就更大了。所以她感到心理压力很大。"

玛雅皱眉说:"以至于她凭空想象出了给一个负责凶杀案的探员行贿?"

"目前看这也并不比其他的情况显得更离谱,"谢恩靠在椅背上说,"玛雅?"

她明白他想说什么。

"你不要再这样了,好吗?"谢恩说。

"不要怎样?"

他皱起了眉头:"你对我说谎,这让我很受伤。"

"我没对你说谎。"

"你在抠字眼儿。你还有什么瞒着我的事情?"

太多了。玛雅再次犹豫着要不要对他多说点,然而再次真切地意识到不能把他更深地拖入旋涡。她想能不能对他说说克莱儿那部手机,可是那会牵扯出科里,她目前还不能那么做。她也没对谢恩说过她在保姆监控器里看到了什么,不过那也应该再等等。谨慎小心从来不是什么坏事。说出去的话，泼出去的水。

为了确保别人听不见，谢恩向她探过身说："你是从什么地方搞到那颗子弹的？"

"你不要打探这件事。"

"我可帮了你的大忙啊。"

"你的帮忙必须获得回报，是吗，谢恩？"

这句刺耳的话让他陷入了沉默，玛雅知道会是这样的。她把话题重新拉到了卡洛琳身上。

"你说的卡洛琳面对压力的那番话很有意思。"玛雅说。

谢恩等她说下去。

"她不仅谈到了乔，还谈到了她的另一个哥哥。"

"尼尔？"

玛雅摇头说："安德鲁。"

谢恩皱眉说："等等，是从船上掉到海里的那个吗？"

"他不是掉下去的。"

"你这是什么意思？"

终于，玛雅找到了一个安全的话题："乔也在船上，和他在一起。"

"是啊，那怎么了？"

"乔告诉过我，那不是一起事故。他说安德鲁是自杀的。"

谢恩又靠到了椅背上。"哇。"

"没错。"

"他家的其他人知道吗？"

玛雅耸肩说："我想是不知道的。他们都声称那是一场意外的事故。"

"而卡洛琳也是昨天提起了他？"

"是的。"

"为什么呢？"谢恩问道，"安德鲁·伯克特死了将近20年了，是吧？"

"从某个角度上说，她提起安德鲁也是很自然的。"

"怎么说？"

"她的两个哥哥，据说彼此非常亲近。他们死得都太早，而且都挺惨。"

谢恩点头，仿佛明白了似的："这就有更多的理由使卡洛琳产生幻觉了。"

"而且她一直没见到乔的尸体。"

"再说一遍？"

"我说的是卡洛琳，她一直没见到乔的尸体，还有安德鲁的。她想看看尸体，觉得这才是个了结。安德鲁死在海里，她没见过尸体。乔是被枪杀的，她也没见过尸体。"

"我不明白，"谢恩说，"为什么她没见着乔的尸体呢？"

"好像是她的家里人没让她看，我也说不好。不过你站在她的立场上想想吧，两个死去的哥哥，都没见到尸体，卡洛琳没见过他们中的任何一个躺在棺材里的样子。"

他们陷入了沉默,不过谢恩已经听懂了。卡洛琳对玛雅说的应该看到尸体的那番话是说中了要害的。玛雅和谢恩在中东作战时见过了太多的尸体。当一个战士在战场上捐躯后,他的家人常常无法接受他的死讯,直到他们最后见到了铁证。

遗体。

也许卡洛琳是对的,也许这才是部队坚持把每个战士,包括牺牲的,都要带回家的真正原因。

谢恩打破了沉默:"就是说,卡洛琳至今很难接受乔已经死了的事实。"

"她至今很难接受两个哥哥都已经死了的事实。"玛雅说。

"而且她认为,负责乔的案件的那个人接受了她家的贿赂。"

有什么东西猛然撞击了玛雅,差点把她掀翻在地。"噢,不……"

"怎么了?"

玛雅艰难地吞咽了一下。她想把事情想明白,把自己的想法梳理清楚。船,老船长的船舵,钓鱼之旅的战利品……

"Semper Paratus。"她说。

"什么?"

玛雅直视着谢恩的眼睛。"Semper Paratus。"

"这是拉丁语,"谢恩说,"意思是'时刻准备着'。"

"你知道这句话?"

船，渔具，老船舵，救生圈，特别是那副交叉的海锚。玛雅曾认为交叉的海锚是海军使用的符号。海军经常用这种符号，但是其他的部队也用交叉的海锚徽章来奖励他们的水手长。

谢恩点头说："这是海岸警卫队的座右铭。"

海岸警卫队。

美国武装力量的一个组成部分，负责沿海水域和航道的安全警备。海岸警卫队可以把在海上发现的任何一具尸体列入自己的调查范围……

"玛雅？"

她把脸转向了谢恩。"我需要你再帮个忙，谢恩。"

他没作声。

"我需要你查明当年是什么人负责调查了安德鲁的海上遇难事件，"玛雅说，"我需要你查清楚这个人是不是海岸警卫队的一个军官，名字叫汤姆·道格拉斯。"

17

哄莉莉睡觉通常来说都很容易。玛雅听过许多令人心惊肉跳的故事,都是讲孩子的不肯入睡如何成为了大人的不堪噩梦。莉莉不是这样。上床时她已经玩够了,欣然同这一天告别,头刚刚沾在枕头上就一下子睡过去。今晚却是例外。玛雅把她放在床上,掖好了被子。莉莉说:"故事。"

玛雅其实已经筋疲力尽了。但是,这难道不是做妈妈的一种幸福吗?"好啊,宝贝,你想听什么?"

莉莉指了指黛比·葛莉欧利的童话书。玛雅一边读着,一边希望它能像催眠曲或是其他帮助孩子打哈欠的东西一样,没等她读完就让莉莉困得睁不开眼睛。可是这本书发挥的是相反的作用——打起瞌睡的是玛雅自己。莉莉用手戳她,让她保持清醒。勉强读完这个故事后,玛雅合上书站起了身。莉莉却说:"重来,重来。"

"我觉得你应该睡觉了,宝贝。"

莉莉哭了起来。"我害怕。"

玛雅知道，这种时候是不该把孩子抱到她自己房间的。然而那些父母必读手册忽视了一点，即所有的人类成员，包括做父母的，在筋疲力尽的时候都是会偷懒的。莉莉刚刚失去了父亲，虽然她还小，还不懂发生了什么，但是她是会有感觉的，潜意识里会有痛苦，本能地感觉到有什么地方不对头。

玛雅抱起莉莉说："来吧，你和我一起睡。"

她把莉莉轻轻放到床上乔的那一侧，用枕头在床边搭了临时的护栏。为了保险起见，她还把几个枕头扔在地板上，以备莉莉万一突破这种简易的障碍物滚落到地上。玛雅把被子拉起来，在莉莉的下巴下面掖好。做这些事的时候，玛雅的心中怦然涌起了一种感受。这是一种做过父母的人无一不曾体验过的感受，是对孩子的一种刻骨铭心的爱。爱在你的内心升腾，爱的力量让你心生敬畏，你愿意永远地沉浸在爱的暖流之中。与此伴生的，却是一种可怖的恐惧。你担心失去孩子，这种恐惧让你的全身瘫软。你不禁会想，面对一个如此不安生不安全的世界，为了保护孩子，你还敢有片刻的放松和懈怠吗？

莉莉闭上眼睛睡着了。玛雅坐在那里一动不动，望着女儿的小脸蛋，听着她深缓均匀的呼吸声。她就这样一直坐着，直到手机铃声打破了沉寂。

玛雅希望是谢恩的电话，带给她有关汤姆·道格拉斯的信息。不过谢恩说过，他要等到早晨才能查到这个人的从军记录。

她抓起电话，发现屏幕上是外甥女爱丽克丝的名字。这是又一个她绝不能失去的亲人。带着一丝恐慌，玛雅快速点了一下接听键。

"你一切都好吗？"

"嗯，都好，"爱丽克丝说，"我会有什么不好呢？"

"没什么。"天啊，玛雅需要冷静，"怎么了，年轻人？需要帮你做作业吗？"

"说得真好。如果我需要有人帮我做作业，你认为我找的会是你吗？"

玛雅笑了。"有道理。"

"明天是足球日。"

"什么？"

"镇里举行的一个活动，比较衰。学校里所有的年级都要参加比赛，还有集市、晚会和狂欢。我是说，小孩子们会觉得很好玩。"

"好啊。"

"我记得你说过你比较忙，但我还是希望你和莉莉能来。"

"哦。"

"我爸爸和丹尼尔也会来参加。丹尼尔的比赛十点开始，我们的十一点开始。我们可以带着莉莉转转，给她弄一个动物气球——容克维兹先生，我的英语老师，他给所有的小孩子都准备了气球——我还可以带她骑旋转木马。我想会很好玩。我们都很想念莉莉。"

玛雅转头看了看睡在身边的莉莉,那种充斥心灵的怜爱再次涌上了心头。

"玛雅姨妈?"

爱丽克丝和丹尼尔是莉莉的表姐表哥,莉莉崇拜他们。玛雅希望他们——需要他们——在莉莉的生命中占有重要的位置。"幸亏莉莉睡着了。"玛雅对爱丽克丝说。

"啊?"

"如果我告诉她明天去找你们玩,她会兴奋得睡不着了。"

爱丽克丝笑道:"太好了,那就明天见?活动在镇里的体育场。"

"好的。"

"哦,提醒一句,那个愚蠢的教练也会到场的。"

"别担心,我想我们两个的事情已经摆平了。"

"晚安,玛雅姨妈。"

"晚安,爱丽克丝。"

这一夜糟透了。

就在玛雅进入半睡半醒的混沌之际,那些声音又开始向她发动了猛攻。鼎沸的喧嚣、尖厉的呐喊、旋翼的轰鸣、密集的枪声。它们不肯中止,不肯消退,而是方兴未艾,愈演愈烈。玛雅似乎是没有躺在床上,也没有回到战场的上空翱翔,却是悬浮在、也是迷失在一个上不着天下不着地的地方，伴随着她的只有黑暗和噪声。那种震耳欲聋、无尽无休的噪声，那种发自自己体内而无法从外部抵御的噪声，就好像有无数的小虫子穿梭在她的脑袋里，一边高声地尖叫，一边畅快地啃噬。

无处逃遁，无法思考。没有了这里或是那里的空间概念，没有了昨天或者明天的时间意识。它们会恢复的，那要等到发作过后。而现在她剩下的只有这些声音造成的痛苦，如同是收割者手里的镰刀正在把她的大脑割成碎块。玛雅用手捂住脑袋两侧拼命按压，好像只有挤碎了自己的颅骨方能罢手。

实在是太难受了。

难受得只想不惜一切代价来恳求——

噢，上帝，求求你——

让声音停下来吧——你恨不得举枪把这些该死的声响一劳永逸地清除掉。假如你还明白你身处何地，假如你还记得身边的床头柜里就锁着一支手枪的话……

玛雅不知道这场发作持续了几分钟还是几个小时，只以为它永远没有尽头。当你在这些声响的压迫下无法喘息的时候，时间已不再具有意义。你唯一的念头就是突出重围，听任自己在随便什么地方飘浮。

突然间，有一种新出现的，更有"规律性"的声音进入了她的耳中。这个声音似乎是来自很远的地方，似乎是经过了很长时间才传递到这里。它一定是和其他那些震耳欲聋的声音进行了艰苦的抗争——玛雅快要清醒的时候意识到,她自己的尖叫声也曾加入了那个可怖的声响大合唱当中。

原来是门铃声。接着传来的是一个人的喊声:

"玛雅?玛雅?"

是谢恩。他开始砸门了。

"玛雅?"

她睁开了眼睛。那些声音没有迅即消失,而是以一种逗弄的方式慢慢地衰减,仿佛是在提醒玛雅,它们也许是暂时安静了下来,但是它们不会真正走开,它们将留在这里,永远伴随着她。玛雅再次记起了那个宣称"凡是声音都永远不会消失"的理论。如果在森林里大叫,你会听到回声。回声越来越小,越来越小,却永远不会完全地消失。她的那些可怕的声音也是如此。

它们永远也不会完全放过她。

玛雅向自己的右边看去,那是莉莉睡觉的地方。

但是,她不在。

玛雅的心跳到了嗓子眼儿。"莉莉?"

敲门声和门铃声都听不到了。玛雅一下子坐起来,迅速把双腿摆下床。她试图站起来,可是头一晕又坐回来了。

"莉莉?"她又大声叫道。

她听到楼下开门的声音。

"玛雅?"

是谢恩,他已经进室内了。她曾给过他一把钥匙,以防万一。

"我在楼上。"玛雅又试了一遍,终于站了起来,"莉莉呢?我找不到莉莉了!"

房子随着谢恩一步两个台阶的脚步而颤动。

"莉莉!"

"我找到她了。"谢恩说。

他出现在门口,右手抱着莉莉。玛雅顿时舒了一口气。

"她在楼梯口最上面站着呢。"谢恩说。

莉莉的脸蛋上挂着泪。玛雅向她扑过去,莉莉不由得向后一躲。玛雅想到,莉莉可能是被她的尖叫声吵醒的。

玛雅放缓了动作,微笑着说:"没事了,宝贝。"

小女孩把脸藏在了谢恩的肩膀后面。

"对不起,莉莉,妈妈做了个噩梦。"

莉莉用双手绕着谢恩的脖子。谢恩望着玛雅,丝毫不掩饰脸上的怜爱和关心。玛雅感到心在破碎。

"我打过电话,"他说,"可是你不接,我就……"

玛雅点点头。

"嘿,"谢恩用过于欢快的声音喊道。他不擅长制造欢快的氛围,即使是莉莉也听得出他的语气有点离谱,"我们下楼吃早餐怎么样?"

莉莉看着仍很警觉,不过正在快速地恢复正常。孩子就是这样，他们的适应力是令人惊叹的，玛雅想，简直和最优秀的军人一个样。

"哦，猜猜我们有什么好事？"玛雅说。

莉莉还是警惕地看着妈妈。

"今天我们要去找丹尼尔和爱丽克丝，痛痛快快地玩一天。"

小丫头的眼睛睁大了。

"去骑旋转木马，还有很多气球……"

玛雅不间断地描述引人入胜的足球日。只消几分钟，昨夜的风雨在新一天的曙光中消散了，至少对莉莉来说是这样。可对玛雅而言，昨夜的恐惧——特别是由于这种恐惧与自己的女儿相关——将很久地萦绕在她的心头。

谢恩没问她是否还好，他了解玛雅。他们准备好早餐放在莉莉面前，然后来到孩子听不见他们讲话的地方。谢恩说："很糟糕吗？"

"我不要紧。"

谢恩的脑袋转向一边。

"怎么了？"

"对我说谎变得越来越容易了哈。"

他是对的。

"我的状态非常糟糕，"她说，"现在你满意了吧。"

谢恩转向了她。他很想拥抱她——她看得出来——但是他们没有那么做。太遗憾了，她是需要抚慰的。

"你应该找人谈一谈,"谢恩说,"吴怎么样?"

吴是退伍军人医院的心理医生。"我会给他打电话的。"玛雅说。

"什么时候?"

"等我这些事过去了的时候。"

"什么时候能过去?"

她没有回答。

"玛雅,现在已经不只是关乎你自己了。"

"什么意思?"

他转过头看了看莉莉。

"哪儿痛戳哪儿啊,谢恩。"

"抱歉。不过你有女儿,而且你现在要一个人抚养她。"

"我会处理好的。"

玛雅看了一下时间,九点一刻了。她想回忆上一次自己在清晨4:58之后醒来是什么时候,可是想不起来。她还想着莉莉,不知道刚才发生了什么,是不是女儿醒来听到了妈妈的尖叫?莉莉有没有试图叫醒她?或者她只是吓得缩成了一团?

多不称职的妈妈呀!

"死神在跟随着你,玛雅……"

"我会处理好的,"她又说了一遍,"我需要把事情搞清楚。"

"你说'搞清楚'的意思,是找到杀害乔的凶手吗?"

她没有回答。

"对了,你的推测是正确的。"谢恩说。

"什么推测?"

"我就是来告诉你结果的。你不是让我调查一下汤姆·道格拉斯在海岸警卫队的情况吗?"

"他什么情况?"

"他在海岸警卫队干了14年,他也是在那个地方开始接触法律业务的。而且负责安德鲁·伯克特案子的,确实是他。"

哇。这合乎情理。这不合情理。

"你知道他关于那个案子的结论是什么吗?"玛雅问道。

"意外死亡。根据他的调查报告,安德鲁·伯克特夜里从甲板上落水溺亡,可能是因为饮酒过多。"

他们两个站在那里,有一会儿谁都没说话。

"到底发生了什么,玛雅?"

"我也不知道,但是我想弄清楚。"

"怎么弄清楚?"

玛雅迅速拿出手机,拨打了道格拉斯家的号码。没人接听。玛雅留下了一条语音信息:"我知道伯克特家族为什么一直向你付钱了。给我回话。"

她留了自己的号码,然后挂断了电话。

"你是怎么找到道格拉斯这个线索的?"谢恩问道。

"这不重要。"

"真的吗?"

谢恩开始来回踱步。即使不是像玛雅这么了解他的人，也能看出这不是什么好兆头。

"怎么了？"她问道。

"我今天早晨给凯尔斯警官打了个电话。"

玛雅闭上了眼睛。"你为什么这么做？"

"哦，我不知道，也许是因为昨晚你对他的指控让我太吃惊了。"

"那是卡洛琳的说法。"

"无论是谁的说法，我想对他这个人初步做个估量。"

"结果呢？"

"我喜欢他，我看他是个直来直去的人。我认为卡洛琳是在瞎说。"

"好吧，我们忘掉这事就是了。"

谢恩用嘴发出了蜂鸣器般恼人的叫声。他模仿的是当你在游艺节目里给出错误的答案时台上的机器发出的那种动静。

"怎么了？"

"对不起，玛雅，答案错误。"

"你在说什么？"

"关于他的侦查工作的进展，凯尔斯是一点也不肯告诉我。"谢恩接着说，"这说明他是个好警察，他在按章办事。这样的人似乎是不会收取别人的贿赂的。"

玛雅从他的话里感到情况不妙。

"不过,"谢恩一边说着,一边把一根指头竖起来,"他觉得让我知道你家最近发生了一个意外,倒是没有什么不可以的。"

玛雅转头看了一眼莉莉。"他告诉你监控器的事了?"

"正确。"

谢恩等着她做出解释,但是她没有。他们只是站在那里,很长时间就那样对视着。还是谢恩打破了沉默。

"为什么你不和我讲这事?"他问道。

"我想和你说来着。"

"但是?"

"但是,你认为我的精神状态已经很不稳定了。"

谢恩再一次发出蜂鸣器般的叫声。"错误。我也许是认为你应该去看看医生——"

"是啊,你根本没对我说,就直接给吴医生打了电话。如果我对你说我在监控视频里看到了已经被谋杀的丈夫,你又会怎么想呢?"

"我会认真听啊,"谢恩说,"我不会把你的话当儿戏,而且要帮助你把这件事搞个水落石出。"

她知道他说的是真话。

谢恩把椅子拉到靠近她的地方坐了下来。"对我说说发生了什么,到底发生了什么?"

隐瞒已没有意义。于是她对谢恩说出了保姆监控器、伊莎贝拉的胡椒喷雾剂、不见了踪影的乔的衣物、她去伯克特家族的仆人住所寻找伊莎贝拉的遭遇,等等。她讲过后,谢恩说:"我记得那件衬衫。如果是你的幻觉,那件衬衫怎么会不见了呢?"

"谁知道呢?"

谢恩站起身,向楼梯走去。

"你去哪儿?"

"我检查一下衣柜,看看那件衬衫在不在。"

她想提出异议,但是谢恩就是这样,他必须亲力亲为。她只是等待着。5分钟后,他回来了。

"真不见了。"谢恩说。

"这倒也不能说明什么,"玛雅说,"一件衬衫没在衣柜里,可以用一百万个理由来解释。"

谢恩在她对面坐下来,用手揪着下嘴唇。5秒钟过去了,10秒钟过去了。"我们把情况再分析一下吧。"

玛雅等他说下去。

"你还记得登普西将军视察军营的时候说的话吗?"谢恩问道,"他在剧场里讲的关于预测性的那番话。"

她点点头。马丁·登普西将军是美军参谋长联席会议主席。他说过,在人类所有的活动中最不可预测的就是战事。在战场上你知道的唯一一个基本原则,就是你永远不知道战场上会发生什么。你必须为哪怕是看起来最不可能发生的事情做出准备。

"让我们捋一下思路,"谢恩说道,"我们先来肯定,你确实在监控视频里看到了乔。"

"他死了,谢恩。"

"我知道。但是,我们……我们一步一步来,就像训练一样。"

玛雅对着他眨碌了一下眼睛。

"你是用电视看的这个视频吗?"

"用笔记本电脑看的,把SD存储卡插进笔记本。"

"好的,是存储卡。伊莎贝拉用胡椒喷雾器袭击你之后拿走的就是这个存储卡?"

"是的。"

"你把存储卡插进了你的笔记本,然后看到了乔在沙发上和莉莉玩耍。我们先来剔除一些明显是不可能的因素。它看着不像是以前的录像,对不对?"

"对。"

"你确定吗?你说艾琳在葬礼之后给了你这个监控器。但是,有没有可能是有人把以前的视频装在里面了呢?也就是说在乔死之前他和女儿的视频资料?"

"不可能。视频里的莉莉穿的就是当天的衣服。画面的角度就是我放监控器的角度,从书架上对着沙发。确实,这里一定有猫儿腻,一定是这样的。我不知道是乔被PS了或是怎么样了。但是那不是以前的视频。"

"好,那我们排除了这种可能性。"

越来越离谱了。"什么可能性?"

"它是老视频的可能性。那我们再看看其他可能性。"谢恩继续揪着他的下嘴唇,"我们假设——只是假设——那确实是乔。他还活着。"虽然玛雅没张嘴,但是谢恩举起了双手说:"我明白,我明白,但是你先忍耐一下,好吧?"

玛雅忍住叹息,耸了耸肩说:"随你便。"

"你会怎么做?"他问道,"如果你是乔,而且你想假装死了的话。"

"假装自己死了,然后又怎么着,溜进家里和孩子一起玩耍?我搞不懂,谢恩,还是你来告诉我吧,你显然是有你的见解。"

"还不能说是见解,但是……"

"难道是和电影里的那种僵尸有联系吗?"

"玛雅?"

"怎么了?"

"一个人打算封闭自己的时候,往往会采用你这种连嘲带讽的方式。"

她皱了皱眉,然后说:"这些心理课的内容真是派上用场了。"

"我不明白我谈论这件事情的时候你究竟在害怕什么。"

"我害怕浪费我的时间。不过没问题,谢恩。什么僵尸不过是个玩笑,忘了它吧。说说你的见解,如果你是乔,你会怎么伪装你的死亡?"

谢恩不停地揪着下嘴唇,玛雅真害怕他会把自己弄出血。

"我也许会这么做,"他说,"我会雇用两个小混混儿,可能让他们拿着没有实心弹的枪。"

"哇。"玛雅说。

"让我说完。如果你不介意,我就不去猜测他是如何找到这些小混混儿的了。我,也就是乔,会安排好这一切。我会在身上带着血袋或者类似的东西,枪响后淌出来和真的一样。乔喜欢公园里的那个地方,是不是?他知道那里的灯光,那里很暗,你看不清究竟发生了什么。想想看吧,你真的以为那两个小混混儿是恰巧路过吗?你不觉得蹊跷吗?"

"你觉得哪里蹊跷呢?"

"把整个事情说成是抢劫引发的……"谢恩摇着头说,"我总觉得这很离谱。"

玛雅只是坐着。当弹道测试证明是同一把枪杀死了乔和克莱儿之后,凯尔斯已经明白这不是一起简单的抢劫。很明显,他还没把这件事告诉谢恩。

"假设这一切都是安排好的,"谢恩继续发挥他的离奇的阴谋论,"假设有人雇用这两个小混混儿放了空枪,让人觉得乔死了……"

"谢恩?"

"嗯。"

"你知道你的理论听起来多不靠谱,是不是?"

他只是继续揪着下嘴唇。

"警察也在现场,谢恩,你记得吗?人们看到了尸体。"

"好,我们逐一来分析。首先,人们看到了尸体,这是真的。如果目击者只有你,那显得还不够。于是乔满身是假血躺在那里,躺在黑暗中。一些人看到他了,但是他们未必去测他的脉搏。"

玛雅摇着头说:"你是在开玩笑吗?"

"你觉得我的说法有问题?"

"从事情的开头就有问题,"玛雅反驳道,"你怎么解释警察当时也到了现场?"

他摊开手说:"不是你对我说有人收买了警察吗?"

"你是说收买了凯尔斯?那个你刚刚有了好感的遵守原则的新朋友?"

"我对他的判断可能是错误的,这种事以前也发生过。也许凯尔斯安排好了谋杀当天他值班。如果一切是设计好的,那么乔就知道发生谋杀的时间和地点,于是凯尔斯可以在轮值表上安排好。或者,我也不清楚,也许伯克特家族已经打点好了警察局的主管,于是凯尔斯被第一个派到了现场。"

"你应该去 YouTube 制作宣传阴谋论的影像片,谢恩,'九一一事件',是不是也是一个里勾外连的阴谋啊?"

"我只是向你提出一些可能性,玛雅。"

"那我就替你说吧,"她说道,"他们都参与了阴谋。凯尔斯逮捕的小混混儿,到现场的警察,还有验尸官。我是说,如果乔的尸体被运走,那么也应该进行解剖,对不对?"

"等一等。"谢恩说。

"怎么了?"

"你不是说死亡证明手续上有些问题吗?"

"不过是官僚程序上的一点问题。别再揪你的下嘴唇了,求求你。"

谢恩几乎微笑了起来。"我说得有漏洞,我承认。我可以请凯尔斯给我看看那些解剖照片——"

"他不会给你看。"

"我有很多渠道哟。"

"没必要。哦,如果他们可以费那么多心机,谁说他们不能伪造一些解剖的照片?"

"有道理。"

"我是故意做出玩世不恭的样子的。"玛雅摇着头说,"但是,他死了,谢恩。乔死了。"

"或者,是他在故意扰乱你的生活。"

玛雅想了想,说道:"或者,是有人在故意扰乱我的生活。"

18

  足球日的现场就像是一部怀旧的美国电影,太完美,太具有诺曼·罗克威尔画作的风格了,以至于让人觉得不大真实。到处都搭起了帐篷,摆出了摊位,许多孩子在玩游戏和骑旋转木马。笑声、欢呼声、裁判的口哨声和乐曲声此起彼伏。食品车在出售汉堡、香肠、冰激凌和墨西哥卷饼。绿白相间是这座小城的标志性颜色,在这里你可以买到带有这种颜色的任何东西——T恤、帽子、连帽衫、马球衫、贴花纸、水瓶、咖啡杯、钥匙链和折叠椅。就连现场的蹦蹦床和充气滑梯都是绿白相间颜色的。

  每个年级的学生都摆上了自己的摊位。七年级的女孩子售卖一次性文身贴。八年级的男孩子卖的是雷达测速仪和配套的

---

⑤ 诺曼·罗克威尔(Norman Rockwell 1894—1978):美国著名画家,其画作记录了20世纪美国的发展变迁,总体风格甜蜜乐观。儿童是他的作品中最重要的一个主题。

球门网，可以帮助你测定自己踢出的球的速度。六年级的女孩子在摊位上为顾客的脸部涂彩描画。

玛雅和莉莉在这里找到了爱丽克丝。

爱丽克丝在看到她们的一刹那便丢下画笔，大喊着冲她们跑了过来。"莉莉，嘿！"

莉莉放开了原本牵着妈妈的手。她咯咯笑着，用小手捂住嘴巴，身体笑得直颤。这是那种渴盼得到满足的快乐的小朋友才能发出的笑声。表姐飞奔而来，莉莉笑得更响，抖得更厉害了。当爱丽克丝把莉莉从地上抱起来时，咯咯的笑声已经变成了大笑。

玛雅微笑着站在那里，分明沦为了旁观者。

"莉莉！玛雅姨妈！"

这是丹尼尔。他也向她们跑了过来。埃迪跟在儿子身后，脸上也挂着微笑。在她目前已乱成一团的生活中，这一切看起来是那么不真实。这个世界上的事情是有界线、有好坏的，玛雅愿意付出一切代价，让这三个孩子处在安全的、美好的一边。

丹尼尔匆匆在姨妈脸颊上吻了一下就奔向莉莉了。他从妹妹手里接过莉莉，把她托上空中。莉莉的笑声是纯净透明的。玛雅开始自责起来，她不记得女儿上次这样开心大笑是什么时候了。

"我们可以带她去骑旋转木马吗，玛雅姨妈？"爱丽克丝问道。

"我们会小心的。"丹尼尔补充说。

埃迪来到了玛雅身边。

"当然可以,"玛雅说,"你们需要拿些钱吗?"

"我们有钱。"丹尼尔说。他们已经跑开了。

玛雅对着埃迪笑了一下。她曾经的姐夫今天看来状态好了些,胡子刮得很干净,眼神也很清澈。他在玛雅脸颊上吻了一下,没有漱口水的味道。玛雅转头凝视已经走开的三个孩子。丹尼尔把莉莉放在了他和爱丽克丝中间,莉莉右手拉着丹尼尔,左手拉着爱丽克丝。

"天气不错啊。"埃迪说。

玛雅点点头。天气确实很好。灿烂的阳光仿佛是出自导演的一手布置。足球日所体现的美国梦就像是一块温暖的毯子在玛雅的面前展开。而玛雅却产生了一种沉甸甸的感觉,她觉得她不属于这里,她的存在仿佛是一块乌云遮挡了耀眼的阳光。

"埃迪?"

埃迪的手罩在眼睛上抵御着日光。他转过脸看着玛雅。

"克莱儿没有欺骗你。"

埃迪的双眼迅速变得湿润,他不得不转过头望向别处。有那么一刻,玛雅担心他会哭出来。她伸出手想搭在他的肩上,但是马上又停住,把手放下了。

"你确定吗?"他问道。

"是的。"

"那么手机是怎么回事？"

"你记不记得，嗯，战场上的视频泄露在网上给我带来的麻烦？"

"记得，当然记得。"

"实际上还有一些内容没有曝光。"

"什么意思？"

"曝光这件事的那人——"

"爆料大王科里。"埃迪说。

"是的。曝光的视频还有相应的音频内容，他留下了音频部分没有曝光。"

埃迪显得迷惑不解。

"是克莱儿去找的他，让他手下留情，没有曝光这部分音频资料。"

"音频如果曝光，会让你的情况更糟糕吗？"埃迪问道。

"是的。"

埃迪点点头，但是没问音频的具体内容。"当那件事在网上曝光的时候，克莱儿非常不安，我们都是的，都为你担心。"

"克莱儿不止于此，还往前迈了一大步。"

"怎么迈的一大步？"

"她联系到了科里，并且同意为科里的组织做事。"

对埃迪来说，没有必要去追究克莱儿这样做的目的。也许克莱儿和科里一起做事是为了让科里对玛雅放手，也许科里非常有说服力和魅力,他让她相信了揭露伯克特家族是一件道德和正义的行为。到头来,这些都不重要了。

"克莱儿开始调查收集伯克特家族的污点,"她说,"帮助科里的组织来扳倒他们。"

"你觉得她是因为这个招来了杀身之祸?"

玛雅向远处的女儿望去。爱丽克丝的所有伙伴都围着莉莉,发出"噢""啊"的赞美声。她们轮流把绿色和白色的颜料涂在莉莉的脸蛋上。即使隔着这么远,玛雅仍然能感觉到女儿的快乐。

"是的。"

埃迪说:"我不明白,克莱儿为什么不和我讲呢?"

玛雅的眼睛一直注视着孩子们,像是一个默默守卫的哨兵。她感受到了埃迪的目光,但是她保持着沉默。克莱儿没有对他讲,是因为她想保护他。埃迪什么都不知道,所以她这么做很可能是救了他的命。她爱她的丈夫,她非常爱她的丈夫。让·皮埃尔不过是愚蠢的幻觉罢了,在现实面前已成了一杯变质的牛奶。克莱儿作为一个爱情的现实主义者早就看清了这一点。而玛雅在爱情生活中却显得冲动,不能把事情看透。克莱儿爱着埃迪,爱着丹尼尔和爱丽克丝。她热爱足球日这样的日子,她热爱在明媚的阳光下往脸上涂颜料的生活。

"埃迪,你是否记得有什么不正常的迹象?你记得和这事可能有关的某些不正常的情况吗?"

"就像我和你说过的那样,她开始回家很晚,有点神不守舍的样子。我问她发生了什么,可是她不想告诉我。"他的声音变得柔和了,"她告诉我不用担心。"

孩子们已经在脸上涂好了颜料。他们向旋转木马走去。

"她是否提到过一个叫汤姆·道格拉斯的人?"

埃迪想了想说:"没有。他是谁?"

"一个私家侦探。"

"为什么克莱儿会问到他?"

"因为伯克特家族一直在付钱给他。你听她说起过安德鲁·伯克特吗?"

他皱皱眉说:"是乔的那个淹死的弟弟吗?"

"是的。"

"没听她说过。他和这件事有什么关系?"

"我现在还不清楚,但是我现在要你做件事。"

"你吩咐就是。"

"用一个新的眼光检查所有的东西,包括她的出行记录、个人文件,检查她所有可能藏东西的地方。一切都检查一下。她曾经调查了伯克特家族,发现了伯克特家族付钱给这个汤姆·道格拉斯。我认为这后面有更大的阴谋。"

埃迪点点头说:"我会照你说的做。"

他们站在那里,看着丹尼尔把莉莉抱到了旋转木马上。丹尼尔站在一侧,爱丽克丝站在另一侧,坐在旋转木马上的莉莉眉开眼笑。

"你看他们,"埃迪说,"如果……"

玛雅点点头,没敢吭声。埃迪说过死神在跟随着她,但事情并不就是这么简单。她身边的所有人,无论是那些孩子还是他们的家人,都在尽兴玩乐,笑逐颜开地享受着这个普通而美好的一天。他们无忧无虑,因为他们意识不到危险。他们玩,他们笑,感觉是那样安全。他们不知道这种安全感有多么脆弱。他们认为战争离他们太远,不仅是远隔重洋,而且根本就是在另外一个世界,因此丝毫不会影响到他们。

然而他们错了。

战争已经波及了他们中间的一个,确切地说,就是克莱儿。而且,玛雅应当负这个责任。她在阿布凯马勒上空的作战直升机上做的事情,就像那些挥之不去的声响一样产生了回音和共振。最终,回响作用到了她姐姐身上。

事实太清楚了,让人不禁痛心疾首。如果玛雅当时在直升机上没有犯下错误,那么克莱儿现在还活着。克莱儿会站在这里,沉浸在美丽的景色和孩子们的笑声当中。她没有活下来是玛雅的错。克莱儿不能在这里,也不能在其他任何地方注视丹尼尔和爱丽克丝的笑脸了,这种伤痛将永远萦绕在两个孩子的心头。

莉莉开始转着脑袋四处看,发现了妈妈后高兴地挥手。玛雅忍住了内心的情感,也向女儿挥了挥手。丹尼尔和爱丽克丝也在招手,让玛雅去和他们一起玩。

"玛雅?"埃迪喊她。

她没说话。

"你也去他们那边吧。"

玛雅摇摇头。

"你今天这个时候不用站岗放哨,"埃迪的话和她的想法不期而遇,"享受和女儿在一起的时光好了。"

但是埃迪不知道,她并不属于这里,她是个局外人。具有讽刺意味的是,她曾经为之战斗、曾经冒着一切风险来捍卫的,就是人们的这样一种生活方式。是的,她所保护的就是眼前的一切,就在这里,就在当下。她不能跨越那条界限,去享受这种生活,不是吗?也许这就像是你签过了契约,你或者是融入这种生活,你或者是保卫这种生活,但是你不能两者兼得。玛雅的战友是会理解她的,他们中也许有人会迫使自己超越这道界限,他们会微笑着和孩子们玩旋转木马,会去买T恤,但是他们的目光流露着一种无法释怀的责任感,这种责任感驱使着他们警惕地环顾四周,探测可能逼近的危险。

这种军人的本能会逐渐地消失吗?

也许吧,但是现在还没有。于是玛雅站在这里,观察周围,充当着一个默默的哨兵。

"你去玩吧。"玛雅说。

埃迪想了想,说道:"不了,我陪你在这里挺好的。"

他们待在原地望着孩子们。

"玛雅?"

她依旧沉默。

"如果你发现了是谁杀害的克莱儿,你一定要告诉我。"

埃迪想亲手为妻子复仇,那是不可能发生的事情。"好的。"她说。

"你保证?"

再加一个谎言又怎样呢?"我保证。"

她的手机铃声响了。她看了看来电显示,是汤姆·道格拉斯家的号码。她走到一边,把手机放在了耳边。

"喂?"

"我收到你的留言了,"道格拉斯太太说,"请尽快赶过来。"

"我把莉莉带回家吧,"埃迪说,"孩子们该高兴坏了。"

这样最好了。如果玛雅硬生生把莉莉从庆典上带走,这个两岁的孩子会用自己的方式发怒的。

"是汤姆·道格拉斯的事,"没等他问,她就说道,"他住在利文斯顿,我到那里应该用不了两个小时的车程。"

埃迪脸上掠过一丝表情。

"怎么了?"

"利文斯顿,在收费公路15W出口的那个,是不是?"

"是的,怎么了?"

他说："在克莱儿被杀的一周前，她的自动缴费卡显示，她曾经在那里缴过几次费。"

"这有点不寻常，是吗？"

"我以前从未查过她的缴费卡。但是，这不正常，我的意思是说，去那么远干什么？"

"你当时是怎么想这件事的？"

"那儿有个比较好的购物广场，我想她或许是去那儿了吧。"

也许他是没想深入去探究，这也可以理解，挺正常。玛雅迅速回到了车里。她姐姐是因为马上要揭开一个秘密而被谋杀的，这个秘密一定和汤姆·道格拉斯有关。再扩展一点，也和乔的弟弟安德鲁·伯克特有关。玛雅和乔认识的时候，安德鲁·伯克特已经死了15年了，这件事怎么导致了克莱儿被杀，这仍然是个谜。

她驾车上了公路，来回调着电台。没有她喜欢的节目。现在不用担心，她的女儿和克莱儿的家人在一起，很安全。

她用蓝牙连接了手机的节目播放单，想让自己放松一点。莉琦·李的《邪恶没有停止》响了起来。莉琦的歌里唱道，她放弃了她的"善良"，然后是点睛的一句——"我让我的真爱死去"。玛雅也跟着唱了起来，沉浸在一时的兴奋之中。歌曲结束后她又点击了后退箭头，重新跟着唱，一直唱到了最后的关键一句——"我曾经拥有他的心，但是我每次都让它破碎"。

是乔把这首歌送给她的。他们的恋爱像是猛烈的旋风，不过在玛雅灾难性的罗曼史当中这种情况也并非是首例。他们在慈善晚会上相遇的48小时后，乔向她提出乘坐伯克特家族的专机飞往特克斯和凯科斯群岛。玛雅晕了头，答应了他的建议。他们在阿曼亚拉度假村的一个别墅里度过了那个周末。

她以为这一次也和她平时那种冲动的恋爱模式是一样的：热烈、燃烧、过火、疯狂——然后是快刀斩乱麻式的结束。对玛雅来说，每个她爱的人都会变成她的让·皮埃尔。这个过程也许持续三个星期。

第一个星期过后，玛雅一觉醒来，发现乔为她准备了一个网络节目播放单。她像个少女一样躺在床上盯着天花板，认真聆听每一首歌，猜测歌词字里行间的意思。她喜欢乔对音乐的品位，这些歌曲比他的表白更加有效。它们击破了她的防线，融化了她，甚至帮助她变得成熟起来——尽管听着似乎有点性别歧视的味道。

不过玛雅明白一个巴掌拍不响的道理。她喜欢在乔的旋涡里无助地旋转的感觉——喝酒、唱歌、旅行、做爱，但是同她另外那些浪漫故事一样，从一开始玛雅就认定这段关系迟早是要结束的。这对她无所谓。她的生活在军队里。婚姻、孩子、足球日——这些不在她的计划之列。按理说，乔到头来应该是她的又一个美好记忆。

她的恋爱的结局总是一团糟，但是记忆却美好。

意外的是，玛雅怀孕了。就在她不知所措的时候，乔加紧了步子。于是,伴随着小提琴家优美的演奏,乔单膝跪地求婚。他许诺会让她幸福,他许诺会永远爱她。他说他为她是一个军人而感到骄傲,而且发誓要尽自己最大的可能帮助她达到事业上的目标。他们是不同的两个人,他说,他们可以按照各自的原则去生活。乔激情似火,玛雅被俘虏了。没等清醒过来,玛雅·斯坦恩上尉已经成为了伯克特夫人。

莉琦·李的歌曲结束了,接着响起来的是奇迹组合的《白血球》。她问自己,为什么要听乔送给她的这些让人心碎的歌曲呢?答案很简单:她喜欢这些歌。这些歌仿佛让她置身于真空之中,忘却了一切。这些歌触碰了她的内心世界,让她感动。哪怕是开头的简单一句:

我要走了,我要走了,

可是我无法孤独前行……

歌词很美,却都是胡说八道,这是玛雅看到汤姆·道格拉斯家车库旁的小艇时冒出的想法。她现在要孤独前行了。

没等玛雅按门铃,门就打开了。道格拉斯太太站在门里,一副憔悴不堪的样子,脸绷得很紧。她左右看了看,打开纱门说:"进来吧。"

玛雅走进去,道格拉斯太太关上了门。

"有人盯着我们吗?"玛雅问道。

"我不知道。"

"您丈夫在家吗?"

"不在。"

玛雅没说话。这个女人给她回话是因为她有所求,还是等她先说吧。

"我收到了你的电话留言。"道格拉斯太太说。

玛雅只是点点头。

"你说你已经知道了我丈夫为伯克特家族做的是什么工作。"

这一次是道格拉斯太太等着她的答复。玛雅的回答很简短。

"我没有那样说。"

"哦?"

"我只是说,我知道了伯克特家族为何向您丈夫付钱。"

"我没看出这有什么区别。"

"我不认为您丈夫是在为他们工作,"玛雅说,"除非收取贿赂也是工作。"

"你在说什么?"

"道格拉斯太太,请别再和我兜圈子。"

她睁大了眼睛说:"我没有和你兜圈子。请告诉我你都知道些什么。"

玛雅能听出这个女人声音中的绝望。如果她是在撒谎,那她也太高明了。

"您认为您的丈夫为伯克特家族做的是什么样的工作呢?"玛雅问道。

"汤姆是私家侦探，"她说，"我觉得他是在为有权势的家族做一些秘密的私人调查。"

"他没和您说过他具体做什么工作？"

"我和你说了，他的工作是保密的。"

"算了，道格拉斯太太。您难道是说您的丈夫每天下班回来从来不谈办公室发生的事情？"

一滴眼泪夺眶而出，顺着脸颊淌下来。"汤姆到底在做什么？"道格拉斯太太低声问道，"请你告诉我。"

玛雅再一次思考应该采取哪一种方式。她决定单刀直入。"您的丈夫曾在海岸警卫队服过役，他负责过一个叫安德鲁·伯克特的年轻人的死因调查工作。"

"是的，我知道，就是这个原因汤姆才结识了伯克特家族。他们对他负责那个案子的工作非常满意。在道格拉斯自己开办了事务所之后，他们就雇佣他做更多的事。"

"我不这样想，"玛雅说，"我认为伯克特家族当时希望您丈夫把安德鲁的死亡当作一起事故来处理。"

"为什么？"

"我就是想问您的丈夫这个问题。"

道格拉斯太太瘫坐在沙发上，仿佛她的膝盖已无法撑起她的身体。"他们这么多年付给他这么多钱……"

"钱对伯克特家族来说不是问题。"

"但是那么多钱，而且那么长时间？"她用颤抖的手捂住嘴巴,"如果你说的是事实——我并没有说这是事实——那么这件事一定很大。"

玛雅蹲到地上直视着她问道:"道格拉斯太太,您的丈夫在哪里?"

"我不知道。"

玛雅等着她继续说下去。

"所以我才给你回话,汤姆已经失踪三个星期了。"

19

道格拉斯太太已经去警察局报告了丈夫失踪的情况,但是,如果一个57岁的成年人只是一时出走而没有涉嫌违法,那么警察能做的事情也是很有限的。

"汤姆喜欢钓鱼,"道格拉斯太太说,"每次出去都要几个星期。警察知道他这个习惯。我对他们讲,他不会不告诉我就出去钓鱼,但是……"她无奈地耸了耸肩,"他们把他的名字列入了系统里,我不知道这到底是什么意思。有个警官说他们会深入调查,但是没有法院的许可令,他们无法查阅他的工作档案。"

几分钟后,玛雅离开了。不能再等了。她拨通了婆婆的电话。三声铃响后,朱迪斯在话筒里低声说道:"我正在为患者诊病。一切都好吗?"

"我们需要谈谈。"

电话另一端奇怪地停顿了一下。玛雅想,也许朱迪斯正在编一个理由离开诊所。"在我的诊所见。5点可以吗?"朱迪斯说。

"好。"

玛雅挂断手机,又拨通了埃迪,说她准备去接莉莉。

"让她待在这儿吧,"埃迪说,"她和爱丽克丝亲得不得了。"

"你确定这样可以吗?"

"或者是你经常带莉莉来玩儿,或者是我出钱雇一个可爱的两岁小女孩来我这儿,你看呢?"

玛雅笑着说:"谢谢。"

"你还好吗?"

"我很好,谢谢。"

"不要像你姐姐一样,玛雅。"

"像她什么?"

"不要为了保护我而对我撒谎。"

他说得很中肯。但是如果克莱儿对埃迪讲述了这一切,他和孩子们现在会是什么命运呢?

玛雅门前的私家车道上停着一辆车。离门口不远的长凳上坐着一个熟悉的身影。他正在黄色的记事簿上写着什么。玛雅不知道他在这儿坐多久了,而且,她也不知道他为什么现在出现在了这里。

是谢恩的缘故吗——或者只是巧合?

她停好了车。直到她从车里下来,里基·吴才抬起了头。他啪的一声把笔帽盖上,向她露出了微笑。玛雅没有回应他的微笑。

"玛雅，你好。"

"吴医生，您好。"

他不喜欢别人叫他医生。他是一位喜欢别人叫他名字的心理医生。玛雅的父亲以前经常放一首史提利·丹在20世纪70年代演唱的歌曲《吴医生》。玛雅一直在想，她每次称呼吴医生的时候吴答应得都不是很痛快，这是不是与这首歌曲有点关系。

"我给你打过电话，还留言了。"吴医生说。

"是的，我知道。"

"我觉得我登门造访也许更好一点。"

"您真的这样想吗？"玛雅用钥匙打开房门走进屋里，吴医生跟着走了进来。

"我认为这样做可以表示对患者的尊重。"他说。

她发出"啧啧"的声音说："我很惊讶。"

"什么？"

"我认为您不应该打算用谎言来改善患者和心理医生的关系。"

如果吴医生受到了冒犯的话，至少没有在他的微笑中显现出来。"我们可以坐下来谈一谈吗？"

"我宁愿站着。"

"你感觉怎么样，玛雅？"

"我很好。"

他点点头。"最近有没有出现症状?"

是谢恩搞的名堂,她心里想。

如果她说完全没有症状了,他是不会相信的。"还有一点症状。"玛雅说。

"想和我说说吗?"

"问题不大,目前还都在我的掌控之中。"

"我很惊讶。"

"什么?"

吴医生挑起一道眉毛说:"我还以为你不会用谎言来改善患者和心理医生的关系呢。"

回击得有点分量,玛雅心想。

吴医生挤出了一个宽容的微笑。玛雅还想敷衍他,可是早晨莉莉那张惊恐的脸庞在毫无征兆的情况下突然出现在了她的眼前。泪水出乎意料地涌了出来,刺痛了玛雅的眼睛。她转过去背对着吴,尽力控制着泪水。

"玛雅?"

她用力吞咽了一下说:"我不想让现在这种状态持续下去。"

吴医生向她移近了问道:"怎么了?"

"我把孩子吓坏了。"

玛雅向他讲述了昨天夜里的情况。吴医生只是听着,没有打断她。她说完后,吴说:"我想给你换一下药物。与你具有相似症状的患者服用奈法唑酮的效果都还不错。"

玛雅怕控制不好声音,仅是点了点头。

"如果你想用的话,我的车里就有一些。"

"谢谢您。"

"不用客气。"他又向前移了移,"我可以对你做个观察吗?"

她皱起了眉。"这么说不是拿了药就可以放过我了?"

"对不起,玛雅,观察总是有收获的。"

"我猜是的,好吧,您观察到了什么?"

"你以前从来没有承认过自己需要帮助。"

"对,观察得不错。"

"这不是我所说的观察。"

"哦。"

"你终于承认了这一点,"他说,"因为你想保护你的孩子。如果是为了你自己,你是不会承认的。这都是为了莉莉。"

"是这样,又是一个很敏锐的观察。"她说。

"你不是在努力让你自己好起来,你是在努力保护你的孩子。"他用心理医生特有的方式歪了歪头说,"你什么时候可以不这样考虑问题呢?"

"什么时候才能不考虑保护自己的孩子?"玛雅耸耸肩道,"其他患者都是什么时候?"

"说得好,"吴医生把两只手掌都放在了桌面上,说道,"有点油嘴滑舌的感觉,但是答得很好。你需要听我说,创伤后压力心理障碍症的一个'症'字，意味着这是一种病症。你不能只靠硬挺。你想让你的孩子安全吗？那么你需要治愈这个病症。"

"我赞成。"玛雅说。

吴医生笑着说："呃，那就好办了。"

"我会去预约的。"

"我们为什么不现在就开始呢？"

"我没有那么多时间。"

"哦，第一次咨询不会用太多时间。"

她想了想，觉得也未尝不可。"我目前的状态和以前的情况是相似的。"

"不过症状更强烈了？"

"是的。"

"这种症状间隔多久出现？"

"您一直把这称作'症状'，这是出于礼貌的关系吧？它实际上应该叫作幻觉。"玛雅说。

"我不喜欢这个叫法，我不喜欢这个叫法让人产生的联想——"

玛雅打断他说："我能问您一件事吗？"

"当然可以，玛雅。"

这是突然间做出的决定，但是她打算执行这个决定。而且这或许也能让吴真正发挥点作用。"我还遇到了另外的事情，和上面说的那些症状也有关系。"

吴医生点点头。"对我说说吧。"

"我的朋友送了我一部监控器。"玛雅说道。

吴医生还是听着,没有打断她。玛雅对他讲了在笔记本电脑里看到了乔的事。吴医生尽力做出了不动声色的样子。

"有意思,"玛雅说完后,吴评价道,"这是白天发生的,对吗?"

"是的。"

"就是说不是在晚上。"与其说是和她说话,还不如说吴是在自言自语。然后他又说了一句,"有意思。"

说了这么多的"有意思"。玛雅说:"我的问题是,这是我的幻觉还是别人的恶作剧?"

"问得很好。"吴坐下来,翘起腿,甚至开始抚摸起了下巴,"当然,大脑是很复杂的。鉴于你的情况——战争带来的创伤后压力心理障碍,姐姐遇害,丈夫又在你眼前被杀,承受单亲妈妈的压力,而且还忽视所有的治疗——最合乎逻辑的结论是……呃,当然,我不喜欢推断,但是我认为大多数专家都会认为那是你幻想出来的,或者说,是的,在视频里看到的乔是个幻觉。最简单的诊断常常也是最正确的诊断,那就是你太想见到他了。你的确是这样的。"

"大多数专家。"玛雅说。

"你说什么?"

"您刚才说'大多数专家都会认为',我对大多数不感兴趣。我想听听您的想法。"

吴医生笑了。"这几乎就是一种赞美啊。"

她没说话。

"你可能会以为我会同意这种诊断,所以你一直在躲避我。治疗对你是很有必要的,可是你过早地结束了治疗,所以面对着越来越大的压力。你思念他。你不仅失去了天生就适合你的军旅生涯,而且还不得不肩负起一个单亲妈妈的责任。"

"里基?"

"嗯?"

"请直接说结论。"

"结论是,你没有幻觉。那只是一种生动的情景重现。这是创伤后压力心理障碍症的一种普遍现象。有些人认为这些生动的情景重现同幻觉是相似的,甚至就是相同的,其实并非如此。幻觉的危险在于它会导致精神错乱,而你的情况有所不同。我们先不判断它到底是生动的情景重现还是幻觉,但是你的症状一直是听觉的。晚上发作的时候,你看不到死人,是不是?"

"看不到。"

"那些人的面孔没有来纠缠你。三个男人,还有一个母亲,"他吞咽了一下说,"和一个孩子?"

玛雅没说话。

"你只能听见尖叫声,但是看不到他们的面孔。"

"结论呢?"

"结论是,这很正常。百分之三十至百分之四十患有创伤后压力心理障碍症的老兵都报告说有听觉方面的问题。你的症状一直就是听觉方面的,我不是说你没有——"他用手势打着引号说,"'看见'乔,你可能看见了。我想说的是,这和你的诊断或者你的病症不一致。如果说你是由于创伤后压力心理障碍症,而在空白的视频画面里凭空幻想出看到了你的丈夫,那么,我无法证实这种假设是正确的。"

"简而言之,"玛雅说,"您认为这不是我想象出来的。"

"玛雅,你怀疑是幻觉,其实是一种情景重现,它重现的是真正发生过的事情。你并不是虚幻地看见或者听到了根本没发生过的事。"

她向后靠到了椅子上。

"现在你的感觉如何?"他问道。

"一种解脱,我想是的。"

"当然了,我目前还不能完全肯定地做出判断。晚上你还感觉自己在直升机上吗?"

"是的。"

"告诉我你都记得什么?"

"和以前一样,里基。"

"你收到紧急呼叫,战士们陷入了绝境。"

"于是我飞过去,开了火。"她想换话题了,"我们以前说过这些了。"

"是的。接下来发生了什么？"

"您想让我说什么？"

"你总是到这里就停下来。五个人被射杀，他们不是军人，其中一个是两个孩子的母亲——"

"我讨厌这个。"

"你说什么？"

"人们总是这么说。'其中一个是女人，她是个母亲。'这是性别歧视，不是吗？平民就是平民。男人还是父亲呢，可是没人这么说。'一位母亲、一位女士'，好像这就比一位父亲或者一位男士性质严重得多似的。"

"措辞。"吴说。

"什么？"

"你对他们的措辞表示愤慨，是因为你不想正视事实。"

"天啊，我讨厌您这样说话。我不想正视什么事实？"

他用同情的眼神看着她。她讨厌这样的眼神。"玛雅，你犯过一个错误，仅此而已。你需要原谅你自己。负罪感还在你的心里挥之不去，而且有时候，是的，负罪感以听觉情景重现的形式表现出来。"

她交叉起了双臂。"您让我很失望，吴医生。"

"为什么？"

"除了老生常谈，并无新意。我对死去的平民抱有负罪感，因此，一旦我不再谴责自己，我就会痊愈。"

"不，"他说道，"不是痊愈，不过会让你的晚上好过一些。"

他不会明白，但是话说回来，他也从来没有听过那一天直升机里的音频资料。如果他听过，他对这一切的看法会发生变化吗？也许会，也许不会。

她的手机铃声响了。刚响一次的时候玛雅就看了来电号码。

"里基？"

"嗯。"

"我现在必须去接孩子了。"她撒了个谎，"我和你去拿你车里的新药好吗？"

20

来电显示是"黑流苏"。

科里说得很清楚。如果他打电话并且马上挂断,那就是说他要见面。

她把车开到了夜总会,大脑袋保安凑近她的车窗说:"非常高兴你得到了这份工作。"

天啊,玛雅希望他真的这么想,而不是把她应聘脱衣舞女看作是一种可以乱真的掩护。

"请使用员工停车场,出入员工通道。"

玛雅按照他说的做了。她下车的时候,有两个"同事"微笑着向她挥手。玛雅也向她们微笑并挥挥手,然而自有她独特的风格。员工通道的门锁着,于是玛雅抬头看看上面的监控摄像头,然后等待着。听见开锁的响声后她拉开了门。站在门里的不是上次那个男人。这人冷冰冰地看着她,问道:

"你带着武器?"

"是的。"

"交给我吧。"

"不行。"玛雅说。

他不喜欢玛雅的答复,但是从他身后传来的一个声音说道:"没关系。"

是露露。

"还是以前那个房间,"露露说,"他在等你。"

"这就开始工作了。"玛雅拙劣地半开玩笑道。

露露微笑着耸耸肩。

她在过道的转角就闻到了大麻的味道,接着便看到科里刚刚点燃了大麻。他深深吸了一口,站起身,邀请她也来一口。

"我不了,"她说,"你想见我?"

科里含着烟点点头,等吐出这口烟后说道:"请坐。"

她再一次对着椅套皱皱眉。

"没人来这个房间,"科里说,"除了我。"

"这样我就会感觉好些吗?"

她以为对方至少会为此而笑一笑,但是科里突然站起身开始踱步,表现出了明显的不安。玛雅坐了下来,希望这样能够帮助他冷静一点。

"你去见汤姆·道格拉斯了?"他问道。

"算是吧。"

"什么意思?"

"我拜访了他的妻子。汤姆·道格拉斯已经失踪三个星期了。"

听到这里,他停止了踱步。"他在哪里?"

"失踪你不明白吗,科里?"

"天啊,"他又吸了一口,"你发现伯克特家族付钱给他的原因了吗?"

"部分上是的。"她仍然不知道自己是否信任他,但是话又说回来,现在她还有什么其他选择吗?"汤姆·道格拉斯曾经在海岸警卫队服役。"

"意味着什么?"

"意味着他负责调查安德鲁·伯克特的意外死亡案。"

"你到底在说什么?"

她给他讲了一下她了解到的情况以及乔曾经告诉她安德鲁是自杀的事情。科里一直在点头,有些夸张。玛雅不禁琢磨大麻大约要多长时间开始起作用。

"那么我们来总结一下,"科里边踱步边说道,"调查是你姐姐首先开始的。她意外地发现了伯克特家族付钱给汤姆·道格拉斯。嘭的一下,她被人折磨,然后遭到了杀害。又嘭的一下,你的丈夫也被杀了。再嘭的一下,汤姆·道格拉斯失踪了。对吗?"

他的时间轴稍稍有些偏差。不是克莱儿—乔—汤姆,而是克莱儿—汤姆—乔。但是玛雅没去纠正他。

"不过还要考虑到一点。"玛雅说。

"是什么呢？"

"你不会为了掩盖你的儿子自杀的事实去杀害一个人，你可能会用钱买通他，但是不会去杀了他。"

科里点点头。"如果伯克特家族确实是在付钱，"他还是过于亢奋地点着头说，"他们当然用不着再去杀死自己的儿子。"

他的眼睛红了。玛雅不知道是因为大麻还是眼泪。

"科里？"

"嗯。"

"你的人有路径，有很好的人脉。我需要你们调查一下汤姆·道格拉斯的生活。"

"已经调查了。"

"你几周前的调查是关于他工作方面的线索，而我们现在需要的是一切线索。他的信用卡清单、自动取款机记录、最后的存款或取款时间，还有他的生活习惯、他会去什么地方等等。我们需要找到他。请你们做这事行吗？"

"行，"科里说，"我们可以做这些。"

他又开始踱步了。

"还有什么不对劲儿的吗？"

"我觉得我应该再次消失了，也许应该消失得长久一点。"

"为什么？"

科里压低了声音，几乎是耳语般地说："上次你在这儿说过的。"

"说过什么?"

他向左右看了看。"我有很多离开这里的办法,"他说,"非常机密的一些途径。"

玛雅不知道他的话确切是什么意思。"那好啊。"

"那堵墙上有一扇隐形门。我可以藏在里面,或者是进入通向河边的地道里。即使警察包围了这里,哪怕是偷偷包围,我也能逃出去。你想象不出我这里都有些什么样的机关。"

"这我相信。但是我不明白,为什么你有这些机关还要玩消失。"

"我担心走漏了风声!"科里大声说道,他吐字的方式让人觉得他对此感到非常厌恶,"你是第一个提起这个问题的,是不是?你说过可能是我的组织里的人透露了克莱儿的名字。我一直在认真考虑这个问题。假设我们的操作……我的意思是说,假设我们的行动不像我想象的那么密不透风,你知道有多少人会被暴露吗?你知道有多少人会遭受巨大的灾难,甚至丢掉性命吗?"

噢,玛雅需要让他冷静下来。"我认为不是你们内部泄露了信息,科里。"

"为什么不是?"

"因为乔。"

"我没明白你的意思。"

"克莱儿被杀了,乔也被杀了。你以前说过,乔可能在帮她。这就是说,保密上的漏洞很可能出在他们那方面。克莱儿告诉了乔,她也可能告诉了其他人,或者是乔和别的人在调查中不小心泄密了。"

玛雅不介意这是否是事实,她只需要让科里不在她眼前消失。

"我不知道,"科里说,"反正我觉得不安全。"

她站起身,把双手放在他肩上。"我需要你的帮助,科里。"

他不肯正视她的眼睛。"也许你说得对,也许我们应该去报警,就像你说过的那样。我会把我掌握的所有信息都告诉他们,以匿名的方式,然后留给他们去调查。"

"不。"玛雅说。

"我还以为你想让我这样做。"

"我现在不这样想了。"

"为什么?"

"这样做不可能不暴露你和你的组织。"

他皱了皱眉,转向她说:"你在乎我的组织?"

"一点儿也不在意,"玛雅说,"但是你这样做,我们就会失去机会。你会就此脱身的,而我需要你,科里。我们会比警察做得还好。"

玛雅停顿了一下。

"你话里有话。你想说什么意思?"科里问道。

"我不相信他们。"

"你是说警察?"

她点点头。

"但是你相信我?"

"我姐姐相信你。"

"这导致了她的遇害。"科里说。

"是的,但是我们不能总是想以前的事。如果你没有让她成为一个爆料者,是的,她就可能还活着。但是如果我没有在直升机上射杀平民,你就不可能爆料那段视频,克莱儿也就不会认识你。这样推断下去的话,如果我选择另外一个职业,克莱儿可能现在还待在家里和她的两个孩子一起玩耍,而不会被埋在地里腐烂下去。科里,有太多的如果,这种假设只能浪费我们的时间。"

科里退后一步,又吸了一口大麻。待到能开口的时候,他说:"我不知道现在该做什么。"

"留下来,调查汤姆·道格拉斯,帮助我做完这件事。"

"我猜我是应该信任你的。"

"你用不着仅仅是信任我,"玛雅说,"还记得吧?"

他明白了她的意思。"因为我手里还握有没全曝光的你的把柄。"

玛雅无须回答。科里望着她。她知道科里想问她有关音频资料的问题,而她同样有这方面的问题要问他。

"你为什么没有曝光音频的内容？"

"我告诉过你。"

"你说过，是我姐姐劝说您不要曝光音频。"

"是的。"

"但是我不完全接受这个解释。她花了一段时间才找到了你，她的观点要被你接受也需要一个过程。你曝光的视频一下子就炸开了，可是又一点点地冷却了下来。你完全可以凭借手里剩下的材料重新占据头条新闻的位置。"

"你觉得我只是关注这些吗？"

玛雅仍然没有回答。

"当然了，不抢头条，真相永远不能大白于天下；不抢头条，我们也无法招揽更多想爆料的人。"

她不需要再听这类的演讲了。"这就更说明你应该公布我们的音频，科里，你为什么没那么做呢？"

他走到沙发跟前，然后坐了下来。"因为我也是人。"

玛雅也坐了下来。

科里把头埋到双手中，做了几个深呼吸。重新抬起头的时候，他的眼神变得清澈和冷静了，不再有那么多的恐惧。"因为我猜到你个人必然要承受这种爆料的后果，玛雅。有时候，你做了的那些事本身，对你而言就已经是足够的惩罚了。"

她没有说话。

"你是怎么承受的，玛雅？"

如果玛雅打算真实地回答这个问题，目前还远远轮不到科里来当听众。

一时间，他们只是坐在那里。夜总会的喧嚣似乎离他们很远。玛雅在这里已没有更多的信息可以挖掘了，而且也到了她去朱迪斯的诊所的时候。

玛雅站起身，一边向外走一边说："我们来看看你能发现有关汤姆·道格拉斯的什么消息。"

21

朱迪斯的诊所坐落在曼哈顿上城东侧一幢公寓大楼的一层，离中央公园只有一个街区的距离。玛雅不知道她的婆婆如今都为什么样的患者诊病。朱迪斯当年在斯坦福大学获得了医学博士学位，现在是康奈尔大学威尔医学院的临床教授，虽然她并不讲授任何课程。只有那些不知道伯克特家族的权势以及他们对大学的捐赠额度的人，才会惊讶于一个兼职从医的人怎么可以拥有这样的职位。

提示：金钱意味着权势的拥有和愿望的满足。

朱迪斯行医的时候使用她婚前的姓氏——维勒。人们估计，这也许是为了避免伯克特这个姓氏带来的麻烦，或者只是遵循了很多女人惯常的做法。玛雅经过了门房，找到了朱迪斯的诊所。在这里出诊的除了朱迪斯，还有另外两位兼职医生。所有三个人的名字——朱迪斯·维勒、安吉拉·华纳、玛丽·麦克劳德——都标示在了门口，名字后面还注明了她们长长的头衔。

玛雅拧动把手推开了门。候诊室里没有人。空间很小，只有一张双人沙发和一把安乐椅。装饰画和路边连锁汽车旅馆里的没什么两样，缺乏艺术水准。墙壁和地毯都是米黄色的。通向里边的门上写着："正在工作中，请稍候。"

没有接待员。玛雅猜想这里的患者多是有头有脸的人物，所以越少有人看到他们越好。诊病结束的患者不用再回到这间候诊室，可以从医生办公室的另一道门直接去走廊。而等待就诊的患者——比如现在，就是玛雅——则从这里被人领进去，患者之间不用打照面儿。

当然了，人们都希望为自己的隐私保密，这是可以理解的——玛雅同样不想让任何人知道自己的"症状"——然而这样做或许也有坏处。医生们一直强调说心理疾病和生理疾病是相通的。比如，说服一个临床抑郁症患者跨出家门去放松心情，其难度不亚于让一个两条腿都断了的患者快步冲出房间。在理论上，不论心理还是生理的疾病都是可以治愈的，然而在事实上，疾病给人打下的烙印是很深很深的。

也许你会认为心理疾病患者要更幸运一些，因为他们较容易隐藏起自己的症状。如果玛雅断掉了两条腿但还有办法走路，她肯定也不愿将自己的断腿展示给别人，当然那是做不到的。至于夜里困扰她的那些声响，能有几个人知道呢？她现在的当务之急是找出真相，然后再想治疗的事情。答案就在不远的地方时隐时现。在她找出真相、惩罚罪魁之前，没有人是安全的。

如果是断了腿,她大概就做不到这一点了,而玛雅确信,创伤后压力心理障碍症阻止不了她。

玛雅看了一下表,还差5分钟5点。她试图读两本愚蠢的杂志,但是上面的字体飘飘忽忽不肯映入她的眼帘。她于是玩一种用4个字母组合单词的手机游戏,但是也无法集中注意力。她来到通向里屋的门口。尽管耳朵没贴在门上,但是她站得很近,能听见两个女人在里边低声地交谈。时间过得很慢。终于玛雅听到里面响起了开门声,可能是患者出去了。

玛雅迅速回到自己的座位,拿起报纸,架起二郎腿,做出一副悠闲的样子。门开了,一位女士在冲她微笑。玛雅估计她有60多岁,但保养得很好。

"玛雅·斯坦恩?"

"是我。"

"请到这里来。"

这么说还是有接待员的,玛雅心想,只不过她不待在候诊室。玛雅跟在那位女士后面走了进去,以为会看到朱迪斯坐在桌前或是沙发旁的椅子上或是心理治疗环境中的其他什么地方。但是,朱迪斯不在。玛雅转向那位接待员。接待员伸出了手。

"我叫玛丽。"

玛雅明白了。她扫了一眼挂在墙上的证书。"玛丽·麦克劳德?"

"是的,我是朱迪斯的同事。她希望我们能谈一谈。"

根据毕业证书上的信息，这两位女士都上过斯坦福大学的医学院。玛雅瞥见朱迪斯的本科毕业证是南加利福尼亚大学的，玛丽则是在莱斯大学获得了理学学士学位，还曾在加利福尼亚大学洛杉矶分校实习过。

"朱迪斯在哪里？"

"我不知道。我们两个都不出满勤，这间诊室是属于我俩的。"

玛雅懒得掩饰她的懊恼。"我知道，我在门口看到了您的名字。"

"为何不坐一会儿呢，玛雅？"

"您在我身上浪费时间有必要吗？"

如果说玛雅的咄咄逼人让玛丽·麦克劳德感到不安的话，至少从她脸上却看不出任何迹象。"我认为我可以帮助你。"

"您告诉我朱迪斯在哪儿就是帮助我。"

"我已经说了，我不知道。"

"那就再见吧。"

"我的儿子服兵役期间出征两次。一次在伊拉克，另一次在阿富汗。"

玛雅不由自主地迟疑了。

"杰克想念战场。对这种心态人们从来不提，是不是？战争改变了他。他恨战争，但是他还想回到战场。一部分原因是他有负罪感，他觉得自己把朋友留在了那里。另一部分是其他原因,连他自己也说不清楚。"

"玛丽?"

"怎么?"

"您说您的儿子是军人,这是在撒谎吧?"

"我不会那样做。"

"您当然会,您善于摆布他人。您和朱迪斯让我来你们的诊所,您又把我领进了这个房间。您想出各种摆布人的办法让我和您谈谈。"

玛丽·麦克劳德僵直地站在那里。"关于我儿子,我没有撒谎。"

"也许没有,"玛雅说,"但是无论如何,您和朱迪斯都应该知道,没有信任是不可能建立起医生和患者之间的良好关系的。把我弄来这里的骗局已经打破了我们之间的信任。"

"简直是胡说。"

"什么是胡说?"

"没有信任就不能建立医生和患者的良好关系,这是胡说。"

"您真这么想?"

"假设一个你爱的人,例如说你姐姐,她表现出了癌症的所有征兆——"

"哦,不要说这些。"

"为什么,玛雅,你害怕什么?假设你让你挚爱的人去看医生,这种癌症就可以治愈。如果你和医生共同设计,把她骗到医生办公室——"

"情况不同。"

"一样的,玛雅,情况是一样的。你不理解,但是情况是一样的。你需要帮助,就像癌症患者需要帮助一样。"

这简直是浪费时间。玛雅不知道玛丽·麦克劳德是否和他们是一伙的,或者她可能是真诚的——也许是朱迪斯操控了一切,对她的老同事撒了谎。这都没关系。

"我需要见朱迪斯。"玛雅说。

"对不起,玛雅,在这件事上我帮不了你。"

玛雅向门口走去。"什么事你都帮不了我。"

去她的吧。

玛雅一边走向自己的车,一边拨电话。第二声铃响后朱迪斯接起来了。

"我听说你和我的同事之间进展得不大顺利。"

"您在哪里,朱迪斯?"

"范伍德。"

"别离开。"玛雅说。

"我等你。"

她从仆人住宅一侧的入口开车进去,希望能碰上伊莎贝拉在某处游荡,但是这排平房的周围空荡荡的,没什么人。也许她应该闯到里边去四处查看,没准能发现伊莎贝拉在何处藏身的线索。不过那么做风险太大，而且也没有时间了。朱迪斯知道她从纽约开到范伍德需要多久。

男管家给她开了门。玛雅永远记不住他的名字。好像不是吉夫斯或者卡森什么的，好像是博比或者提姆这类普通的名字。与这种大户人家的下人身份非常匹配的是，这位博比或是提姆正在用很势利的目光看着她。

没有寒暄，玛雅直接说道："我来见朱迪斯。"

"夫人在会客厅等你。"他带着刻意模仿的英国幼儿园口音说道。

有钱人把起居室叫作会客厅。朱迪斯穿着黑色套装，戴着银耳环，一串珍珠项链几乎垂到腰际，头发束到了脑后。她手里拿着一只水晶玻璃杯，姿势像是正在为杂志封面拍写真。

"你好，玛雅。"

没有客套的必要了。"告诉我汤姆·道格拉斯是怎么回事。"

她眯起眼睛。"谁？"

"汤姆·道格拉斯。"

"我想不起这个名字。"

"认真想想。"

她认真想了，或者说假装认真想了。过了一小会儿，朱迪斯夸张地耸了耸肩。

"他曾在海岸警卫队服役，负责过您的儿子溺亡的案件调查。"

朱迪斯手里的玻璃杯跌落到地板上摔得粉碎。玛雅没有躲闪，朱迪斯也一动没动。她们就这样站了一会儿，四下飞溅和滚动的玻璃碎片平静了下来。

"你到底在说什么？"朱迪斯说这话的时候声音很嘶哑。

如果这是在演戏……

"汤姆·道格拉斯现在是个私家侦探。"玛雅说，"很多年来，你们家族一直在每个月付给他将近10000美元。我想知道这是为什么。"

朱迪斯有点摇摇晃晃的，像是个急于在8次数秒内站稳脚步重新投入战斗的拳击手。毫无疑问，玛雅的问题对她来说不啻一记重拳。这一拳产生的效应是由于朱迪斯确实不知道这件事，还是她没有料到玛雅会发现这件事，就不得而知了。

"我为什么要付钱给汤姆……你说那个人姓什么来着？"

"道格拉斯。请您告诉我答案。"

"我不知道。安德鲁是死于意外事故。"

"不对，"玛雅说，"他不是死于意外事故，而且您早就知道真相，对吗？"

朱迪斯的脸色变得煞白。她的痛苦暴露得如此明显，令玛雅几乎不敢直视。玛雅的进攻套路是没有问题的，但是无论最后的真相如何，她们此刻谈论的毕竟是这个女人死去的孩子。她的痛苦是真实、纯粹和强烈的。

"我不知道你在说什么。"朱迪斯说。

"究竟发生了什么事情？"

"什么？"

"安德鲁到底是怎么从船上落水的？"

"你是当真的吗？为什么这么多年后提起这件事？你根本就不认识他。"

玛雅朝她的婆婆迈了一步说："这很重要。他是怎么死的，朱迪斯？"

朱迪斯想一直抬着头，但是她们的话题让她无法做到。"安德鲁还那么年轻。"她尽力控制着情绪说，"船上有一个派对，他喝了太多的酒。海上风浪大，他独自来到甲板上，然后就落水了。"

"不对。"

朱迪斯厉声说："什么？"

有那么一瞬间，玛雅觉得朱迪斯会跳过来撕扯她。然而少顷之后朱迪斯却低下了头。当再度说话的时候，她的声音是柔和的，语气几乎在祈求。

"玛雅？"

"嗯。"

"告诉我，有关安德鲁的死，你都知道什么？"

玛雅是被她愚弄了吗？很难讲。朱迪斯看着是完全崩溃了。她真的一点也不知情吗？

"安德鲁是自杀。"玛雅说。

朱迪斯在努力让自己挺住。她僵硬地摇了一下脑袋说："这不是真的。"

玛雅给她时间，让她跨过下意识拒绝的阶段。

朱迪斯稳了稳神，问道："是谁告诉你的？"

"乔。"

朱迪斯再次摇头。

"你们为什么付钱给汤姆·道格拉斯？"玛雅又问了一遍。

在战场上，战士们看过太多血腥的场面之后，常常会露出一种木然、空洞、难以聚焦的眼神，大家把它称作"千码凝视"。朱迪斯现在的眼神就是这样的。

"他还是个孩子，"朱迪斯自言自语道，虽然房间里还有玛雅，但是朱迪斯并没有对她说话，"他还不到18岁就……"

玛雅又向她迈近了一步。"您真的不知道吗？"

朱迪斯抬起头，仿佛受了惊吓一样。"我不明白你到这里想干什么。"

"寻找真相。"

"什么真相？这和你有什么关系？我不明白你要把这些事挖出来干什么。"

"不是我挖出来的，是乔告诉我的。"

"乔告诉你安德鲁是自杀？"

"是的。"

"过了这么多年，你忽然觉得非要违背乔的意愿来对我说起这事才行,是吗?"朱迪斯闭上了眼睛。

"我并不是故意来揭开您痛苦的伤疤。"

"不错,"朱迪斯苦笑着说,"我看得出来。"

"但是我需要知道,你们为什么付钱给调查安德鲁死因的海岸警卫队警官。"

"你为什么需要知道这些?"

"说来话长。"

朱迪斯的笑声比任何的呜咽都要悲凉。"噢,玛雅,我觉得我有时间听你的故事。"

"我姐姐发现了这件事。"

朱迪斯皱起眉。"她发现了所谓付钱的事?"

"是的。"

沉默。

"然后克莱儿就被谋杀了,"玛雅说,"后来乔又被谋杀了。"

朱迪斯挑起一道眉毛。"你是说这些事情之间有关联,克莱儿和乔?"

这么说凯尔斯没有告诉她。"他们都是被同一把手枪打死的。"

玛雅的话像是又一记重拳,打得她向后直退。"不可能。"

朱迪斯又一次闭上眼睛,积蓄了一下内心的力量,然后睁开眼睛说:"我要你慢慢地对我说明白这到底是怎么回事,玛雅。"

"很简单。你们付钱给汤姆·道格拉斯,我想知道为什么。"

"在我看来,"朱迪斯说,"你已经猜出来了。"

朱迪斯突然改变的态度让玛雅感到吃惊。"因为是自杀?"

朱迪斯勉强笑了一下。

"您想掩盖安德鲁自杀的事实?"

朱迪斯不动声色。

"为什么?"玛雅问道。

"伯克特家族的人不会自杀,玛雅。"

这个理由说得过去吗?不,当然不。她在隐瞒什么?应该换个角度,给朱迪斯一个冷不防。"那么您为什么还付钱给罗杰·凯尔斯?"玛雅问道。

"谁?"朱迪斯变了脸色,"等等,是不是那个警官?"

"是的。"

"我们为什么要付钱给他?"

我们。"我正想问您。"

"我向你保证,我不知道。这也是你姐姐发现的吗?"

"不是,"玛雅说,"是卡洛琳告诉我的。"

朱迪斯嘴唇有了一丝浅笑。"你相信她说的话?"

"她为什么要撒谎?"

"卡洛琳不是撒谎。但是……她有些混乱。"

"真有趣,朱迪斯。"

"什么?"

"您付钱给两个人,这两个人都负责调查您儿子的死亡。"

朱迪斯摇着头说:"这真是胡说八道。"

玛雅说:"幸运的是,我们可以很容易地解决这个问题,我们问问卡洛琳就知道了。"

"卡洛琳现在不在。"

"那么就给她打电话,现在是21世纪了,每个人都有手机。这里——"玛雅举起她的手机说,"我有她的电话号码。"

"这样做没有任何意义。"

"为什么?"

"我跟你说,"朱迪斯现在说话很慢,"我们现在不能打扰卡洛琳。"

玛雅举起的手机又放了下来。

"她……卡洛琳不舒服。她经常这样。她需要休息。"

"您把她送精神病院了?"

玛雅故意用这么难听的话来刺激她。朱迪斯明显受到了刺激。

"这样说真可怕,你应该比其他人更有些同情心。"朱迪斯说。

"为什么说'比其他人……'?哦,您是说因为我自己也有创伤后压力心理障碍症?"

朱迪斯没有必要回答。

"那么卡洛琳遇到什么创伤了呢?"

"不是所有的创伤都发生在战场上,玛雅。"

"我知道,两个哥哥年纪轻轻就悲剧性地死去,自然也会造成创伤。"

"完全正确,这样的创伤会引发一些问题。"

"引发一些问题,"玛雅重复了一遍,问道,"您的意思是,卡洛琳认为她的哥哥们都还活着?"

玛雅预料自己的这句话会是另外一记重拳,但是朱迪斯这次似乎是有了准备。"心理期盼,"朱迪斯说,"心理期盼如果发展到过于强烈的程度,便容易使人产生幻觉。阴谋论、妄想症、偏执、多疑——心理上越是极度期盼,就越是对现存事物发生怀疑。卡洛琳很不成熟,这是她父亲的错,他纵容女儿,过分地保护她。他从来不让女儿去面对挑战,不让她独立。所以,当她生命中的强大的男性——他们是她的支柱——开始一个个死去的时候,卡洛琳无法接受这一切。"

"那么您为何不让她看看乔的尸体呢?"

"她告诉你的?"朱迪斯摇着头说,"我们谁都没看乔的尸体。"

"为什么?"

"你最应该知道是为什么。我的儿子被枪杀了,子弹打在脸上,是不是?目睹这样的惨状,有谁能受得了呢?"

玛雅想了想,又一次觉得她的回答不够有说服力。"安德鲁被人从水里打捞上来的时候是怎么样的?"

"你指什么？"

"您看到他的尸体了吗？"

"你为什么会问这个问题。我的天啊，你不会是认为……"

"告诉我您是否看到了他的尸体。"

朱迪斯用力吞咽了一下。"当时安德鲁的尸体在海里漂浮的时间已经超过了24小时。是我丈夫去辨认的尸体，但是……实际上很难辨认。尸体被鱼啃过了，我怎么能……"她停下来，眯起了眼睛，声音低得像是在耳语，"你到底想干什么，玛雅？"

玛雅盯住她。"您为什么付钱给汤姆·道格拉斯？"

朱迪斯沉吟了一会儿说："让我们先假设乔对你说的安德鲁的死因是事实吧。"

玛雅等着她说下去。

"让我们假设安德鲁确实是自杀。我是他的母亲。我无法面对这种事。在他生前我没能保护他，但是至少在他死后我应该保护他，你明白吗？"

玛雅观察着她的脸，说道："当然了。"

其实她不这么想。

"安德鲁的事过去这么多年了，无论当时他遭遇了什么，都与今天的事情无关，与乔以及你姐姐的死亡无关。"

玛雅一丁点都不信这个话。"那么，又为什么要付钱给罗杰·凯尔斯呢？"

"我和你说了，那不是真的，是卡洛琳想象出来的。"

这里没什么可以挖掘的了,目前还不到时候。玛雅必须再去别处深入挖掘,掌握更多的情况。她还有太多的疑团没有解开。

"我得走了。"

"玛雅?"

她等着朱迪斯说下去。

"需要休息的不止卡洛琳一个。太想见到某个人,于是就认为自己见到了那个已经不在的人,有这种症状的不止卡洛琳。"

玛雅点点头说:"说得真巧妙,朱迪斯。"

"我希望你能接受玛丽的帮助。"

"我挺好。"

"不,你的情况不好。你和我都清楚,你和我都知道真相,是不是?"

"真相是什么,朱迪斯?"

"我的儿子们被伤害得够多了,"朱迪斯语气锋利,"不要犯继续伤害他们的错误。"

22

玛雅的车转过街角的时候,莉莉正在前院和姨夫埃迪玩一种给对方贴标签的游戏。玛雅在路边停下,坐在车里看着他们。爱丽克丝从屋里出来,也加入了游戏。她和她爸爸都假装无法给莉莉身上贴上标签,他们伸出胳膊没够到莉莉的时候就夸张地倒在地上。即使离得还远,即使玛雅的车窗关着,她仍然能清楚地听见莉莉的笑声。

可能她有点多愁善感,但是世上还有比孩子纯净的笑声更让人快乐的吗?她禁不住想到两种声音——久违了的莉莉开心的笑声和夜里无情地纠缠她的声响——之间的对比是那样具有讽刺的意味。不必细想了,她的脸上露着微笑,把车开到了克莱儿和埃迪的家门口。

玛雅轻轻按了一下喇叭,挥了挥手。埃迪转过头,愉快的游戏让他的脸色显得红润。他也挥了挥手。玛雅下车,爱丽克丝也站起了身。莉莉不喜欢这样——埃迪和爱丽克丝居然不和她玩游戏了——所以她不停地拍着他们的腿,让他们继续来追逐她。

爱丽克丝走过来拥抱了姨妈。埃迪在玛雅脸颊上吻了一下。莉莉两只胳膊抱在胸前,嘟着嘴生气。

"我要待在这里。"莉莉宣称。

"我们回家再玩贴标签游戏。"玛雅告诉她说。

不奇怪,这样说并不能打动莉莉。

埃迪把手放在玛雅的胳膊上:"你有空吗?我想给你看点东西。"他又转头对女儿说,"爱丽克丝,你能照看莉莉几分钟吗?"

"没问题。"

莉莉笑了。玛雅跟在埃迪后面走进屋的时候,听见孩子们的笑声又响了起来。

"我查看了克莱儿的收费公路缴费卡记录,"他说,"从上面可以看出,克莱儿一周内拜访了道格拉斯两次。"

"这对我不算是惊人的消息。"玛雅说。

"我不觉得这会让你惊讶,但是第二次拜访后她去的另一个地方可能会让你惊讶。"埃迪已经把记录打印出来了。他递给玛雅一张,用手指着上面画线的地方。

"就是说,在遇害的一周前,克莱儿去了利文斯顿,这是去找道格拉斯。你看到时间了吗?"

玛雅点点头。上午 8:46。

"如果继续向下看,你会发现她在 9:33 上了公园大道,而没有上回来的收费公路。看到后面的几行了吗?"

"看到了。"

"她没有回家,而是向西走了。在129号出口,她从公园大道转进了新泽西州收费高速公路,后来是从6号出口驶出的。"

这是在这一页的最后。玛雅知道,6号出口是宾夕法尼亚州高速公路的收费站。

"然后呢?"玛雅问。

"在这里,她上了476号州际公路,是向西的。"

"向着费城的方向。"玛雅说。

"或者至少是费城周围的地方。"埃迪说。

玛雅把这几张纸还给了他:"克莱儿去那里有什么理由吗?"

"没有。"

玛雅没必要再问克莱儿是不是去看朋友或是逛街或是她突然想参观美国独立厅。克莱儿去那儿不是为了这些。克莱儿刚和汤姆·道格拉斯谈过。她从他那里得到了一些线索。这些线索让她去了费城。

玛雅闭上了眼睛。

"我不想开愚蠢的玩笑,说她是去看费城的自由钟。但是她的行车记录让你脑袋里响起了什么钟声[①]吗?"埃迪说。

[①] 响起了什么钟声:ring a bell,是俚语,有"唤起了记忆、听起来熟悉、以前有印象"等含义。

玛雅没有选择，只好又和埃迪撒了一个谎："没有，没响起什么钟声。"

她的耳畔确实响起了钟声，尽管它听着很遥远。

卡洛琳和她说过，安德鲁死的时候，他和乔在一起读高中。那是一所寄宿学校，确切地说，是上流社会捐赠建立的一所预科学校，叫作富兰克林倍德中学。

它就坐落在费城的郊外。

在玛雅开车回家的路上，艾琳打来了电话："还记得我们以前每周三晚上都吃中餐外卖吗？"

"当然记得。"

"我想重新发扬以前的传统了。你在家吗？"

"马上到家。"

"太棒了，我弄些我们最喜欢的食物。"艾琳的声调有点过于亢奋。

"你怎么了？"

"我20分钟后到你家。"

玛雅脑中闪过了太多的可能性，不过这是她头一遭不愿去理会它们了。至少是目前这会儿。不去盲目猜测，回到出发点，消化好你已经掌握的信息。大多数人对奥卡姆剃刀法则的理解过于肤浅，以为它的意思是说最简单的方法经常是最正确的。但是这位奥卡姆修士真正想强调的是，如果已经存在一个更简单的解释方法，那就不要再把它复杂化，不要再去堆砌所谓的理论。简化问题,删减冗余。

安德鲁死了。克莱儿死了。乔死了。

但是与此同时,她不能无视她已经掌握的那些情况,不是吗?难道她能忘记亲眼见过的事实吗?或者说,她应该接受最简单的解释吗?什么是最简单的解释呢?

噢,这种分析并不令人愉悦。

为了查明真相,继续分析下去。尽可能客观地看问题。接着问一问自己:在监控器画面里看到了乔的这个女人的话可信吗?或者,由于她承受了太多的压力和重创,于是她的判断就值得怀疑了?

要客观,玛雅。

我们都愿意相信自己的眼睛,不是吗?人人都是如此。我们都认为自己不会产生错乱,别人才会看走眼,这是人的一种特性。我们对自己的视觉总是过分自信。

因此要跳出来。要客观。

玛雅参加过战争。没有人懂得她真实的内心世界。大家都以为玛雅被击垮了,以为她由于那些平民的死亡而背负了沉重的负罪感。这样想是合乎情理的。人们从他们自己的角度来看问题。从理论上说,如果你觉得有负罪感,这种负罪感就可能使你产生痛苦的幻觉。你尝试心理治疗,你服药,而死神一直在你的身边舞蹈。

"死神在跟随着你,玛雅……"

这样一个人的话你能相信吗？她被死神缠绕。她欺骗了所有的人，包括最亲近的人，让他们相信了她的症状是出于一种负罪心理。剥去所有的烦冗和复杂吧。如果理性地看待和分析事实，这样一个人的话还能让别人相信吗？

客观地说，不能相信。

但是，让什么客观性见鬼去吧。

结论是：有人给她设了个局，一个很大的局。他们正在同她对着干。

刚才朱迪斯吞吞吐吐不想说出卡洛琳的去处。玛雅拿出手机给小姑子拨了过去。电话转到了语音留言。这不奇怪。嘀声过后，玛雅说："卡洛琳，我想知道你现在怎么样了。收到信息请回话。"

玛雅看见艾琳的车在她家的车道上。玛雅停下车。莉莉在后座上睡着了。她下来去开后车门，却听艾琳说道："让她睡一会儿吧，我们谈谈。"

玛雅转身面对她的朋友。艾琳刚刚哭过。

"怎么了？"

"我闯祸了，"艾琳说，"就是那个监控器。"

艾琳的全身开始发抖。

玛雅说："别着急。我把莉莉抱进屋，我们可以——"

艾琳说："不，我们要在外面谈才行。"

玛雅疑惑地望着她。

"在里面不安全，"艾琳压低声音说，"有人也许能听到。"

玛雅隔着车窗玻璃看了一眼莉莉，她还在睡着。

"发生了什么事？"玛雅问道。

"罗比。"她那个虐妻前夫。

"他怎么了？"

"你不肯告诉我你的保姆监控器怎么了，记不记得？"

"是的，那又怎么了？"

"你来到我家。你很生气，也很不安。你甚至怀疑我。你让我证明监控器的确是我购买的。"

玛雅说："我记得，这些和罗比有什么关系？"

"他回来了，"艾琳说着，眼泪涌了出来，"他一直在监视我。"

"哇，慢慢说，艾琳。"

"我收到了这些电子邮件。"她把手伸进包里，掏出一摞照片塞给玛雅，"当然了，发件人是匿名的，无法追查。不过我知道，这是罗比。"

玛雅开始翻看照片。照片是在艾琳的房子里面拍摄的。头三张在客厅里，其中两张是凯尔和米茜两个孩子在沙发上玩耍的照片。最后一张只有艾琳一个人，大汗淋漓，手里拿着一杯冰水，身上穿着运动短衣。

"我锻炼后回了家，"艾琳解释说，"家里没人，于是我脱掉外衣扔进了地下室的衣服篮子里。"

玛雅觉得内心涌出了惊恐，但是她保持声音平和。"这个角度，"玛雅一边翻看艾琳和孩子们的照片，一边说，"这些照片——是用你的监控器拍摄的？"

"是的。"

玛雅感觉自己的胃在翻腾。

"看最后一张。"

在这张照片上，艾琳和一个玛雅不认识的男人坐在沙发上，他们在接吻。

"这是本杰明·博拉奇。我们在征婚网站上认识的。这是我们的第三次约会。我带他回了家。孩子们在楼上睡着了。我根本没多想。可是今天下午，我在邮箱里收到了这些照片。"

为什么玛雅以前没想到这一点？

"这么说，有人黑进了——"

"不是有人，是罗比，一定是罗比。"

"好，这么说罗比黑进了你的监控器？"

艾琳哭了起来："我以为监控器联不上网，你知道吧？我是说，因为监控器用的是存储卡。我没意识到，其实这很常见，我的意思是说黑进监控器的事情很常见。FaceTime 和 Skype 监控摄像机就可以这样操作……我应该进行安全设置，但是我哪里知道。"她说不下去了，用手不停地抹着泪水。

"我真的感到抱歉，玛雅。"艾琳说。

"没关系。"

"我不知道你的监控器发生了什么，"艾琳说，"你不想告诉我也没关系。但是我想，我的这件事可以解释你的问题。也许有黑客，他能看见你和莉莉。"

玛雅努力让自己消化这个新信息。现在，她还不知道这件事和自己是否有关系。会有人在其他地方制作了乔的视频，然后上传到她的监控器吗？如果是这样，又能说明什么呢？视频还是在那个房间录制的，是在那张沙发上录制的。

还有一个问题，她是否也在被人监视呢？

"玛雅？"

"我没收到类似的电子邮件，"玛雅说，"没有人给我发照片。"

艾琳看着她。"那你是怎么回事？你的监控器怎么了？"

"我看见了乔。"她说。

23

玛雅把莉莉抱到楼上卧室的床上，掖好了被子。她很想查看监控器的 Wi-Fi 是否处于开启状态，然而目前她不该惊动那些可能在监控她的人。

监控她。哇，听着越来越像个妄想症患者了。

她和艾琳在餐厅里摆上了外卖的中餐，远远避开了监控器窥探的角度。玛雅给她讲了在监控视频里看到的情景，讲了伊莎贝拉的事情……然后她止住了坦白，因为自己太愚蠢了。

不可否认的事实是，艾琳把监控器带到了她的家。

玛雅尽力不去想它，可是耳朵里总是响起警笛声。

"你打算怎么办？"玛雅问，"我是说关于罗比。"

"我把照片拿给我的律师。他说如果没有证据证明是他干的，我什么都做不了。我已经把 Wi-Fi 完全关闭了。网络公司会派人来，让我的网络恢复到安全状态。"

听起来这倒是不错。

半个小时后,她把艾琳送走了。然后玛雅拨通了谢恩的电话:"我需要你再帮我一个忙。"

"你看不见我,"谢恩说,"但是我正在夸张地叹息。"

"我需要一个值得信任的人来帮我把家里的窃听和监控装置清除干净。"

她解释了艾琳的监控器被黑的事情。

"你认为你的监控器也被人控制了吗?"他问道。

"我还不知道。你那儿有能帮上忙的人吗?"

"有。但是我不得不说,这听起来有点……"

"妄想狂的感觉?"玛雅替他补充说。

"嗯,可能是。"

"是你把吴医生叫来的?"

"玛雅?"

"什么?"

"你状态不对。"

她没有说话。

"玛雅?"

"我知道。"她说。

"寻求帮助没有什么不好。"

"我首先要把我的事情处理好。"

"你到底要处理什么事情?"

"求求你,别问了,谢恩。"

短暂的停顿。然后是:"我又在叹息。"

"夸张地叹息?"

"还有其他可能性吗?我明天早晨带人去清理你家,"谢恩清了清嗓子又问道,"玛雅,你带着武器呢吗?"

"你认为呢?"

"反问句,"他说,"明天早晨见。"

谢恩挂掉了电话。玛雅还没准备好迎接又一个幻觉重现的可怕夜晚,于是她把注意力集中到了克莱儿的费城之行。

莉莉还在睡着。玛雅知道她应该把女儿叫醒,脱掉她穿了一天的衣服,给她洗个澡,换上干净的睡衣。当然了,那些"好妈妈"都强调应该这样做。有那么一瞬间,玛雅似乎看见她们正向自己投来不赞赏的目光。但是,这些妈妈不佩枪,也不用调查杀人案,是不是?她们不明白,就在她们身边,就在她们的街区里生活的玛雅,面对的是怎样一个血腥的世界。这些"好妈妈"不知道,当她们忙于领着孩子上艺术课、手工课、空手道课,丰富孩子课余活动和提高家庭生活质量的时候,跟她们的一位邻居打交道的却是死亡和恐惧。

有人在监视她吗?

即使有,她现在也不能干什么,而她马上还有其他事情、很重要的事情需要去做。玛雅打开了自己的笔记本电脑。如果家里真的有针对她的监控装置——她仍然认为这未免有点杯弓蛇影——那么这些人同样可以进入她的无线网络。为了安全起见,她对家里的网络用户名和密码进行了修改,并且使用VPN——虚拟专用网络——进行浏览。

这样也许就安全了吧。谁知道呢?

她上了网,开始搜索"安德鲁·伯克特"。和预料的一样,搜索结果不止一人——一位大学教授、一位汽车销售员和一位本科生。她尝试着添加其他关键词和相关时间来重新搜索。有几篇关于安德鲁·伯克特死亡的报道弹了出来。一家本地的大报发了这样的消息:

年轻的伯克特家族成员从豪华游艇上落水溺亡

用词挺考究。"豪华游艇",不是一般地称为"船"。而且,当然了,还有"家族成员",他们报道乔的时候也用了相同的词。"家族成员"——有钱人家居然让他们的后代获取了一个固定的头衔。玛雅翻阅着这些文章。没有人确切知道安德鲁是在大西洋的哪个地方落水。那天晚上,伯克特家的游艇——"幸运女孩"号——是从佐治亚州萨凡纳港驶向百慕大哈密尔顿港的,那意味着相当辽阔的一片水域。

根据报道,船上的"家人及同学"的派对举办到了深夜,有人最后在"幸运女孩"号甲板上看见安德鲁·伯克特的时间,是10月24日凌晨1点。早晨6点的时候人们发现了他的失踪。乔曾经提到过,那天在船上有富兰克林倍德中学的三个足球队员和他妹妹卡洛琳。乔和安德鲁的父母没有登船，而是带着年纪还小的尼尔在百慕大一家豪华宾馆等候他们的到来。船上照顾他们的仆人阵容相当可观——噢，其中的一个竟然是罗莎·曼德兹，也就是伊莎贝拉的妈妈。她"负责照看年幼的卡洛琳"。

玛雅把相关的部分又重新读了一遍。在继续读下去之前，她思考了半天。

安德鲁的尸体在报案后的第二天打捞了上来。后来的报道只说了死因是溺亡，没有提及他杀和自杀之类的事情。

好了，现在该做什么？

玛雅把安德鲁的名字和"富兰克林倍德中学"一起敲进去搜索。学校的网站上弹出了一个网上校友群链接。玛雅点击了一下，看到有不同班级网页的菜单。她在心里算出安德鲁毕业的年份，然后点击了相关链接。里面列着一些校友返校活动的报道和聚会通知，当然，还有向学校的资金筹募组织捐款的链接。

在网页的最下面有一个键子："悼念"。

玛雅点击了这个链接，有两个人的照片弹了出来。他们看着是那样年轻，是的，她服役的部队里的士兵也是这般年轻。玛雅又一次想到，一些难以逾越的栅栏和貌似细微的分割线使人们生活在相互并存的，却是截然不同的世界当中。右边照片上的年轻人是安德鲁·伯克特。玛雅以前从未花时间去端详小叔子的脸庞。乔不大喜欢在自己家里挂上亲人的照片，而伯克特家的客厅里虽然挂着安德鲁的画像，可是玛雅以往总是回避着不去注视他。这张照片里的安德鲁与哥哥乔不太像。乔要比他帅很多。安德鲁有些地方长得更像母亲。玛雅端详着这张年轻的脸，仿佛它上面有什么线索，仿佛安德鲁·伯克特会从这张旧照片里跳出来，要求人们为他主持公道。

这种事当然不会发生。

我会弄清楚的，安德鲁，我也会为你复仇。

玛雅的目光转向了另一个逝去的年轻人。照片下方标注了名字：西奥·莫拉。西奥看着像是拉美裔，或者只是肤色比较黑。他如同拍摄学生照的所有高中男孩一样强挤出了不自然的微笑。他的头发像是曾经梳理得挺光滑，但是又倔强地四下伸展开来。与安德鲁一样，他穿着一件夹克衫，系着学生领带。只不过安德鲁系的是精致的温莎领带，而这个男孩的则像是一个乘着夜班车回家的中层经理的领带。

这一页最上方的通栏大字是："去得太匆匆，但是永远在我们心中"。除此再没有其他信息了。玛雅上谷歌去搜索西奥·莫拉。花了好长时间，终于在费城一家报纸上找到了一条讣告。没有相关报道，没有其他信息，就是一条简单的讣告。死亡日期是9月12日，是安德鲁从豪华游艇上落水的六周前。西奥·莫拉死时17岁，和安德鲁同样的年龄。

是巧合吗？

玛雅又读了一遍。没有死亡原因。她又试着把安德鲁·伯克特和西奥·莫拉一道作为关键词进行搜索。界面上弹出了两条富兰克林倍德中学的链接,其中一条是她刚访问过的悼念网页。她点击另一条链接,屏幕上出现了这所学校的体育代表队网页。她找到了所有队伍的名册,然后去找那一年的足球队网页。

看看吧,安德鲁和西奥·莫拉是队友。

两个同一所中学的12年级学生,同在一支足球队里,他们死亡的时间相差不到两个月,这可能是巧合吗?

可能。

但是如果加上伯克特家族对汤姆·道格拉斯的打点,加上克莱儿的费城之行,再加上汤姆·道格拉斯现在的失踪以及克莱儿被折磨、最后被谋杀的结局……

这不是巧合。

她查看了名册里的其他人。乔那一年在读大学预科,也属于同一支球队。毫无疑问——他是队长之一。但是,天啊,一支高中足球队里的死亡率真是很高。

她点击了另外一个链接,找到了足球队的一张照片。照片上,一半队员站着,另外一半在前排单膝跪着。所有人看起来都是那么骄傲、年轻、健康。玛雅的眼睛迅速找到了乔。还是毫无疑问,他站在正中间,潇洒的笑容那时候就有。她盯了他一阵儿。他那么英俊、那么自信,那么相信自己将成为这个世界的主宰。玛雅不禁想起了他最终的命运。

在球队的照片里，安德鲁站在哥哥身边，几乎是躲在哥哥的影子里。西奥·莫拉是前排右数第二个，半跪着，脸上还是带着挤出来的不自然的微笑。玛雅扫了一眼其他人的脸，希望能找到熟悉的面孔，但是没有。还有三个男孩那晚也曾在游艇上，她是否见过他们中的哪一个？她觉得不可能。

她又回到名册，把名字打印了出来。明天早晨她可以查一下他们，然后……

然后怎么样呢？

她想，也许应该给他们打电话或者发电子邮件，问问他们当时是否在游艇上，是否知道安德鲁发生了什么事。或者，问问与这些学生的相关度也许更高的问题：西奥·莫拉是怎么死的？

她继续在网上搜索，没再发现什么新的信息。玛雅禁不住想到是否克莱儿也做过与她相似的事情。不一样的是，她从汤姆·道格拉斯那里得到了一些信息，有关这个该死的学校的信息。然后，在不达目的誓不罢休的信念的支撑下，克莱儿来到富兰克林倍德中学，开始提出了她的问题。

这是不是她被杀害的原因呢？

有一个寻找答案的方法。明天玛雅就开车去费城。

24

又是一个恐怖的情景重现的夜晚。

即使在那些声音像炙热的弹片在她的头颅中又蹦又跳的时候，玛雅仍然忍受着痛苦，试图检验吴医生的说法是否正确，搞清自己仅仅是记忆的重现还是听到了从未听过的声音。后者意味着彻头彻尾的幻觉。每次她觉得快要得出结论的时候，如同所有的夜航一样，她的辨别和判断又全都变得模糊晦暗。那些声响带给她的痛苦不断在加剧，于是玛雅只好中止了对自己的测试，迷迷糊糊地挨到了早晨。

醒来的时候她感到筋疲力尽。玛雅想起今天是星期日，富兰克林倍德中学没有人会在星期日回答她的问题。日托中心星期日也休息。也许这样最好了。一个士兵应当合理地利用自己的休整期。有机会你就要休息，尽可能让你的身体和头脑得到修复。

所有可怕的事情都可以再等一天，不是吗？

玛雅将从死亡和毁灭中摆脱出来,哪怕仅仅是一天。太感谢了,她和女儿终于过上了正常的一天。

这就是幸福,对不对?

谢恩在早晨8点过来了。他带了两个人。他们跟她点点头,马上就开始寻找窃听或视频监控装置。这两个人上楼后,谢恩拿起了保姆监控器,仔细查看它的背面。

"Wi-Fi处在关闭状态。"谢恩说。

"意思是?"

"意思是没有人能用这个设备监控你,即使这种技术确实存在。"

"好。"

"当然了,仍然有人可能利用某种后门侵入这个设备,但我觉得还不至于。还有一种可能,也许有人曾经进过屋,把Wi-Fi关掉了,因为他们知道我们会来排查。"

"听起来不大可能。"玛雅说。

谢恩耸耸肩。"是你让我们来排查的,那我们就要想得周到,是不是?"

"是的。"

"第一个问题:除你之外,还有谁手里有房子的钥匙?"

"你。"

"是的。但是我已经问过自己,我是清白的。"

"真好笑。"

"谢谢。那么还有谁?"

"没人有我家的钥匙,"说到这里她突然想起来,"天啊。"

"想起什么了?"

她抬起头看着他。"伊莎贝拉有一把钥匙。"

"而且,我们不再信任她了,是不是?"

"一点儿也不信任。"

"你认为她会再次露面来动你的相框吗?"谢恩问道。

"应该说不太可能。"

"也许你应该安装一些监控摄像头和安保装置,"他说,"至少应该换把锁。"

"好的。"

"这么说,你有一把钥匙,我有一把,伊莎贝拉有一把。"谢恩的两手抗在腰间,长叹一声道,"我的话你别生气啊。"

"什么?"

"乔的钥匙呢?"

"乔的钥匙?"

"是的。"

"我不知道。"

"他带在身上吗?我是说他,呃——"

"被杀的时候?"玛雅替他说完了,"是的,那时候他带着钥匙,至少我认为他是带着的。他总是带着家里的钥匙,就像这个自由世界中的其他人一样。"

"你后来把他的遗物取回来了吗？"

"没有，在警察那里。"

谢恩点点头。"那么好吧。"

"什么好吧？"

"无论什么。我不知道我该说什么，玛雅。事情看起来如此奇怪，我一点也搞不懂，于是我不断提出问题，想把事情弄清楚。你是相信我的，对吧？"

"一生一世。"

"但是，"谢恩说，"你却不想告诉我到底发生了什么。"

"我正在告诉你发生了什么。"

谢恩转过身看着镜子，还眯起了眼睛。

"你在干吗？"

"我在看我的模样真是显得那么笨吗？"谢恩转向她，"你为什么让我打听海岸警卫队的那个家伙？还有那个安德鲁·伯克特，他在读高中时死了，这些事和我们到底有什么关系？"

她犹豫着。

"玛雅？"

"我现在还说不清楚，"玛雅说，"但是可能有关系。"

"什么和什么之间有关系？你是说安德鲁从船上落水同乔在中央公园被杀有关系？"

"我说我现在还不清楚。"

"那你下一步要干什么？"谢恩问。

"你问今天吗?"

"是的。"

眼泪几乎要夺眶而出,但是她忍住了。"没什么,谢恩,好吗?没什么。今天是星期日。我很感激你们能过来,但是我今天希望这样,我想让你们扫清这个地方的隐患,然后你们离开。在这么个美好的秋天的星期日,我想带女儿出去过传统的、没什么特色的、妈妈和女儿之间的一天。"

"真的吗?"

"是的,谢恩,是真的。"

谢恩笑了。"这个想法不错。"

"是的。"

"你们两个想去哪里?"

"去切斯特。"

"采摘苹果?"

玛雅点点头。

"我父母以前经常带我去那儿。"谢恩语气轻松地说。

"你想去吗?"

"不,"谢恩用她听过的最温柔的声音说道,"你是对的,今天是星期日。我们应该加快速度离开这里。你收拾莉莉的东西吧。"

排查完毕了,他们没发现什么异常。谢恩在玛雅脸颊上吻了一下后离开了。玛雅把莉莉放进汽车儿童座椅里,开始了一天的活动。只有妈妈和女儿。她们乘坐了堆放着干草的大车,去动物园喂了山羊。她们摘苹果,吃冰激凌。一个小丑兜售的动物气球让莉莉挑花了眼。在她们周围,平日勤勉工作的人们享受着珍贵的休息日,他们彼此爱抚、抱怨、争吵和欢笑。玛雅观察着他们。她希望凝固在当下,沉浸在同女儿一道赏秋的快乐当中。但是,这一切同样显得晦涩和遥远,仿佛她只是个无法尽兴投入其间的看客。保卫这种生活才让她的心里安稳和自在,而不是单纯去享受它。时间过得很快,一天结束了。玛雅说不清这一天里酸甜苦辣的各种感受。

星期日晚间的状况不见什么好转。她尝试了新药,但是它们还是无法让纠缠她的恶魔安静下来。如果说新药有什么作用,那就是这些声响也许是从中汲取了养分,进一步放大了音量。

玛雅在剧烈的喘息中醒了过来。她马上拿起手机,按下了吴医生的号码,可是在发送前的一瞬间停住了。还有那么一会儿,她想过给朱迪斯的同事玛丽·麦克劳德打电话。但是这两件事她都没做。

自己挺过去,玛雅,时间不会太长了。

早上,玛雅穿好衣服,把莉莉送到了日托中心,然后打电话给办公室说她今天不能去上班了。

"你不能这样,玛雅。"科琳娜·辛普森在电话里说道。她是玛雅的老板,也是在部队当飞行员时的战友,"我经营的是生意,你不能到了最后时刻才取消课程啊。"

"抱歉了。"

"听着,我知道你现在挺——"

"是的,科琳娜,我现在挺不容易。"玛雅打断她说,"我想我可能会抓紧回来的。非常抱歉给你拆台了,但是也许我就是需要一点时间。"

玛雅的话半真半假。她不想表现得懦弱,但是有时需要这样。玛雅心里明白她不会再做这份工作了,永远不会了。

两小时之后,玛雅来到了宾夕法尼亚州的布林莫尔镇。她的车经过了修剪齐整的树篱和刻有"富兰克林倍德中学"一行字的地标石。地标石不大却很有品位,在茂密的植被和秋日午后的阳光中很容易被错过。当然了,要的就是这个效果。她绕过绿荫环绕的大院,驶进了来宾停车场。周围的一切都在尽情展示着上流社会孩子们的优渥、尊贵和特权。在这个校园里,你闻到的不是缤纷落叶的清新,而是崭新的纸币散发出的气味。

钱可以换来篱障,换来私密,换来超凡脱俗。有人用钱换取闹市的繁华,有人用钱换取郊外的宁静,还有人用钱——很多很多的钱——为子女换取眼前这样的学校。

学校办公区设在位于建筑主线的一栋石砌大楼里,它称作温莎楼。玛雅决定不提前打电话。她已在网上查到了校长的信息。她想做一个不速之客。如果校长不在也没关系,她会找其他人来探讨有关问题。如果校长在的话,玛雅肯定他一定会见她的。他是个预科学校的校长,毕竟还不是州长,更何况这个校园里还有用伯克特命名的宿舍楼。她夫家的头衔可以帮助她打开大多数紧闭的大门。

前台的女人用沙哑的声音问道:"我能帮您做点什么?"

"玛雅·伯克特来这里见校长。很抱歉,我没有预约。"

"您先坐。"

等待的时间没多久。玛雅从网上得知,在过去的23年里,一直是内维尔·洛克伍德先生任这个学校的校长,他是该校的毕业生,后来又到这里教书。玛雅根据他的名字和背景来推测他的长相——红润的脸庞、贵族气派的五官、向后退去的发际线,是金发——此刻出来迎接她的男人不仅完全验证了她的猜测,而且额外还展示了带有挂链的金属框架眼镜、花呢夹克和菱形图案的领结。

校长用双手握住了她的手。

"噢,伯克特夫人,"内维尔·洛克伍德说话的口音泄露的,是一个人的社会阶层而不是地理位置,"我们所有富兰克林倍德人都为您失去了亲人而感到悲伤。"

"谢谢。"

校长引导玛雅来到了他的办公室。"您的丈夫是我们这里最受喜爱的学生。"

"谢谢您这样说。"

房间里有一个堆着灰白色原木的大壁炉,旁边是一只老式落地钟。内维尔坐到他的樱桃木写字台后面,请玛雅坐在了桌前那把舒适的椅子上。她的椅子比他的座位稍低一点，玛雅估计这不是偶然。

"学校的温莎体育馆里有一半的奖杯都是乔赢得的。他在足球界仍然保持着职业得分纪录。我们正在考虑……呃，我们考虑在运动场更衣室旁边做点什么纪念他，乔非常喜欢那个地方。"

内维尔·洛克伍德笑容里多少有点要她领情的意思，玛雅回报以微笑。这种在体育方面的纪念通常是学校筹款的敲门砖——玛雅不太会接这样的话茬儿——但是无论怎样，她决定按自己的方式来推进。

"您是否碰巧认识我的姐姐？"

这个问题让他很吃惊。"您的姐姐？"

"是的，她叫克莱儿·沃克。"

他想了想。"这个名字好像有点印象……"

玛雅想告诉他，克莱儿四五个月前来过这里，不久后就被人谋杀了。但是这么严重的事情有可能让他由于震惊而闭嘴。"没关系，这不重要。我想问您几件我丈夫在学校时候的事情。"

他交叠双手，等着她的问题。

她必须采用柔和的方式。"您知道，洛克伍德校长——"

"请叫我内维尔。"

"内维尔，"她笑了一下说，"您知道，这所中学对伯克特家族来说不仅是骄傲……也是悲剧。"

他表现出了一种很得体的庄重。"我猜，您是说您丈夫的弟弟。"

"是的。"

内维尔摇了摇头。"多么可怕。我知道他们的父亲几年前刚刚去世。可怜的朱迪斯，如今又失去了一个儿子。"

"是的，"玛雅不慌不忙地说，"我不知道该怎么说，但是，加上乔的死亡，呃，从学校角度来说，这个学校的同一支足球队里有三名队员都死了。"

内维尔·洛克伍德的脸上失去了神采。

"我是说西奥·莫拉的死亡事件。"玛雅说，"您还记得那件事吗？"

内维尔·洛克伍德终于能开口说话了。"您的姐姐。"

"她怎么了？"

"她曾经来这里问起西奥的事，所以她的名字听起来才这么熟悉。那时候我不在，后来听人说的。"

确认了。玛雅的方向是正确的。

"西奥怎么死的？"她问道。

内维尔·洛克伍德移开目光，说道："伯克特夫人，我现在就可以送客。我可以告诉您，我们学校有严格的有关学生隐私的保密规定，透露这类细节是违反学校校规的。"

玛雅摇摇头说："您那样做是不明智的。"

"为什么这样说？"

"因为如果您不回答我的问题,"玛雅说,"我就不得不去询问一些不像您这么谨慎的权威人士。"

"是吗?"他的嘴角爬上一丝微笑,"您这是威胁我?跟我讲讲,是不是想说一个坏透了的校长为了保护精英学校的名誉而撒谎?"

玛雅等着他下一步的反应。

"呃,我不是这样的,斯坦恩上尉。是的,我知道您的名字,您所有的一切我都知道。和部队一样,这个学校也有神圣的荣誉准则。很奇怪,乔没有和您说过这些。我们的传统是共识和透明度。我们不掩藏事实。我们相信,一个人知道得更多,就会在更大程度上受到真理的护佑。"

"好,"玛雅说,"那么西奥是怎么死的?"

"但是我要请您维护那个家庭的隐私。"

"我会的。"

他叹了口气说:"西奥·莫拉死于酒精中毒。"

"他自己喝酒过量中毒死亡?"

"很不幸,情况的确是这样。虽然这种事情在这里不常见。事实上,在这个校园里这是唯一的一次。有一天晚上,西奥以狂饮为乐,喝了很多。以前他并不热衷派对。但是有时候会发生这种情况,一个人不知道自己在做什么,于是就过了火。如果有人及时发现西奥的话,还可以抢救,但是他却跟跟跄跄进入了一个地下室。一个保管员第二天早晨发现了他,但是他已经死了。"

玛雅不知道应该得出什么结论。

内维尔·洛克伍德把双手放在桌子上,身体前倾。"现在您能告诉我,为什么您和您的姐姐都问这个问题吗?"

玛雅没有理会他的问题。"同一所学校、同一支足球队里的两个学生在相隔这么短的时间内死亡,您想过这是为什么吗?"

"想过,"内维尔·洛克伍德说,"我非常认真地想过这个问题。"

玛雅继续说:"您考虑过西奥的死同安德鲁的死存在某种联系的可能性了吗?"

他身体向后靠在椅子上,合拢指尖。"我想把话反过来说,"他说,"我看不出两者之间怎么会没有联系。"

这可是出乎玛雅意料的答案。

"您能解释一下吗?"

"我是数学老师,我教授所有有关概率统计的课程,二分类变量、线性回归、标准差等等,所以我用等式和公式衡量事物。我的大脑就是这样工作的。一个规模不大的精英男生预科中学里有两个学生在几个月时间内相继死亡的几率是很小的。这两个学生在同一年级,这就让这个概率变得更小。这两个学生在同一支足球队,这样的概率就小得让我们甚至要排除这种可能性了。"他现在几乎要露出微笑了。他举起一根手指,仿佛回到了教室一样,"而如果您把最后一个因素加到等式中,巧合的可能性就几乎降到了零。"

"最后一个因素是什么?"玛雅问。

"西奥和安德鲁是室友。"

房间里没有一点声音。

"一所很小的学校里两个17岁的室友那么年轻就死亡,如果没有什么联系……我承认我不相信有这种极为偶然的概率。"

远远地,玛雅听见与教堂钟声类似的下课钟声。教室的门打开了,男孩子们的笑声传了出来。

"安德鲁·伯克特落水溺亡的时候,"内维尔·洛克伍德继续说道,"一个调查人员来过。这个人是海岸警卫队的,他负责处理海上死亡事件。"

"他的名字是汤姆·道格拉斯吗?"

"也许是,我不记得了。他也来过这间办公室,就坐在您现在坐的地方,而且他也想知道这两个事件之间存在联系的可能性。"

玛雅咽了一口唾沫。"您告诉他您觉得有联系?"

"是的。"

"您能告诉我这种联系是什么吗?"

"西奥的死让我们大为震惊。事情的原委始终没有在报纸上报道,这是他的家人的意愿。安德鲁·伯克特是西奥最好的朋友,他和我们一样震惊,几乎崩溃。我估计安德鲁死后你才遇到乔的,所以你不认识安德鲁,是不是?"

"是的。"

"这两个兄弟截然不同。安德鲁是个非常敏感的孩子,心肠很好。他的教练经常说,正是由于这个特征,安德鲁在球场上难有大的作为。他和乔不一样,他没有乔那种势在必夺的霸气。他缺乏那种进攻性,那种竞争的锐气,那种你们这些战壕里的军人需要的杀气。"

又来了,玛雅心想,用战争来空洞地比喻体育运动。

"还有些关于安德鲁的事,"内维尔·洛克伍德补充道,"我真的不能再多说了。但是和咱们的讨论有关的是,西奥的死对安德鲁影响太大了。事情发生后我们停了一周的课,也请来了心理辅导员。但是大多数孩子都回家了,我说不好,也许是回家疗伤吧。"

"安德鲁和乔呢?"玛雅问。

"他们也回家了。我记得您的婆婆带着安德鲁以前的保姆匆忙赶来接走了他们。所有的孩子,包括您的丈夫后来都返回了学校。所有的孩子——只除了一个。"

"安德鲁。"

"是的。"

"他什么时候回来的?"

内维尔·洛克伍德摇着头说:"安德鲁·伯克特再也没有回来。他妈妈认为他最好休息一个学期。校园生活恢复了原来的样子,事情就是这样。乔带领足球队进入了又一个辉煌的赛季,他们在联赛和预科中学州冠军赛中取得了胜利。就在赛季之后,乔带着几个队友在他家的游艇上庆祝……"

"您知道哪些孩子参加庆祝了吗?"

"我不太确定,但是克里斯托弗·斯温一定去了。因为他和乔都是队长。我不记得其他人了。话说回来,您想知道这两件事之间的联系,我想这种联系是很明显的,然而这也只是我的假设。我们这里有一个敏感的男孩,他最好的朋友悲剧性地死去了。这个男孩不得不离开学校,也许在理论上,他患上了抑郁症。也许,还是从理论上讲,他不得不服用一些抗抑郁或者改善情绪的药物。而这个时候他同一些人在游艇上航行,这些人让他想起那个悲剧以及他怀念的、深爱着的学校生活。船上举行了一个盛大的派对,这个男孩喝了太多的酒。酒精和他正在服用的药物混合在一起。他来到甲板上,看着茫茫大海,陷入极度的痛苦之中。"

内维尔·洛克伍德说到这里停住了。

"您认为安德鲁是自杀?"玛雅问。

"也许吧,这只是个理论上的假设。或者是酒精和药物的混合作用让他失去了平衡,失足掉下去了。无论怎样,结论都是一样的:西奥的死直接导致了安德鲁的死。最可能的假设就是,两起死亡是有关系的。"

玛雅只是坐在那里。

内维尔说:"我已经和您讲了我的理论。也许该您说说了,这些事情和现在有什么关系?"

"如果可能的话,我想再问一个问题。"

他点点头,示意她可以问。

"如果同一支球队的两个人死去的概率都那么小,那么您怎么解释第三个人的死亡呢?"

"三个人?我没懂您的意思。"

"我指的是乔。"

他皱起了眉。"他死于,多少,17年后?"

"还是那样,您是一个相信概率的人,那么他的死同前两个事件不存在联系的概率是多大?"

"您是说,您丈夫的被杀可能同西奥和安德鲁的死有关?"

"从您刚才介绍的情况看,"玛雅说,"好像不是没有关系。"

25

没有新的信息可供挖掘了。

内维尔·洛克伍德几分钟后送她出了门。玛雅在车里坐了一会儿。眼前是富兰克林倍德中学的标志性建筑,一幢8层的英式钟楼。威斯敏斯特教堂式的四个音符的钟声又响起来了。玛雅看了一下表,她估计与上次的钟声相隔了15分钟。

她拿出手机,重新上谷歌搜索。西奥·莫拉的父母叫哈维尔和拉莎。她搜索电话簿网址,看他们是否住在这片地区。她找到了一个叫拉莎·莫拉的人,就住在费城市区内。值得一试。

她的手机这时候响了起来。手机屏幕显示是"黑流苏"的号码。她把手机放在耳边,当然了,拨电话的人已经挂断了电话。这是科里发出的信号,想要见她。嘿,开到那里需要两个小时,而且她还有一个地方要去。就让科里等着吧。

拉莎·莫拉住的街上都是一些陈旧的房子。玛雅找到那个地址,走上了破败的水泥台阶。她按下门铃,然后等待着脚步声,却什么都没听到。走廊边上列着一排破碎的瓶子。旁边第二家的门开着,一个穿着法兰绒衬衫没系扣子的男人张着没有牙的嘴巴向她笑着。

眼前的景象和威斯敏斯特教堂式的钟声的距离好远。

玛雅拉开了纱门。纱门发出生了锈的吱呀声。她用力敲门。

"谁啊?"里面一个女人大声问道。

"我是玛雅·斯坦恩。"

"你有什么事?"

"您是拉莎·莫拉吗?"

"你有什么事?"

"我想问问您的儿子西奥的事。"

门咣的一声开了。拉莎·莫拉穿着一件女招待的制服,上面染着未洗净的芥末痕迹。她的睫毛膏已经变得乱七八糟,束发带下面的头发多半已是灰色。她的脚上仅穿着袜子,玛雅能够想象,她应该是刚刚结束长时间工作后到家,鞋子踢到了房间的哪个角落里。

"你是谁?"

"我是玛雅·斯坦恩——"然后她想了想,加了一句,"伯克特。"

她的夫姓引起了拉莎的注意。"你是乔的妻子?"

"是的。"

"你是军人,对不对?"

"以前是,"玛雅说,"我能进去吗?"

拉莎抱着胳膊,斜倚在门框上说:"你想干吗?"

"我想问问有关您儿子死亡的事情。"

"你为什么想知道这些?"

"求您了,莫拉太太,您有理由质问我,但是我真的没有时间解释。我这样说吧,我认为关于您儿子的死亡,人们还没有了解全部的真相。"

拉莎瞪着她看了一会儿说:"你丈夫最近被谋杀了,我在报纸上看到的。"

"是的。"

"他们抓了两个嫌疑人,这我也看到了。"

"他们是无辜的。"玛雅说。

"我不明白。"缺口不大,还不能打动拉莎。她又问:"你认为,怎么着,乔的死和我的西奥的死有关?"

"我还不知道,"玛雅尽力把声音放柔和,"但是回答我几个问题没有大碍吧?"

拉莎还是抱着胳膊。"你想知道什么?"

"一切。"

"那就进来吧,我需要坐下了。"

两个女人在一张长沙发上坐了下来。沙发分明看得出岁月的痕迹,可是话说回来,这间屋子里的什么东西不是陈旧的呢?

拉莎递给玛雅一只镶着全家福的相框，照片已经褪了色，不知是岁月的还是日晒的缘故，应该是两者兼而有之吧。照片上有五个人。玛雅认出了西奥，另外两个小一点的男孩应该是他的弟弟。三个孩子后面是拉莎，那时候她看起来并不年轻许多，但是好幸福的样子。旁边是一个健壮结实的男子，留着大胡子，咧着嘴笑得很开心。

"这是哈维尔，"拉莎指着那个男人说，"西奥的爸爸。西奥死后两年，他就去世了。癌症，他们这样说，但是……"

哈维尔笑得很开心，是那种即使在照片上都会让你受到感染的笑容，那种你禁不住去想他的笑声会是什么样子的笑容。拉莎从玛雅手里接过照片，小心翼翼地摆回桌子上。

"哈维尔是从墨西哥来美国的，我是圣安东尼奥贫民家的孩子。我们相遇了……你不用听我讲这些。"

"不不，您继续。"

"没关系啦，"拉莎说，"我们最后到了费城，因为哈维尔的一个表亲给他找了一份园丁的工作，你知道，就是给富人家修剪草坪那类的事情。但是哈维尔——"她停住了，回忆让她微笑起来，"他聪明，野心勃勃，还真的是和蔼可亲。所有人都喜欢哈维尔，他就是这样一个人，你知道我的意思吗？一些人——他们本身就是奇迹，让人喜欢。我的哈维尔就是这样的人。"

玛雅对着照片点头说："我能看得出。"

"你能看出来,是不是?"她的笑容消失了,"不管怎么说,哈维尔给一些大家族做了不少的事情,包括洛克伍德家族。"

"就是那个校长家?"

"校长只是洛克伍德先生的表亲。洛克伍德先生是非常富有的商人。他大多数时间住在纽约,但在这里也有房产。他一头金色的头发,长长的下巴,看起来傲慢无比,其实心肠很好。他喜欢哈维尔,这两个男人有很多话说。有一天,哈维尔和他提到了西奥。"痛苦马上爬上了她的脸庞,"我们的西奥是个非常不一样的男孩子,他十分聪明,还很有运动天赋,就像别人说的那样,他非常全面。和其他的父母一样,我们希望他能有更好的生活。哈维尔想让西奥去个好一些的学校,他发现富兰克林倍德中学正在招收为数不多的普通家庭的孩子,为他们提供奖学金资助。你知道,他们为这些孩子提供经济支持,这样他们的生源就可以——"她用手势打个引号说,"'多样化'了。于是这位洛克伍德先生表示愿意帮忙。他和他的表亲,也就是那个校长谈了,接下来,你知道……你去过那个学校吗?"

"去过。"

"很离谱,是不是?"

"我想是的。"

"但是当西奥进入那个学校的时候,哈维尔高兴得不得了。而我呢,我有点担心西奥。来自我们这种家庭的人怎么能融入那个环境呢?就像是,我不知道,他们说潜水后上升水面太快的人怎么来着？减压病。我觉得都是一个道理，但是我什么都没说。我太愚蠢了，我也认为这是西奥的一个机会。你懂我的意思吗？"

"是的，当然。"

"一天早晨，哈维尔去上班了。"拉莎·莫拉合着双手，像一个绝望的祈祷者。玛雅估计她的手合得很紧。拉莎继续说，"我是夜班，所以我在家。门铃响了。"她的目光转向门口，"他们没有打电话，他们来按门铃。你知道，就像西奥是军人一样。来的是洛克伍德校长和学校的另一个官员，我不记得他的名字。他们就站在那里，我看着他们的脸。你以为我猜出来了，是不是？你以为我看见他们站在那里，眼帘低垂，表情悲伤，于是我马上明白了，然后一下子瘫倒在地上尖叫起来，'不，不！'但是这不是事实。我微笑着对他们说：'噢，真是一个惊喜。'我把他们让进房间里，问他们要不要咖啡，然后……"她几乎露出微笑，"你想听到更糟糕的事情吗？"

玛雅认为她已经听到了最糟糕的事情——还有什么比这更糟糕？——但是她还是点了点头。

"我后来发现他们竟然把对我说的话都录下来了，这也许是律师的建议或者什么。他们在给我讲述我儿子的尸体如何被保管员在地下室发现的过程时，一直用录音机录音。我那时不明白。'保管员？'我问。他们说了他的名字，仿佛这很重要似的。他们告诉我，西奥喝了太多的酒，这就像吸毒过量一样。

我说：'西奥不喝酒。'他们点着头，仿佛我说得很有道理。然后他们说，那些不知道自己在做什么的男孩子往往容易喝多，甚至会死去。他们说，一般来讲，出现这种情况时，喝多的孩子可以救过来，但是西奥迷迷糊糊进了地下室，直到第二天才有人看见他，那时候已经太晚了。"

与内维尔·洛克伍德对玛雅说的一样，几乎只字不差。

有点像是练习过、彩排过一样。

"进行解剖了吗？"玛雅问道。

"是的，哈维尔和我见到了验尸官。她是个好人。我们坐在她的办公室里，她告诉我们结论是酒精中毒。我估计那天晚上很多男孩子都喝醉了，那个派对开得失去了控制。但是，哈维尔就是不相信这一切。"

"他认为是怎么回事？"

"他也不知道，他觉得可能是有人给西奥施压。你知道，他新到这个学校，是个穷学生，也许是其他有钱的孩子强迫他，让他喝多了。哈维尔想强烈抗议学校对这件事做出的草率处理。"

"那么您呢？"

"我觉得那么做没有意义，"她显得精疲力竭，耸耸肩说，"即使事实是这样，也不能让西奥起死回生了，是不是？在这一带住的孩子常常受到各种各样的排挤。所以抗议有什么用呢？而且……我知道这样是错误的，但是还要考虑到钱。"

玛雅听懂了她的意思。"学校进行了经济补偿？"

"你看到照片里的另外两个孩子了吧？"她擦去眼角的泪水，挺起胸脯说，"一个是梅尔文，现在是斯坦福大学的教授；另一个是约翰尼，他在约翰斯·霍普金斯大学医学院。富兰克林倍德中学为两个孩子承担了教育费用，也给了哈维尔和我一笔钱，但是我们为孩子们存起来了。"

"莫拉太太，您还记得西奥在富兰克林倍德中学的室友吗？"

"你是说安德鲁·伯克特？"

"是的。"

"他应该是，应该是你小叔子。可怜的孩子。"

"这么说您记得他？"

"当然记得，他们都来参加西奥的葬礼了。所有这些帅气、富有的孩子，他们打扮着深色西装，打着学生领带，头发烫成了波浪。他们穿得几乎一个样，排着队说'节哀'，就像是一群有钱的机器人。但是安德鲁不一样。"

"怎么不一样？"

"他很伤心，真的很伤心。我不知道怎么说，可他不是仅仅流于形式。"

"他们关系密切吗？我是说安德鲁和西奥？"

"我认为是的。西奥说安德鲁是他最好的朋友。不久后安德鲁从船上落水了，我是说，我从报纸上看到那是个意外事故，但是我不相信。这个可怜的孩子失去了最好的朋友——然后他就从船上掉下去了？"她抬头看着玛雅，一条眉毛挑成拱形，"那不是意外，是不是？"

玛雅说："我觉得不是意外，不是。"

"哈维尔也怀疑不是。我们参加了安德鲁的葬礼，你知道吗？"

"不，我不知道。"

"我记得我对哈维尔说过，'安德鲁看起来为西奥感到那么伤心'，我怀疑是不是悲痛害死了他，你明白我的意思吗？就像说他太伤心了，以至于从船上跳下去了。"

玛雅点点头。

"但是哈维尔不相信。"

"他认为是怎么回事？"

拉莎低头看着自己合着的双手说："哈维尔对我说，'悲痛不会让男人这么做，而负罪感却能'。"

沉默。

"你看，哈维尔就是不能接受已经发生的事。那个和解，他说是用血换来的。我倒不这样想，就像我说的，可能是这些有钱的孩子怂恿西奥喝得多了点。但是，我想说的是，我认为哈维尔那么愤怒的原因是他在怪自己。是他硬让西奥去了一个不属于他的学校。上帝啊，我也因此而怪哈维尔。我想尽力掩饰，但是我觉得哈维尔能从我的脸上看出我的怪罪。他害了病，在我照顾他时,就在他躺在床上抓着我的手死去的时候,他都能看出来。哈维尔从我的脸上能看出怪罪——他最后看到的可能就是这个。"

她抬起头,用食指擦去了泪珠。

"也许哈维尔是对的,也许不是悲痛杀了安德鲁·伯克特,而是负罪感杀了他。"

她们在那里坐了一会儿。玛雅握住了拉莎的手。这不是她的风格,不是玛雅经常使用的肢体语言,然而现在只有这样才感觉合适。

又过了一会儿,拉莎说:"你的丈夫几个星期前遇害了。"

"是的。"

"现在你到了这里。"

玛雅点点头。

"这不是巧合,是不是?"

"不是,"玛雅说,"不是巧合。"

"是谁杀了我的儿子,伯克特太太?谁杀了我的西奥?"

玛雅告诉拉莎,她也不知道。

但是玛雅开始觉得她知道了。

26

玛雅回到车上,盯着车窗出了一会儿神。她很想趴在方向盘上大哭一场,但是没有这个时间。她看了一眼手机,又有黑流苏的未两个接来电。他们一定是急得不行了。玛雅决定打破约定。她回拨过去,要求露露接电话。

"我能帮您做什么?"露露问。

"别弄得神经兮兮的了。我在费城。"

"我们有一个最好的姑娘今天病了,于是你有了一个今晚跳舞的机会。如果你想要这份工作,你就尽快来。"

玛雅强忍住没翻眼珠。"我马上去。"

玛雅拿出手机,用谷歌搜索克里斯托弗·斯温,足球队的另一个队长。他那天晚上也在游艇上。他在曼哈顿的斯温房地产公司工作,这个家族在纽约的五个区里都有规模庞大的控股项目。太棒了,又有富家少爷供她打交道了。她在富兰克林倍德中学的校友网页上找到他的电子邮箱地址,给他发了一条很短的信息：

我是玛雅·伯克特。我的丈夫是乔。我有急事想和你谈谈,请你尽快联系我。

她把自己所有的联系方式都写上了。

两个小时后,玛雅把车开到黑流苏,停在了员工停车场。她正要下车,副驾驶的门打开了。科里弯着腰溜了进来。

"开车。"他小声说。

玛雅没有犹豫,立即倒车,很快开出了停车场。

上路后,她问道:"出了什么事?"

"我们要走一趟。"

"去哪里?"

科里给了她一个利文斯顿的地址,在10号公路旁。

"利文斯顿,"玛雅说,"我想是和汤姆·道格拉斯有关吧?"

科里一直回头看着后面。

"没有人跟踪。"她说。

"你确定吗?"

"是的。"

"我必须离开这里,我不想让别人知道。"

玛雅没问原因,这不关她的事。"我们现在去的是什么地方?"

"我一直在追踪汤姆·道格拉斯的电子邮件。"

"你亲自追踪？"

玛雅用余光看到了他的笑容。科里说："你大概是以为我有一个很大的团队。"

"我知道你有很多……说'追随者'还不够确切，他们简直是崇拜你。"

"慢慢地他们就该不崇拜了。我不能信任他们。我是这份事业中最具坚守精神的人，其他人很容易分散注意力。记得'科尼2012'事件吗？是的，那就是我自己搞定的。"

玛雅想把他引回正题。"你刚才说你在追查汤姆·道格拉斯的电子邮件？"

"对。他还在用美国在线，你相信吗？这个家伙比那些老掉牙的家伙还要慢四拍。他不大用电子邮箱，而在过去的一个月里他没有读过邮件，也没有写过邮件。"

玛雅向右打方向盘，开到了高速公路上。"正好是他妻子说他失踪了的这段时间。"

"完全正确。今天早些时候，道格拉斯收到一封来自朱利安·罗宾斯坦的邮件，要求他缴费。我从他的邮件里看到，这位罗宾斯坦把利文斯顿一家汽车修理厂后面的仓库租给了道格拉斯。"

"汽车修理厂？"

"我猜是这样。"

"在那种地方租仓库干什么?"玛雅说。

"不用信用卡付费,没有书面文件,什么都没有。道格拉斯付现金给那家伙。"

尽量不留痕迹,玛雅心想。

"我估计是道格拉斯没有支付最近的一笔租金,"科里说,"所以朱利安·罗宾斯坦发了一封邮件来提醒他。语气很友好,就是'嘿,汤姆,好久不见,你拖后喽'这样的话。"

玛雅握着方向盘的手有点发紧。听起来似乎有点什么猫儿腻。"你有什么打算?"

科里拎起了一只健身包。"两副滑雪面罩,两支手电筒,还有一把切割链条的钳子。"

"我们可以请他妻子允许我们进仓库。"

"不知道她是否有权利这么做。"科里说,"还有,如果她不同意怎么办?"

他说得有道理。

"还有一件事,玛雅。"

她不喜欢他的语气。

"我没有对你撒谎。但是你要理解,我不得不检验你是否靠得住。"

"啊哈。"玛雅说。

他们在一个红灯前停住了。玛雅转身看着他,等着他说下去。

"我没有把一切都告诉你。"

"那就现在告诉我。"玛雅说。

"你姐姐。"

"她怎么了？"

"她交给我的有关 EAC 制药的材料比我告诉你的要多。"

玛雅点点头。"哦，我估计是这样的。"

"你怎么猜到的？"

和他也没有必要什么都说。"你知道伯克特家族从事非法的生意，但是不清楚具体情况，这是你最初说的。后来你又提到了 EAC 制药，我估计我姐姐一定给你提供了很多信息。"

"是的。但是她提供的信息还是不够。我们当然可以把我们已知道的情况放出风去，但是如果那么做，就会给他们留出清理罪证的时间。要亮牌还太早，我们需要更多的证据。"

"所以克莱儿就继续进行调查？"

"是的。"

"然后她发现了汤姆·道格拉斯？"

"对。只是克莱儿说，道格拉斯和 EAC 制药没有关系，他和其他事情有关，更严重的事情。"

绿灯亮了，玛雅踩下油门。"克莱儿被杀后，你为何不马上曝光她给你的信息？"

"就像我说的那样，证据真的不足。而且，我想弄清楚汤姆·道格拉斯和这些事有什么关系。实话实说，我觉得克莱儿对他的事比对假药还要关注。如果我们把知道的东西曝光，我担心他们会掩盖事实。我想找出更多的真相。"

"因为克莱儿死了，"玛雅说，"所以你就接着让我来调查真相？"

他没有反驳。

"你还真了不起，科里。"

"我确实操纵了这一切，我承认。"

"'操纵'这个词实在是美化你的所作所为了。"

"我是为了正义的事业。"

"是啊，不过你为什么现在告诉我这些？"

"有人吃他们的假药后死了，是印度一个3岁的男孩儿。他因为感染而发烧，于是医生给他用了EAC制药的阿莫西林。这个药没有任何作用。等到医生换其他抗生素的时候，已经太晚了，那个男孩儿陷入昏迷，然后死亡了。"

"真可怕，"玛雅说，"你是怎么发现这事的？"

"有人在那所医院，一位匿名的医生想把这件事公之于众。他手里有具体的治疗档案，有录音和录像资料，甚至还保留了一些组织样本。这些和克莱儿调查的内容加在一起……还是不够，玛雅。伯克特家族会把责任推卸给印度的药品公司，他们会躲在花高价请来的那些搅浑水的律师背后。也许他们会受到一点冲击，可能损失几百万甚至几千万，但是……"

"你认为汤姆·道格拉斯有可能成为给他们致命一击的

克星？"

"我是这么想的，"他现在的语气轻快了一些，"克莱儿也这么想。"

"你似乎很享受这样的前景。"玛雅说。

"你不也在你的战斗中获得过享受吗？"

她没有回答。

"这不意味着我会大意轻敌。不过说真的，我很兴奋。"

玛雅打开转向灯，向右转了弯。"你拿到我的直升机视频的时候也是这种感觉吗？很兴奋？"

"想听真话吗？是的。"

他们陷入了沉默。玛雅开车，科里来回调着收音机。大约半个小时后，他们开出了艾森豪威尔大路。导航说他们还有不到1英里的距离。

"玛雅？"

"嗯。"

"你和军队里的很多伙伴至今还是朋友，包括谢恩·泰西耶。"

"你也在监视我？"

"算是吧。"

"你什么意思，科里？"

"你这些朋友当中有人知道音频的内容吗？我是说——"

"我知道你的意思，"她打断他说，"没有人知道。"

科里还准备问下去，但是玛雅告诉他："我们到了。"

他们向左拐上了一条土路。玛雅开始扫视这片地带，想知道是否有监控摄像机。没发现。她把车停在了离汽车修理厂一个街区的地方。

科里把滑雪面罩递给她。玛雅摇摇头说："不戴面罩更好些。外面已经很黑了，我们是一对儿，到修理厂来开回我们的车，不小心错过了时间。"

"我需要特别小心。"他说。

"我知道。"

"我担心被人看到。"

"你脸上留着胡子，头上戴着棒球帽。你会没事的。拿着钳子，低下头。"

他看起来半信半疑。

"或者你在这儿等着，我自己去。"

她打开车门，下了车。科里很不情愿，可还是抓起钳子跟了出来。他们默不作声地向前走。天很暗了，但是玛雅没有打开手电筒。她一直在扫视周围。没有摄像机，没有保安，没有其他房子。

"有意思。"玛雅说。

"什么？"

"汤姆·道格拉斯居然选这么个地方租了仓库。"

"你这是什么意思？"

"就在这条街上有一家库伯斯玛特储藏公司,它的仓库和储藏设施都是面向社会租赁的。那里有监控摄像机,进出方便,但是汤姆·道格拉斯却选择了这里。"

"因为他是个老派的家伙。"

"也许吧,"玛雅说,"或者是因为他不想让别人知道。想想看,你黑进了他的信用卡系统,如果他用支票或者信用卡支付这个仓库的费用,你也许就会发现一些痕迹。很明显,他不想让这样的事情发生。"

朱利安·罗宾斯坦的汽车修理厂是一栋混凝土建筑,外墙是用泰孔德罗加彩铅笔的那种黄色粉刷的。两个库眼,门都关着。从远处玛雅就看见了车库门上的挂锁。如果有人剪过这里的草坪的话,那也是很久以前的事了。建筑物四周散放着生锈的汽车零件。玛雅和科里兜了一圈,向后面走去。一个报废汽车处理场挡住了他们的去路。玛雅看到了一辆20世纪90年代的白色奥兹莫比尔短剑·西拉轿车的残骸,她爸爸曾经驾驶过这种汽车。一时间玛雅回忆起了当时的场景:爸爸开着刚买的新车转过街角,他们都在等着他。爸爸按响喇叭,脸上带着开心的笑容。妈妈兴奋地坐进副驾驶的位子,克莱儿和玛雅钻进了后座。这不是一辆很炫的车,但是爸爸喜欢。可能是挺愚蠢吧,不过玛雅禁不住想到眼前这副残骸会不会就是让爸爸欣喜不已的那辆车。这辆破烂的汽车曾经也有过崭新的日子,人们带着兴奋、希望和期盼把它开出去,可现在却支离破碎地躺在

10号公路边上一家汽车修理厂的后院里。

"你没事吧？"科里问。

她没有回答，继续向前走。她打开了手电筒。院子有两三英亩的面积。右侧靠里的角落里有辆旧的雪佛兰货车。车后面是两间户外用品储藏间，就是人们在家得宝或者劳氏家具超市购买的那种小棚室，用来储存铁锹、草耙和其他园艺工具这类的东西。

玛雅用手电筒照了照。科里眯着眼睛看过后点了点头。他们没有说话，径直走向了小棚室，脚抬得很高，避开地上散落的轮毂盖、发动机零件和车门。

小棚室不大，大约4英尺高4英尺宽。玛雅知道这种东西的四壁用的是人造树脂或其他防风雨的耐用塑料材料，你自己用一个小时就能安装好。两个小棚室的门都用挂锁锁着。

他们继续行进，只剩下不到10米远的时候，玛雅和科里同时闻到一股气味。他们不由得停了下来。

科里看了看玛雅，露出一脸的恐惧。玛雅只是点点头。

"哦，不。"科里说。

科里想转身就跑。

"不要。"玛雅说。

科里停住了。

"我们跑了就更糟了。"她说。

"我们甚至不知道这是什么气味,也许是动物吧。"

"可能。"

"所以我们现在离开这儿吧。"

"你走吧,科里。"

"什么?"

"我不走,我要打开看看,我自己来承担后果。你不行,我明白,你已经被通缉了。所以你先离开,我不会告诉任何人你到过这里。"

"你怎么和他们说?"

"别担心,走吧。"

"我想知道你发现了什么。"

玛雅受够了他的啰唆。"那就先等一会儿再走。"

钳子切断了挂锁,就像温热的刀片切过黄油一样顺畅。门打开的瞬间,一条胳膊弹了出来。

"我的天啊。"科里惊叫。

气味让人窒息。科里退后一步开始干呕起来。玛雅站在原地没动。

身体的其他部分开始滑了出来。玛雅能看出尸体的状况很差,脸部正在腐烂。但是根据她看过的照片以及尸体的身材,还有灰色的头发,她断定这就是汤姆·道格拉斯。她走向那具尸体。

"你要干什么?"科里问道。

她懒得回答他。她不害怕尸体,也不是因为她见过太多,反正她见到尸体时已经没有了惊恐。她向尸体后面的小棚室看去,里面空空如也。

科里又开始干呕了。

"走吧。"玛雅说。

"你说什么?"

"如果你吐在这里,警察会发现的。离开这儿,马上。到公路上找个合适的地方。打电话让露露来接你。"

"把你留在这里我感觉不妥。"

"我没有危险,是你有危险。"

他向左看了一眼,又向右看了一眼。"你确定吗?"

"走吧。"

她走到另一个小棚室前,剪断挂锁,向里面看了看。

也是空的。

她向身后看去,见科里已经跑开挺远,正在跟跟跄跄地绕过汽车零件奔向出口。她等了一会儿,直到他完全消失。玛雅看了看表。她把钳子上的指纹抹掉,藏在了那辆白色奥兹莫比尔车里面。即使有人发现了它,也不能证明什么。为了保险起见,她又等了20分钟。

然后她拨了911。

27

玛雅编好了故事,并且一直没有改口:

"有人建议我来这里看一下。我到这儿的时候,挂锁已经被破坏掉了,有一条胳膊露在外面。于是我把门打开了,然后我拨打了911。"

警察问她得到了什么人的建议,玛雅说是个匿名者向她提供的这个建议。他们问她为什么对此感兴趣,玛雅回答这个问题的时候说了真话,因为反正他们从汤姆·道格拉斯的遗孀那里也会得知这些:她的姐姐克莱儿与汤姆·道格拉斯谈过话后不久就死了,玛雅想知道原因是什么。

问题以各种方式被反复提了出来。玛雅说她需要安排人去日托中心接女儿,警察允许了。她打电话给埃迪,快速地向他说明了情况。

"你没事吧?"埃迪问。

"没事。"

"这和克莱儿被杀有关,对不对?"

"毫无疑问。"

"我现在去接莉莉。"

在警察的监督下,玛雅用Skype网络电话打到日托中心,向他们解释今天是莉莉的姨夫埃迪去接孩子。凯蒂小姐不大接受这种方式。她用各种方式考察玛雅,并且用电话来验证确实是玛雅本人。玛雅喜欢在安全方面的这种过度的警惕。

几个小时后,玛雅终于不耐烦了。"你们要逮捕我吗?"

领头的那个头发卷曲、眼睫毛过密的埃塞克斯县警官支支吾吾地说:"我们可以因为你的擅自闯入而逮捕你。"

"请便吧,"玛雅说着伸出双手,两只手腕靠在了一起,"我真的要回去接女儿了。"

"你是这里的嫌疑人。"

"到底是为什么?"

"你认为会是为什么?当然是谋杀。"

"证据?"

"你今天怎么会来了这里?"

"我已经和你说过了。"

"你以前已经知道死者的妻子找不到他了,对吗?"

"正确。"

"然后你从一个神秘人那里得到建议,让你检查一下这间小棚室?"

"对。"

"那个神秘人是谁呢?"

"匿名的。"

"从电话方式?"卷毛问道。

"是的。"

"打的是家里的座机还是手机?"

"座机。"

"我们会调查你的电话记录。"

"随你们。但是现在已经很晚了。"她站了起来,"如果今天晚上就到这里——"

"等一等。"

她听出了这个声音,低声诅咒了一句。

纽约市警察局的罗杰·凯尔斯警官依旧一副穴居人的模样,甩着矮胖身体附带的两只胳膊,大踏步向他们走了过来。

"你是谁?"卷毛问。

凯尔斯出示警徽并报了姓名。"我负责调查斯坦恩女士的丈夫乔·伯克特被枪杀的案件。你们找出这个人的死亡原因了吗?"

卷发警惕地看了看玛雅,对凯尔斯说:"也许我们应该单独谈谈。"

"看来像是割断了咽喉。"玛雅说。他们两个都抬头看她。"嘿,我真的要走了,我是在为大家节省时间。"

凯尔斯做了个鬼脸，然后转头看着卷毛。

"咽喉部看起来有一处刀伤，"卷毛说，"我们知道的仅此而已。县里的验尸官明早交给我们尸检结果。"

凯尔斯拉过玛雅身边的椅子，把它转了一圈让椅背朝前，然后跨坐在了上面。玛雅看着他，想着卡洛琳说过的凯尔斯从伯克特家领钱的事。是真的吗？她有点怀疑。但是无论真假，在这个场合提起这事不是明智之举。

"我现在就可以给我的律师打电话，"玛雅说，"大家都知道你们没有足够的证据拘留我。"

"我们非常感谢你在这件事情上同我们进行的合作，"凯尔斯口气里没有一丝真诚，"但是你离开之前……呃，我认为在这件事情上我们的看法都错了。"

他等待着她的反应。

"我们——"她特意强调了这个词，"在什么事情上都看错了，警官？"

凯尔斯把双手放在椅子背的顶端。"你总是绊在死尸上，对不对？"

埃迪的话："死神在跟随着你，玛雅……"

"先是你的丈夫，现在是这个私家侦探。"

他对玛雅笑了一下。

"你想要说什么呢，凯尔斯警官？"

"我的意思是，首先，你和你的丈夫在公园里，后来他死了。

然后你来这里寻找什么，只有上帝知道，汤姆·道格拉斯又死了。这些事具有的一个共同特征是什么？"

"让我猜猜，"玛雅说，"是我吗？"

凯尔斯耸耸肩。"你不会没注意到这一点。"

"是的，不会没注意。那么你的理论是什么呢，警官？是我杀了他们两个？"

凯尔斯又耸耸肩。"这要问你自己了。"

玛雅举起双手，做出投降的姿势。"是啊，你把我逮着了。我猜，从尸体的情况来看，我是几个星期之前杀了汤姆·道格拉斯，把他的尸体塞进这个小棚室里，明显是做了些清理工作，然后仍旧跑到他妻子那里，为了奇怪的原因而寻找他，接着——这里帮我一下，凯尔斯——我又回来向警方透露尸体的位置，把自己卷进里面来？"

凯尔斯只是坐在那里。

"还有，是的，我能看出这件事和我丈夫被杀之间的联系，那就是我的愚蠢。我猜我蠢得在道格拉斯的谋杀现场流连忘返，因为这是我逃脱罪行的一种好办法，对不对？哦，关于乔，我甚至，哇，我可真棒，找到了别人用来杀害我姐姐的那支枪，虽然她死的时候我不在美国——然后用这支枪打死了我丈夫。是这样吗，凯尔斯警官？我有没有漏下什么？"

凯尔斯什么都没说。

"当你试图证明我犯了两起……或者，等一等，我是不是也杀了我姐姐呢?不,你告诉过我,我不可能这么做,因为那时我正在海外为国家效力……但是在我们证明这一切的时候,也许你也应该检讨一下你和伯克特家族之间的关系。"

这句话引起了凯尔斯的注意。"你在说什么?"

"不要紧,"玛雅站起身向门口走去,"听着,你们愿意怎么浪费时间就怎么浪费,我要去接女儿了。"

他们已经扣押了她的车。

"你们有扣押批准文件吗?"玛雅问。

卷毛把文件递给她。

"真有速度。"她说。

卷毛耸耸肩。

凯尔斯说:"我开车送你。"

"不用,谢谢。"

玛雅用手机订了一辆出租车,10分钟后车到了。她到家后又迅速开着另外一辆车——乔的车——向克莱儿和埃迪的家驶去。

她到达的时候埃迪在门口等着她。"怎么样?"

玛雅在门口给他讲了晚上的事情。在埃迪身后,她看见爱丽克丝正在和莉莉玩耍。她想到爱丽克丝和丹尼尔,多么好的孩子。玛雅是以成败论英雄的。如果你们的孩子很好,那么你们就可能是好父母。克莱儿算不算是合格的母亲呢?到头来,玛雅应该信任谁来抚养她的女儿呢？

"埃迪？"

"嗯？"

"有件事一直没和你说。"

埃迪看着她。

"你提到过费城的钟声。克莱儿去过那里的记录确实让我联想到了一件事情，安德鲁·伯克特曾在那里上学。"她把事情的原委同埃迪讲了一下。她甚至考虑是否再进一步，把监控器拍下乔的事也告诉他。但是此刻她看不出告诉埃迪有什么好处。

"那么，现在已经有三起谋杀案了。"埃迪听她讲完后说道，他是指克莱儿、乔和刚发现尸体的汤姆·道格拉斯，"其中唯一的联系，按照我的理解，就是安德鲁·伯克特。"

"是的。"玛雅说。

"很明显在船上发生了什么，是不是，玛雅？发生的事情很可怕，以至于这么多年以后，这件事还在让人们一个一个地死去。"

玛雅点点头。

"那天晚上都有谁在场？"埃迪问道，"什么人在船上？"

她想到了自己给克里斯托弗·斯温写的邮件，到目前还没有回信。"都是伯克特的家人和朋友。"

"伯克特家里有谁在船上？"埃迪问道。

"安德鲁、乔和卡洛琳。"

埃迪揉着下巴说:"其中的两个都死了。"

"是的。"

"那就是说还剩下……"

"卡洛琳那时还是个孩子,她能做什么?"玛雅向他身后看去,莉莉看来是困了,"已经很晚了,埃迪。"

"是的,好吧。"

"我要把你列在莉莉的接送名单里,"玛雅说,"不然托儿所下次就不会让你接她了。我们需要亲自去办理一下。"

"是的,那位凯蒂小姐已经和我说了。我们必须一起去一下,我还要照一张身份证明照片。"

"也许我们可以明天去,如果你有空的话。"

埃迪看看打着瞌睡同爱丽克丝玩游戏的莉莉,说:"没问题。"

"谢谢你,埃迪。"

三个人——埃迪、爱丽克丝和后来的丹尼尔——送玛雅和莉莉到了车上。莉莉不想走,可是她太累了,没有了耍两岁孩子脾气的力量。玛雅把她的安全带扣好的时候,她的眼睛已经闭上了。

回家的路上,玛雅尽力不去想与死亡有关的事情,可是说起来容易做起来难。埃迪说得对,现在发生的一切都和17年前游艇上发生的事有直接的联系。听起来仿佛没有可能,可是事实就是如此。她再次想求助于奥卡姆的剃刀法则，但是，也许最合适的原则是柯南道尔爵士通过他的主人公福尔摩斯所表达的："当你排除了所有的不可能后，剩下来的就一定是真相了，不论它是多么令人难以置信。"

人们常说我们无法埋葬过去。这样说也许是对的，但是人们其实是在说，我们经受过的创伤如水之涟漪，声之回响，绵延不绝，永不消失。玛雅自己所经历的也是一样，直升机的那次攻击造成的创伤大概会永远盘踞在她的心里。

追溯一下，在伯克特家族的这些事件中，最初的创口始于何时呢？

有人说是游艇上的那个夜晚。不对，那不是起点。

起点在哪里呢？

玛雅认为，可以追溯到富兰克林倍德中学的校园以及西奥·莫拉的死亡。

玛雅到家了。房子里一派惊人的孤寂。一般来说，她喜欢这样的感受，觉得它是对心灵的一种慰藉。然而今天不一样。玛雅给莉莉洗澡，换衣服，孩子东倒西歪，已经进入了睡眠状态。玛雅希望莉莉此刻能醒来，与她共同度过一段欢乐的时光。但是事与愿违，莉莉的眼睛一直睁不开。玛雅把她抱到床上，盖好了被子。

"嘿，宝贝儿，要不要听故事？"

玛雅的声音里充满了渴望，可是莉莉动都不动。

她站在床边看着女儿，陷入了一种美妙的宁静。她愿意待在这里，在这个房间里，和女儿在一起。这种欲望是源自一个勇敢无畏的哨兵还是一个害怕独处的妈妈，玛雅说不清楚。这重要吗？她拉过一把椅子，坐在门口的梳妆台旁，盯着莉莉看了很久。五味杂陈的感觉犹如奔涌到岸边又被击得粉碎的浪花。玛雅不去限制奔腾的情感，也不对之做出价值判断，她就是让自己的情绪不受阻碍地随意流淌。

她感受到了奇异的平静。

没有理由去睡觉。一睡觉那些声响就会大行其道，玛雅知道。就让它们先到一边待着去。她就坐在这儿看着莉莉。

玛雅不知道过了多久，也许一个小时，也许两个小时。她不愿意离开这个房间，一分一秒都不愿意。但是她需要去拿笔和纸。她迅速起身，害怕女儿离开自己的视线，哪怕是几分钟。再次回到女儿的房间后，玛雅仍然坐到了靠门的位子上。她开始写信。手上拿着笔的感觉有点怪怪的，她已经很少用笔写东西了。现在谁还动笔呢？只要在笔记本电脑上写好邮件，然后按一下发送键就可以了。

但是今晚不同，今晚不写邮件。

就要写完信的时候，她的手机振动起来了。玛雅看了一眼来电号码，是乔的妹妹卡洛琳。她赶紧接起了电话。

"卡洛琳？"

电话那一端的声音轻得如同耳语："我看见他了，玛雅。"

玛雅感觉浑身的血都凝固了。

"他回来了,我不知道怎么回来的。他说他马上会见到你。"

"卡洛琳,你在哪里?"

"我不能和你说。不要告诉任何人我给你打过电话,求你了。"

"卡洛琳——"

电话嘟的一声挂断了。玛雅拨打了这个号码,已经转成了语音留言。她没有必要留言。

深呼吸。吸入,呼出。收紧,放松……

她不会害怕的,再也不会了,就这么简单。她坐下来理性地分析这个电话。很久以来的第一次,一切都变得清晰起来。

但是这种清晰的状态没有保持多久。

早上,玛雅听见自家的车道上有停车的动静。

卡洛琳的声音响了起来:"他说他马上会见到你……"

她迅速来到窗口,准备见到……

到底准备见到什么呢?

两辆车停在车道上。罗杰·凯尔斯从没有标志的警车上走下来。卷毛从他的埃塞克斯县警察局的巡逻车上跨了出来。

玛雅离开了窗户。她又看了一眼女儿,然后走下了楼梯。疲惫开始挑战她的极限,但是玛雅努力去战胜它。结局已经出现在视野之中了,也许还有一段距离,但是毕竟已看得清楚了。

她不想让他们按门铃吵醒莉莉。于是在他们走到门口的时候,她主动打开了房门。

"怎么了?"她语气中的不耐烦多过了询问。

"我们有了一些发现。"凯尔斯说。

"什么发现?"

"你必须和我们走一趟。"

28

凯蒂小姐有礼貌地保持着明媚的微笑,尽管她认出了在玛雅第一次造访时就伴随而来的这辆没有标志的警车。还没等玛雅开口,凯蒂小姐就举起手做出制止的姿势。

"不用解释。"

"谢谢。"

因为已经熟络了,莉莉毫不迟疑地跑到了凯蒂小姐身边。凯蒂小姐打开了那个阳光灿烂的黄色房间的门,欢乐的笑声似乎要淹没她的女儿。莉莉甚至连回头看一眼妈妈的意思都没有,瞬间就消失在了房间里。

"她是个好孩子。"凯蒂小姐说。

"谢谢你。"

玛雅把车留在日托中心的停车场,上了凯尔斯的车。凯尔斯在路上想和她说话,但是玛雅没有接茬儿。他们在沉默中向纽瓦克开去。半个小时后,玛雅被带到了县警察局一间典型的审讯室里。桌上的小型三脚架上安放着摄像机。卷毛调整好镜头对着她,然后打开了开关。他问她是否愿意回答问题。她回答是。他让她在一张纸上签字,证明意愿。她照做了。

凯尔斯的手很大,关节处的毛发很重。他把手放在桌子上,然后绽露了一个"放松,没问题"的微笑。玛雅没理他。

"你不介意我们开始提出问题吧?"他问道。

"介意。"

"你说什么?"

"你说你有了新的发现。"玛雅说。

"没错。"

"那为何不从你的新发现说起呢?"

"先忍一忍,好吗?"

玛雅没说话。

"在你的丈夫被枪杀之后,你指认了两个人,声称他们对你和你的丈夫实施抢劫,是吗?"

"声称?"

"只是一种术语,伯克特夫人。你介意我称呼你为伯克特夫人吗?"

"不介意。你的问题是?"

"我们找到了符合你的描述的两个人,埃米利奥·罗德里戈和弗雷德·凯特恩。我们让你进行指认,你也做了最大的努力。但是根据你的证词,他们当时戴着滑雪面罩。你知道,我们无法拘留他们,虽然我们可以指控埃米利奥·罗德里戈非法携带了枪支。"

"没错。"

"在你丈夫被杀之前,你认识埃米利奥·罗德里戈或者是弗雷德·凯特恩吗?"

噢,他问这个是什么意思?"不认识。"

"你以前从未见过他们?"

她看了看卷毛。他一动不动,就像一尊雕像。然后她又转头看着凯尔斯,答道:"从未见过。"

"你肯定吗?"

"是的。"

"因为有这样一个推理,认为那不是一次抢劫,伯克特夫人。有可能是你雇佣他们杀害了你的丈夫。"

玛雅又一次看看卷毛,然后看着凯尔斯。

"你知道这不是事实,凯尔斯警官。"

"哦?我怎么会知道?"

"有两种途径可以知道。第一种,如果是我雇佣了埃米利奥·罗德里戈和弗雷德·凯特恩,我是不会向警察指认他们的,不是吗?"

"也许你想出卖他们。"

"听起来对我来说风险太大了,你不觉得吗?按照我的理解,你找到这两个人的唯一途径是我的证词。如果我什么都不说，你永远不会去追查他们。那我又为何要指认他们呢？难道保持沉默不是对我最为有利吗？"

他没有回答。

"如果出于某种原因，"她继续说道，"你确实认为我，怎么着，雇佣了他们并且设好了局，为何我又要说他们戴着滑雪面罩呢？难道我不应该直接辨认出他们，让你可以逮捕他们吗？"

凯尔斯张开嘴巴，但是玛雅学着凯蒂小姐的样子，用手势制止了他。

"别给我任何胡说八道的解释，我们都知道这不是让我来这里的原因。别问我为什么知道，我们是在纽瓦克，而不是在纽约。我们在卷毛的辖区——对不起，我不记得你的名字。"

"埃塞克斯县警官德米特里厄斯·马诺利斯。"

"太棒了，你介意我继续用卷毛称呼你吗？我们都不要浪费彼此的时间了，好不好？如果让我来警察局是为了乔的谋杀案，那么应该去的是中央公园辖区，凯尔斯警官。但是，我们现在是在纽瓦克，这里是埃塞克斯县，是新泽西利文斯顿市的辖区，是昨晚确认了汤姆·道格拉斯被杀现场的地方。"

"不是确认了杀人现场，"凯尔斯说，试图夺回他的主动权，"而是发现了尸体，是被你发现的。"

"是的，这不是什么新闻，对不对？"

她停下来等待着。

"不是的,"凯尔斯终于说,"不是新闻。"

"太棒了,而且我也没有被逮捕,是不是?"

"没有,你没有被逮捕。"

"那就不要兜圈子了,警官。告诉我你们究竟发现了什么,让我一大早坐到了这里。"

凯尔斯看了看卷毛。卷毛点了点头。

"请看你右侧的屏幕。"

墙上挂着一台平板电视。卷毛拿起遥控器打开开关,屏幕上出现了画面。这是一个加油站的闭路监控摄像头拍摄的。画面上可以看到加油泵,背景是街道和交通信号灯。玛雅说不清这个加油站的具体位置,但是她料到了视频里会出现什么。她瞥了一眼凯尔斯,他正在盯着看她的反应。

"停,"卷毛说,"就是这里。"

他按下了暂停键,然后放大画面。玛雅看见她的车车头向右停在红灯前。镜头逐渐聚焦到了车的尾部。"我们只能分辨出前两个字母,不过和你的车牌是一样的。这是你的车吗,伯克特夫人?"

她可以说那可能是和她的车牌前两个字母相同的其他宝马车,但是有什么意义呢?"看起来像。"

凯尔斯向卷毛点点头,卷毛按下遥控器的键子,镜头移向了副驾驶一侧的窗玻璃。所有的目光都投向了玛雅。

"副驾驶座位上的男人是谁?"凯尔斯问道。

车窗玻璃的反光很厉害,所以除了一顶棒球帽和毫无疑问那是一个人之外,其他都看不清楚。

玛雅没有回答。

"伯克特夫人?"

她保持沉默。

"你对我们说过,你昨晚发现道格拉斯先生的尸体时是一个人,是这样吗?"

玛雅看着屏幕说:"我看不出和我的说法有什么矛盾。"

"很明显,你不是一个人。"

"这里的画面明显不是我发现尸体的那个汽车修理厂。"

"你是说这个男人——"

"你确定是个男人吗?"

"你说什么?"

"我看到的是一个人影和一顶棒球帽。女人也戴棒球帽。"

"这是谁,伯克特夫人?"

她现在还不想告诉他们科里·鲁津斯基的事情。她同意随他们到这里来,是想知道他们究竟发现了什么,现在她明白了是这么一回事。于是她问道:"我被逮捕了吗?"

"没有。"

"那么我想我该走了。"

凯尔斯咧着嘴对她笑了笑。她不喜欢他的笑容。"玛雅?"

不再是伯克特夫人了。

"这不是我们带你来这儿的原因。"

玛雅一动没动。

"我们和道格拉斯太太谈过了,那个寡妇。她和我们说了你去拜访过她。"

"这不是秘密,昨晚我跟你说过了。"

"你是说过了。道格拉斯太太告诉我们,你去找她是因为你认为你姐姐克莱儿曾经和她的丈夫接触过,是这样吗?"

玛雅觉得没有必要否认。"这些我也跟你说了。"

凯尔斯歪着脑袋说:"你怎么知道你姐姐曾经拜访过汤姆·道格拉斯?"

她不想回答这个问题。凯尔斯明显已经预料到了她的反应。"还是从一个神秘人那里得到了一个匿名信息吗?"

玛雅没有回答。

"所以,如果我说对了的话,那么你是从一个神秘人那里知道克莱儿找过汤姆·道格拉斯,然后你又从一个神秘人那里得知了有关汤姆·道格拉斯这间仓库的事情。告诉我,玛雅,你自己验证过这个人为你提供的这些信息吗?"

"你什么意思?"

"你是根据什么认为这个神秘人说的都是事实呢?"

她做了一个鬼脸。"嗯,我知道克莱儿确实拜访过汤姆·道格拉斯。"

"是吗?"

玛雅觉得脖子后面有点发凉。

"我认同汤姆·道格拉斯确实是在这间小棚室里——说明他提供的信息是真实的——这个神秘人有点挖坑让你往里跳的意思,你不觉得吗?"

凯尔斯说着,又起身走到了屏幕前。"我猜猜看,"他指着戴着棒球帽的人影说,"他就是给你提供情报的神秘人?"

玛雅没说什么。

"我认为这个男人——我们假设这是个男人,我想我看到了他脸上的胡子——就是那个把你指引到仓库的人。"

玛雅双手合十,放在桌子上。"如果真是这样呢?"

"很明显他在你的车上,是不是?"

"是又如何?"

凯尔斯走回来,把拳头放在桌子上,身体朝她倾斜过来。"我们在你的车后备箱里发现了血迹,伯克特夫人。"

玛雅一动没动。

"AB 型血,同汤姆·道格拉斯的血型一致。你不想告诉我们车上怎么会有这种血迹吗?"

29

他们目前只掌握了血型,可还没有DNA检测报告证明后备箱里的血迹就是属于汤姆·道格拉斯的。所以他们还不能拘捕她。

但是已经很接近了。时间非常紧张。

凯尔斯主动要求送她回家,这次她接受了。在前10分钟里,他们一直没有说话,最后凯尔斯打破了沉默。

"玛雅?"

她的目光望着窗外。她一路都在琢磨科里·鲁津斯基。从某种意义上说,科里是造成这一切的始作俑者,是科里曝光了直升机的作战视频,让她陷入了困境。当然她也可以追溯得更远,责怪自己在那次作战中的失误,甚至归咎于她当初入伍的选择。但是事实上,肢解了她的事业并导致克莱儿和乔的死亡的,就是科里曝光的那段该死的视频。

是爆料大王科里耍了她吗?

玛雅太急于让科里相信自己,以至于她忘记了,信任这样一个一心想毁掉她的人也许是很不明智的。她在脑海里琢磨着科里说过的话。科里说是克莱儿找的他,她通过网站联系到了他。玛雅相信了他的说法。这是事实吗?再思考一下。如果克莱儿主动联系科里,想阻止他曝光音频,这倒是合情合理的。可是,如果是科里主动联系克莱儿,用手里掌握的音频去操控或勒索她,逼她去了解伯克特家族和EAC制药的内幕,这样说也是合理的,甚至可以说是更合理的。

科里是否也操纵了玛雅呢?

他是不是更进一步地操纵了她,让她来充当汤姆·道格拉斯凶杀案的替罪羊呢?

"玛雅?"凯尔斯又喊了她一次。

"什么事?"

"你从第一天开始就对我撒谎了。"

够了,玛雅心想,该是对他进行反击的时候了。"卡洛琳·伯克特告诉我,你一直在收取伯克特家族的贿赂。"

凯尔斯几乎都要笑出声了。"说谎。"

"是吗?"

"是的。我不知道是卡洛琳·伯克特和你撒了谎——"他瞄了玛雅一眼,又重新注视着路面说,"还是你在撒谎,好转移我的视线。"

"这辆车里不存在什么信任,是不是?"

"不存在,"凯尔斯赞同道,"但是你的时间不多了,玛雅。谎言没有止境,你可以尽力地自圆其说,但是它总是能找到一个豁口露出马脚。"

玛雅点点头。"很有哲理,凯尔斯。"

听她这么说,他呵呵笑了。"有点过分了,对不对?"

他们把车开进了玛雅家的车道。玛雅伸手去开车门,但是车门锁着。她转脸看凯尔斯。

"我想知道答案,"凯尔斯说,"我希望最后证明你是清白的,但是如果和你有关……"

她等着开锁。听到车锁打开的声音,她拉开车门,一句再见或者感谢都没有说就离开了。进屋后她确认锁上了房门,便走向了漆黑的楼梯井。

地下室起初的时候是升级版的"男人乐园"——三台平板电视、一间橡木酒吧、一只酒柜、一张台球桌、两部弹球机——但是乔后来逐渐把这里改装成了莉莉的游戏室。深色的木质嵌板拆掉了,墙刷成亮白色。乔找来了各种真人大小的粘贴画,从维尼熊到麦德林,墙上贴得到处都是。他的橡木酒吧还在,虽然他说过把它也挪走,而玛雅并不介意有这么个酒吧。在地下室离门较远的角落里是一个室内玩具屋,这是乔在17号公路附近的玩具反斗城买的。这个玩具屋以"要塞"为主题(乔说这体现了"男性化"),带着一个小厨房(乔说这是"女性化"的,但是男人的生存本能也要求有厨房),还有一个会发出声响的门铃和带着百叶窗的窗户。

玛雅的目的地是枪械保险柜。她回头查看地下室的楼梯，虽然她知道这里只有她一个人。然后，她把指尖放在指纹识别区的玻璃上。这个保险柜可以储存32个指纹，但是只有她和乔两人的指纹输入在里面。她曾经想过也把谢恩的指纹录入进去，以防万一他需要这里的武器，或者她由于某些原因需要他从里面拿出武器，但是还没来得及这么做。

咔嗒两声，说明指纹已被识别，保险柜打开了。玛雅扭开把手，拉开了金属门。

她取出了格洛克26手枪，并且为了让自己心安，她又检查了一下。其他的枪还在原处——没人来过这里，没人开过保险箱，没人拿走枪。

不，她不相信乔还活着。但是事情到了这一步，只有一个固执的疯子才会拒绝面对各种各样的可能性。

她把武器一件一件地拿出来，然后拆开它们，彻底地擦拭了一遍，虽然她前不久已经这么做了一次。她总是如此，每次拿起枪，都会重新检查并且擦拭一遍。也许正因为对武器爱惜至此，才使得她化险为夷，大难不死。

或者是，才使得她屡陷险境，大难临头。

她闭上了眼睛。人生有太多令人抓狂的假设，有太多影响命运的瞬间。一切是从富兰克林倍德中学开始的吗？或者是从游艇上开始的？是否这一切在当年就已经结束了？或者是她在阿布凯马勒上空的作战行动用某种方式重新唤出了一切？唤醒这些恶魔是科里的错吗？是克莱儿的错吗？是那段被曝光的视频的错吗？还是汤姆·道格拉斯的错？

或者，是打开了这个该死的保险柜的错？

玛雅不明白。她觉得自己也不在乎。

枪支都摆在了明面上。她曾经展示给罗杰·凯尔斯的这些枪都是在新泽西州注册过的合法武器。它们都堂而皇之地摆在这里。玛雅把手向里伸，找到那个机关后按了下去。

秘密的夹层。

她不禁想起了放在克莱儿家的奶奶的那只木箱。几代前的基辅人是如何想到在伪装的壁面后边设置暗格的呢？玛雅发扬了家族的这个传统。

玛雅在夹层里放了两支枪。它们都不是在新泽西州买的，因此追查不到她的头上。这并不违法。两支枪都在。她以为会怎样呢？以为乔的魂灵跑来这里偷走了一支枪？见鬼，死魂灵没有指纹，是不是？即使乔的魂灵想打开保险柜也是枉然。

天啊，她觉得自己好有哲理。

手机铃声吓了她一跳，她看了一下来电号码，不熟悉。她按下接听键说："你好？"

"你是玛雅·伯克特吗？"

是一位男性，声音像美国国家公共广播电台的主持人一样流畅，但是明显夹杂着颤音。

"我是。你是哪位?"

"我叫克里斯托弗·斯温,你给我发过电子邮件。"

乔的中学足球队的另一个队长。"是的,谢谢你给我回电话。"

沉默。她甚至怀疑对方挂断了电话。

"我是想问你几个问题。"她说。

"有关什么的问题?"

"关于我丈夫,还有他的弟弟安德鲁。"

又是沉默。

"斯温先生?"

"乔死了,对不对?"

"是的。"

"谁还知道你联系了我?"

"没人知道。"

"真的吗?"

玛雅感觉自己拿着电话的手攥紧了。"是的。"

"那我就和你谈谈,但是不在电话里谈。"

"告诉我去哪里。"

他给她一个康涅狄格州的地址。

"我两个小时内到达。"她说。

"不要告诉任何人你来找我。如果你和别人一起来,他们不会让你进来的。"

斯温挂断了电话。

他们？

她检查了一下，确保格洛克手枪上了膛，打开了保险。她戴着皮质的腰带式枪套，可以把格洛克藏在衣服里面，尤其是她穿着松紧带牛仔裤和黑色运动衣的时候更具隐蔽性。玛雅喜欢携带武器的感觉。按照一些人的看法，她不应该喜欢武器——这反映出具有暴力倾向，是错误的——然而沉甸甸的武器带给她一种原始的、天然的舒适。当然，这种感觉也可能是危险的。你会过于自信，会让自己陷入不应有的麻烦，嘿，仿佛你可以永远用枪杀出一条血路。你也许会觉得自己刀枪不入，变得太自大、太轻敌、太逞强。

持枪让你多了一份选择。然而，这并不总是一件好事。

玛雅把保姆监控器塞在了车后面。她不想让它出现在家里了。

她把克里斯托弗·斯温给她的地址输进手机导航，显示出在目前的交通状况下，她到达目的地需要 1 小时 36 分钟。开车时，她打开乔的节目播放单。仍然和以前一样，她不知道为什么要这样做。第一首歌是 Rhye 乐队的《敞开心扉》，第一句歌词火辣而低沉：你的腿轻轻一颤，我的心立刻狂乱。但是从后来的几句歌词中，你能感受到情侣之间在激情过后产生了嫌隙：我知道你会消失，哦，但是留下来吧，不要对我视而不见。

在下一首歌里,拉普斯运用华美的嗓音唱道:已经过了好久,但是我仍觉得短暂。噢,这真是一语中的!

玛雅沉浸在音乐中,和着音响一起大声唱着,手指在方向盘上打着节拍。在现实的生活里,不论在直升机上,在中东,还是在家里,在任何地方,她都能严格控制住自己的情绪。但是现在不用那样,一个人在汽车里的时候不用控制自己。玛雅调大音量,放声歌唱。

感觉好得要死。

她开到达里恩城的时候,最后一首歌开始了。这是一首茧乐队的歌曲,余音绕梁,但是名字很奇怪,叫《寿司》。开头的歌词不经意地飘过来:在清晨,我要去墓地,看看你是否真的逝去……

她突然清醒起来。

有的时候,每一首歌都仿佛是为你而唱,不是吗?

有的时候,一首歌可能会直击你的心灵。

她沿着一条很窄但是很安静的街道开过去。道路两面是茂盛的树木。导航提示目的地就在这条街的尽头。这不奇怪,因为住宅区都在僻静的地方。在车道入口,有一个岗亭,门是关着的。玛雅停下了车,一个保安走了过来。

"我能为您做点什么?"

"我来这里见克里斯托弗·斯温。"

保安回到岗亭拿起了电话。过一会儿他挂断电话,走了出来。"开到探视者停车区,在右侧,有人会在那里接您。"

探视者?

玛雅开进车道时意识到这里不是住宅。那么是什么地方呢?树上安装着监控摄像机,一排排的灰色石砌建筑出现在眼前。幽静的环境、石砌的建筑和错落有致的院落布局,给人的总体感觉与富兰克林倍德中学挺相似。

探视者停车区里大约有 10 辆车。玛雅刚停好车,又一个保安开着高尔夫球车来到了旁边。玛雅迅速掏出手枪——在她印象中,这种地方肯定会有金属探测扫描装置——放进了前面的杂物箱里。

保安匆匆看了看她的车,然后请她坐在高尔夫球车的副驾驶座位上。玛雅照做了。

"我能看看您的证件吗?"

她把驾照递给他。他用手机拍了张照片,然后把驾照还给她。"斯温先生在布洛克赫斯特厅,我带您去那里。"

在车里,玛雅看到形色各异的人——大多数都是 20 多岁,有男性也有女性,都穿着白色衣服——非常古怪地挤在一堆或者是结伴匆匆走过。很多人——太多人都在吸烟。他们大都穿着牛仔裤、运动鞋、汗衫或者厚毛衣。这里很像是一所大学的校园,只不过喷泉的正中央立着一座雕像,似乎是圣母马利亚。

玛雅大声问出她一直在问自己的问题:"这是什么地方?"

保安指着圣母马利亚雕像说:"这里到 70 年代末还是一座

女修道院,不管您信不信。"

玛雅相信。

"那时候这里边都是修女。"

"这肯定不是玩笑,"玛雅说话的时候尽量不流露讽刺的意味,没有修女还叫什么女修道院?"那么现在这里是什么地方?"

他皱着眉说:"您不知道?"

"不知道。"

"您探访谁?"

"克里斯托弗·斯温。"

"我不应该多说。"

"求你告诉我吧,"她用他听着很受用的语气说,"我想知道我这是在什么地方。"

他叹了口气,做出思考的样子,然后说:"这是索雷马尼康复中心。"

"康复中心",这是对戒毒中心的隐晦称呼。已经说明一切了。真是讽刺——有钱人颠覆了发誓要追求神贫的修女们这块美丽幽静的圣地。不过仔细看看这处当今的瘾君子改过自新的地方,想想那追求神贫的誓言,也许它并不是讽刺,而是对金钱的罪过发出的一种控诉。

高尔夫球车在像是宿舍的一栋楼前停了下来。

"我们到了,穿过那边的门就是。"

另一个保安对她进行了检查,然后她果然需要穿过一道金属探测门。一位女士在对面微笑着等她,并且和她握了握手。

"你好,我是梅丽莎·李,是索雷马尼康复中心的顾问。"

"顾问。"又一个全能的隐晦用语。

"克里斯托弗让我带你去阳光大厅。我来给你引路。"

梅丽莎·李的鞋跟在空旷的走廊里嗒嗒作响。这个地方像修道院一样安静,除了这些鞋跟的声音。如果知道是这样——一定会知道,因为她们每天在这里工作——为什么还要选择这种鞋来破坏这里的宁静呢?是统一的服饰,还是故意如此?为什么不穿运动鞋或者别的什么鞋?

她现在为什么还要想这些无足轻重的事情?

克里斯托弗·斯温站在那里迎接她,就像是约会一样紧张。他穿着做工考究的黑色西装和白衬衫,打着黑色细条领带,留着一头滑板少年的挑染发式。他的长相很好,尽管沧桑了些,让他来到这个地方的原因也在他的脸上刻下了痕迹。他可能不喜欢目前的这种模样,也许已经使用了肉毒杆菌原液或填充剂,但是玛雅倒觉得这份沧桑给他原本优越的长相增添了一些特色。

"需要我给你拿点什么喝的吗?"梅丽莎·李问道。

玛雅摇摇头。

梅丽莎微微一笑,然后面对斯温用一种让人感动的关切语气说:"你确定我可以离开吗,克里斯托弗?"

"是的，"他的语气不是很坚决，"我觉得这对我来说是重要的一步。"

梅丽莎点点头。"我也这样认为。"

"那么我们就需要单独谈一谈。"

"我理解。我就在附近，万一你需要我，喊我一声就行。"

梅丽莎又对着玛雅微微一笑后离开了，随手关上了房门。

"哇，"当没有其他人时，斯温说，"你真的好漂亮。"

玛雅不知道该怎么接话，于是没有回答。

他笑了，毫不掩饰地上下打量她。"你太迷人了，散发着那种不可亵玩焉的气质，仿佛是超脱一切而高高在上。"他摇摇头，"我敢打赌，乔一见你就无法抵御，是不是？"

现在不是假装生气来玩女权主义伎俩的时候。她需要他开口说话。"差不多吧，是的。"玛雅说。

"让我来猜一猜，乔先是和你说了一些漂亮的搭讪语，一些有趣却自嘲的、显示出脆弱内心的话，我说得对不对？"

"说得对。"

"他让你神魂颠倒，是不是？"

"是的。"

"哦，我的天，这个乔，他如果想表现，就能显得魅力超凡。"斯温再一次摇头，但是他的微笑逐渐退去，"这么说他真的死了？我是说乔。"

"是的。"

"我原来还不知道。这里不让看新闻,这是规定。不接触社交媒体,不接触网络,不接触外面的世界。我们可以每天查一次邮件,所以我看到了你的留言。我看到的时候……嗯,我的医生说我可以读一下相关的新闻报道。我必须说,乔的事让我很震惊。你想坐下来吗?"

这个阳光大厅明显是后建的。看来它很想和以前的建筑保持一致,但是并没有完全做到,给人一种生硬捏合的感觉。圆屋顶上镶着做旧的玻璃。周围有一些植物,但是数量明显少于一个叫作阳光大厅的地方应当达到的标准。两把皮椅子面对面摆在中间。玛雅在一把椅子上坐下来,斯温坐到了另一把椅子上。

"我不敢相信他已经死了。"

是的,玛雅暗想,她也总是不敢相信。

"你在场,对吗?他被枪击的时候?"

"是的。"玛雅说。

"新闻上说你逃脱了,没有受伤。"

"是的。"

"怎么做到的呢?"

"我跑掉了。"

斯温看着她,仿佛不完全相信她说的话。"你一定吓坏了。"

她没有说话。

"新闻报道说这件事是抢劫未遂造成的。"

"是的。"

"但是你我都知道这不是事实,对吗,玛雅?"他的一只手穿过了头发,"如果仅仅是抢劫,你是不会在这里出现的。"

他的方式开始让玛雅觉得焦虑。"就目前而言,"玛雅说,"我只想来弄清楚一些事情。"

"太不可思议了,"他说,"我仍然无法相信。"

斯温的脸上露出一丝奇怪的笑容。

"不相信什么?"

"不相信乔死了。很抱歉我一直重复这句话,只是他……我不知道这样说对不对,他是那么有生命力。这话有点陈腐,是不是?但是我们确实说乔就是生命的动力,你知道吗?他看起来那么强壮,那么有力,就像是失控的火苗,你永远无法将它熄灭。他身上有一种——我知道这样说很愚蠢——他身上有一种不死的东西……"

玛雅在座位上扭动了一下。"克里斯托弗?"

他在看着窗外。

"安德鲁落水那天晚上你在游艇上?"

他没有动。

"乔的弟弟安德鲁到底发生了什么?"

斯温使劲儿咽下口水。一滴泪涌出眼眶,顺着脸颊滑了下来。

"克里斯托弗?"

"我没看见,玛雅,我待在底舱。"

他的声音中带着一丝寒意。

"但是你知道内情。"

又一滴泪流了下来。

"请你告诉我,"玛雅说,"安德鲁真的是不慎跌进水里的吗?"

他的声音像是石头落入井底般。"我不知道,但是我认为不是。"

"究竟发生了什么?"

"我认为……"克里斯托弗·斯温做了一个深呼吸,聚集全部的决心,然后才继续说,"我认为是乔把他推进水里的。"

30

斯温坐在那里,双手紧紧抓着椅子的扶手。

"一切都是从西奥·莫拉来到富兰克林倍德中学开始的,或者说我只是从那时候才开始意识到问题。"

他们把椅子向对方挪了挪,几乎是促膝而谈。不知怎么,这间屋子似乎变冷了,他们必须彼此靠近一点才行。

"你可能知道那种老生常谈,说什么富人不喜欢穷人加入他们的精英团队,这样会玷污了他们。你甚至可以想象出富人家的孩子联合起来对付西奥的情景,是不是?其实不是这样的。"

"实际怎么样?"

"西奥很有趣,性格开朗,他没有却步,孤立自己,或者是向我们卑躬屈膝。他没做这种蠢事。他融入得很好,我们都喜欢他。在很多方面,他看起来和我们没有什么不同。我知道人们习惯于把富人定义成一种人,把穷人定义成另一种人,但是对于孩子们来讲——我们那时都是孩子,至少我认为我们都还是孩子——我们只想混在一起,有一种归属感。"

他抹了一下眼睛。

"而且西奥还是一个出色的足球队员。不仅仅是优秀,是出类拔萃,令人折服。我们那一年赢了所有的比赛,不光是预科学校之间的比赛,而且包括所有的公立和教会学校之间的州锦标赛。西奥是那么棒,他在任何位置都可以射门。也许这就是问题所在。"

"怎么说?"

"他对我不构成威胁,我踢中场。他对他的室友和最好的朋友安德鲁也不构成威胁,因为安德鲁是守门员。"

斯温停下了,看着玛雅。

"乔和西奥一样,也是前锋。"玛雅说。

斯温点点头。"我不是说乔公然对西奥表示了敌意,但是……我从一年级就认识乔,我们是一起长大的。我们共同担任足球队的队长。当你和一个人在一起久了,有时候你就能看到他的通常形象之外的其他表现。他的坏脾气有时会暴露出来,他的怒火一旦点燃是很可怕的。我们八年级的时候,乔用棒球棍把一个孩子打进了医院。我不记得什么原因了,我只记得是我们三个人把他从那个可怜的孩子旁边拖走的,那孩子的头骨都被打裂了。一年后,乔喜欢的女孩玛丽安·比福德约定和一个叫汤姆·门迪布鲁的男孩去参加舞会。离舞会还有两天的时候,实验室着了一场火,汤姆差点没烧死在里边。"

玛雅控制住自己的愤怒。"没有人举报他吗?"

"你那时候不认识乔的父亲,是吗?"

"不认识。"

"乔的父亲令人望而生畏。有传言说,他曾经有一些难缠的客户,他先是用钱打点,接着这个家族的一些不三不四的朋友就去拜访这些客户,要求他们保持沉默。同样,乔也擅长此道,他做事不留痕迹。我们刚才提到了他的魅力。他善于诚恳地忏悔,善于道歉,善于哄人,他富有而且强大。至于他的阴暗的一面,如果需要,他会把那一面隐藏得不露痕迹。我想再次提醒你,我认识他一辈子了,然而即使是我,也只是很少几次看到了他做那些坏事,但是只要我一看到……"。

眼泪又流了出来。

"你可能在猜想,我待在这种地方干什么。"他说。

玛雅已经猜出了斯温是个瘾君子,他是来这里戒毒的。还有什么别的可能性呢?她希望斯温继续讲他的故事,不过如果他想转变话题,打断他也许是错误的。

"我待在这里,"他说,"是因为乔。"

玛雅尽量不让自己的表情发生变化。

"我知道,我知道,我应该为我自己的命运负责。他们经常这样告诉我。是的,我试过各种各样让人上瘾的东西。我来这里是由于酗酒、吃药片、吸食可卡因……凡是你能想到的我都试过。但我以前不是这样的,在学校里,别人经常笑话我连一瓶啤酒都喝不下。我不喜欢那种味道。我上十二年级的时候试过一次大麻,那真让我恶心。"

"克里斯托弗?"

"嗯。"

"西奥是怎么回事?"

"开始是想搞个恶作剧。乔是这样和我们说的,我不知道是否应该相信他,但是……我那时候太软弱了。噢,我现在依然软弱。乔是我们的头儿,我只是唯他马首是瞻,安德鲁也是。其实有什么害处呢?只是小小地欺负别人一下。像富兰克林倍德中学这样的学校,这种事到处都是。于是那天晚上我们偷袭了西奥。你懂我的意思吗?我们来到了他的房间——我和乔,安德鲁本来就在房间里—— 我们袭击了他,并且把他抬到了楼下。"

他的眼睛看着别处,又是那种千码凝视。一种古怪的笑容爬上了他的脸庞。"你知道吗?"

"知道什么?"

"西奥并没怎么挣扎,他似乎明白这是恶作剧。他大呼小叫地表示不解和抗议,这也是为了配合这场恶作剧。他就是这么个聪明的孩子。我记得他一直笑着,知道吗?以为一切都没问题。我们把他弄进房间,扔在了椅子上。乔开始用绳子绑他,我们也都帮忙。大家都乐不可支,西奥则故意大喊救命。我记得我把一个结打得很松,乔走过来重新系紧了它。把西奥绑好后,乔拿出了一个漏斗。你知道的,就是那种倒酒用的漏斗。他把漏斗插进西奥的嘴里,我记得那时候西奥的眼神有了变化。就像,我不知道怎么说,就像是他才明白过来会发生什么。除了我们,另外两个人也在,拉里·瑞尔和尼尔·科恩菲尔德。我们都大声笑着,安德鲁开始往漏斗里倒啤酒。男孩们在一旁喊着'咕咚咕咚'。之后的一切就像是一场梦,一场噩梦。到现在我仍然不能相信发生的那一切。有时候乔还把啤酒换成烈酒往漏斗里倒。我记得安德鲁一直在说'等等,乔,不要……'"

他的声音慢慢消失了。

"后来发生了什么?"玛雅问,其实现在已经很清楚了。

"突然,西奥的腿扑腾起来,仿佛是癫痫发作了似的。"

克里斯托弗开始大哭起来。玛雅想伸出手放在他肩上,同时她也想一拳打在他脸上。于是她干脆坐在那里等待着。

"昨天之前,我没有把这件事告诉过任何人,没和任何人说过。但是接到你的电子邮件后……我的医生,她现在知道了一点内情。她觉得我应该和你谈谈。但是从那个晚上开始,我是说,从西奥那件事发生后,我就无法回到正常的生活中。我吓坏了,我知道如果我说了什么,乔就会杀了我。不仅是那时候,现在,即使是现在我依然觉得……"

玛雅鼓励他说下去。"那么你们,怎么着,把尸体丢到了地下室?"

"是乔干的。"

"但是你们也在场,是不是?"

斯温点点头。

"我怀疑乔一个人没法把他弄下去,不是吗?"

他摇摇头。

"谁帮了乔?"

"安德鲁,"斯温抬起头说,"乔让安德鲁帮他。"

"是不是这件事让安德鲁崩溃了?"

"我不知道,也许安德鲁无论如何都要崩溃的。安德鲁、我……我们从此再也无法和以前一样了。"

哈维尔·莫拉说得对。不是悲伤,是负罪感。

"后来怎么样了?"玛雅问道。

"你说我还能怎么样?"

他本来可以做很多。但是玛雅没必要在这里谴责或是饶恕他。她需要的只是信息,仅此而已。

"我只能保守秘密,不是吗?我必须绝口不提。我尽力回到正常的生活中,但是一切都不是原来的样子了。我的成绩下滑,我无法集中注意力。从那个时候我开始酗酒。是的,我知道这听着像是编出来的借口——"

"克里斯托弗?"

"嗯?"

"你们在六个星期后都集中到那艘游艇上了。"

他闭上了眼睛。

"发生了什么?"

"你认为会发生什么,玛雅?拜托,你已经知道了,所以请你来说吧,请你设法把事情穿起来。"

玛雅身体向前倾,说道:"就是说,你们都在那艘开往百慕大的游艇上。你们开始喝酒,也许你喝得更多。自从西奥死后大家是第一次聚在一起。安德鲁也在,他一直在治疗,但是没有效果。负罪感击垮了他,所以他已经下定了一个决心。我不确切知道,克里斯托弗,也许你可以告诉我,安德鲁威胁你们了吗?"

"不是威胁,"克里斯托弗说,"那不算是威胁,他只是……他只是恳求我们。他说他无法入睡,不能好好吃饭。天啊,他看起来糟透了。他说我们必须主动把西奥的事情说出来,因为他不知道他能把这个秘密保守多久。我那时候醉了,几乎不知道他在说什么。"

"然后呢?"

"然后安德鲁去了上层的甲板,不想和我们待在一起。几分钟后,乔跟了出去。"斯温耸耸肩说,"故事结束了。"

"你没和任何人说过?"

"从来没有。"

"另外两个呢?拉里·瑞尔和尼尔·科恩菲尔德……"

"尼尔一直想去耶鲁大学读书,后来他改变了主意,去了斯坦福大学。拉里去了海外的学校,我想可能是在巴黎。我们在恍惚中度过中学的最后一年,从此再没见过面。"

"你这么多年一直保守着这个秘密?"

斯温点点头。

"你为什么现在说出来?"玛雅问,"为什么现在说出了真相?"

"你知道为什么。"

"不,我不确定。"

"因为乔死了,"他说,"我终于觉得安全了。"

31

她走回探视者停车区时，克里斯托弗·斯温的话始终在耳边回响。

"因为乔死了……"

说来说去，又回到了保姆监控器的那个画面，不是吗？

现在必须做点逻辑分析了。关于监控视频里看到的内容，存在三个可能性：

第一，也是可能性最大的，是有人用图像处理软件炮制出了这段视频。这种技术是有的。她看过的那段视频很短，制作起来应该不难。

第二，几乎和第一种可能性同样大的，是玛雅凭空想象出了或是她的幻觉制造出了乔的形象。她的大脑也许是和她开了个玩笑，让她想象出乔还活着。艾琳送来了监控器，于是玛雅就认为自己看到了什么，随着镜头一点的变换，她的眼前出现了纯属想象的情景。加上她的创伤后压力心理障碍症、她服用的药物、她姐姐的遇害、她对姐姐的负疚心理、中央公园那晚的事件以及后来所有的一切……玛雅怎么能排除这样一种可能性呢？

第三，可能性最小的，是乔还活着。

如果是第二种可能性——一切都不过是她的想象——那就没什么可做的了。也有需要她做的，那就是面对并克服自己的症状。事实毕竟是事实，正视你存在幻觉的事实也许难以让你轻松，然而对于这个世界而言，这终究是多了一点点的公道。但是，如果是第一种可能性（假画面）或是第三种可能性（乔还活着），那就只能意味着一件事情：

有人在对她施展阴谋，非常恶毒的阴谋。

如果是第一种或者第三种可能性，还意味着另一件事情：伊莎贝拉在撒谎。她在监控器上看到了乔，她用胡椒喷雾器袭击了玛雅，她拿走了存储卡并躲藏了起来。伊莎贝拉这么做的原因很简单：她参与了这个阴谋。

玛雅上车发动引擎，又打开了歌曲播放单。梦龙乐队的歌声响起来了，告诉她"不要离得太近，那里面很黑，它是魔鬼藏身的地方"。

他们根本不懂什么是魔鬼。

玛雅点开了她放在赫克特车上的追踪器软件。首先，由于伊莎贝拉不是那种自主行动能力很强的人，所以说如果她参与了这件事，她的母亲罗莎肯定也参与了。罗莎那天夜里也在游艇上。伊莎贝拉的哥哥赫克特一定也是参与者。其次——嗬,她今天居然这样有条理——伊莎贝拉也可能去了很远的地方,但是玛雅认为她不会这么做。她就在附近。问题是怎么找到她。

玛雅从杂物箱里拿出手枪,又用手机查看了那只追踪器的定位信号,发现赫克特的皮卡目前停在了范伍德庄园的仆人居住区。玛雅点击了历史记录,查看近几天这辆车曾经去过的地方。他常去的地址只有一处与园丁的工作轨迹明显不符,这个地方在新泽西的帕特森镇。也可能是赫克特的朋友或是女朋友住在那里,但是感觉有点不对。

下一步怎么办?

即使是伊莎贝拉藏在那个地方,玛雅也不能现在就去敲门。她应该更多地掌握主动权。该是解决这个问题的时候了。差不多所有的答案她都找到了,现在需要找出余下不多的那些答案,然后一次性地结束这一切。

手机响了起来,是谢恩的来电号码。

"你好。"玛雅说。

"你都做了什么?"

他的语调让玛雅发冷。

"你在说什么?"

"凯尔斯警官。"谢恩说。

"他怎么了?"

"他知道了,玛雅。"

她没有说话。网越收越紧了。

"他知道了我为你做过弹道测试的事。"

"谢恩……"

"杀死克莱儿和乔的是同一支手枪,玛雅。怎么会是这样?"

"谢恩,听我说。你必须信任我,好吗?"

"你一直都这么说。'信任我',就像是一句咒语。"

"我是不该说这些,"没用,她想,现在和他解释不清楚,"我得走了。"

"玛雅?"

她挂断电话,闭上了眼睛。

就这样吧,她对自己说。

她在这条安静的公路上驱车前行,脑子里充斥着谢恩的电话、克里斯托弗·斯温讲述的情景以及各种复杂的情感和思绪。

看起来还要加上接下来发生的这一切。

一辆厢式货车从她的对面开了过来。双向只有两车道的道路有点窄,于是玛雅稍稍把方向盘向右打了一点,给迎面而来的货车让路。那辆货车驶近的时候,却突然向左一转,横在了她的前面。

玛雅猛踩刹车才没有撞到它上面。她的身体向前冲出去,又被安全带拽了回来。就像是一只遇险的壁虎,她本能的反应是:

遭到袭击了。

货车完全挡住了她的去路,玛雅连忙换挡倒车,却听见有人敲她的玻璃窗。她抬眼看去,一支手枪已经对准了她的头部。她用眼角的余光发现,副驾驶一侧的窗外也站着一个人。

"没关系,"隔着玻璃,勉强可以听到持枪男人的声音,"我们不想伤害你。"

他们怎么这么快就来到了她的车旁?不可能是从货车上下来的,时间根本不够。这是事先精准部署了的。有人知道她会出现在索雷马尼康复中心。这条街道很安静,车辆很少。所以这两个人大概是藏在了树后。厢式货车一截住她,他们就从藏身处出来了。

玛雅坐着一动不动,考虑着自己的选择。

"请下车,跟我们走。"

选择一:挂倒挡,倒车。

选择二:从腰间枪套中抽出手枪。

只是这两个选择都存在一个非常简单的问题:那个人在用枪指着她的脑袋。也许副驾驶窗外站的同伙也是如此。可惜她不是西部片里的快枪手怀特·厄普,而且这也不是一场好人永远不死的电影枪战。如果那个人真的向她射击,她没机会及时掏出手枪或者是换倒挡。

只剩下选择三:下车——

就在这时,拿枪的人说:"下来吧,乔在等你。"

货车的侧门正在滑开。玛雅坐在自己的车里,双手放在方向盘上，感觉出跳动的心脏在撞击着胸腔。货车的车门滑开一半停下了。玛雅眯着眼睛看了看，但看不清车里面。她转头面向那个拿枪的人。

"乔……？"她问道。

"是的，"那个人的声音突然变得柔和起来，"下来吧，你想见他，是不是？"

她第一次看到了这个人的脸。然后她又看看另一侧的那个人，他的手上没有枪。

选择三……

玛雅大哭起来。

"伯克特夫人？"

她流着泪说："乔……"

"是的，"那个人的声音变得急切了，"打开车门，伯克特夫人。"

玛雅哭着，手无力地摸索着门锁按钮。她按下按钮，拉开了车把手。那人向后退了一步，留出车门的余地。他的枪还是对着她。玛雅几乎从车上滚了下来。那个拿枪的人去抓她的胳膊，但是玛雅边哭边摇头道："不用。"

她直起身，踉踉跄跄地走向厢式货车。拿枪的人放开了她，玛雅心里更明白了。

货车的门又开了一点。

一共是四个家伙，玛雅暗自盘算，开车的司机、开货车车门的人、副驾驶窗外的人和拿枪的人。

当她走近厢式货车的时候,她受过的所有训练、她在模拟环境和射击场上的所有积累都开始生效了。她此刻出奇的冷静,几乎接近禅的境界,有一种处于飓风眼的感觉。是时候了,无论结果是生是死,她都要先发制人。你无法掌控自己的命运——掌控命运这种说法就是胡说八道——但是如果你受过训练,如果你做好了准备,你就可以充满信心地行动。

她的脚步还是踉跄,但是玛雅稍稍转了一下头,只是转了一点点。她现在所看到的将会决定后面的一切。自从下了车,拿枪的那人就没再用手抓着她。她的近乎歇斯底里的哭泣,道理就在这里。她想看看对方做何反应,结果那人上当了,他放开了玛雅。

他也没有搜玛雅的身。

这意味着三件事……

她向后面扫了一眼。那人已经把举着枪的手放下了。他放松了,认为玛雅已经不是一个威胁了。

第一,没有人对他说过玛雅身上有武器……

从开始大哭,玛雅一直在计划着行动的步骤。眼泪是她运用的一种武器——让袭击者放松警惕,让他们低估她,下车前争取更多的时间,计划好确切要做什么。

第二,乔知道她会带着武器……

当她开始奔跑的时候,她的手已经伸到了腰间的枪套里。

大多数人不知道一个有趣的事实：用手枪精准射击是很困难的事情，用手枪射击一个移动的目标就更困难，在1米到3米远的距离内，受过训练的警察的射击命中率也只有24%，而对于一般人来说，这个比率降低到了10%。

所以你要保持移动。

玛雅向货车后面看了一眼。没有浪费一步，没有任何前兆，甚至没有丝毫犹豫，她缩身一滚，就在倒地的瞬间，从枪套中拔出枪，直接对准了拿枪的那个人。那人打算做出反应，但是已经迟了。

玛雅瞄准了他的胸腔的中央。

在现实生活中，你不能只图击伤你的敌人的某个部位。你要用武器瞄准胸腔的中央，这里是最大的目标，朝这里射击具有最大的命中概率。如果没打准，就持续开火。

玛雅正是这样做的。

那人倒下了。

第三，结论：不是乔派他们来的。

玛雅继续翻滚，保持着移动状态，所以她不是静止的靶子。她转身面对另一个人，那个刚才站在副驾驶一侧的人。她举起枪准备射击，但是那人躲到了她的车后面。

保持移动，玛雅……

厢式货车的车门啪地关上了，引擎打着了。玛雅此时恰好躲在货车后面，把它当作掩体，以防另一个人开火。很明显她不能久留。货车马上要开动了,它很可能倒车,试图碾轧她。

玛雅做了一个本能的决定。

逃跑。

拿枪的人倒下了,货车里的人害怕了,还有一个人躲在她的车后面。

当举棋不定的时候,做最简单的选择。

仍然把货车当作掩体,玛雅向路边的树林跑去。货车倒车,差一点撞到她。玛雅躲到了货车的一侧,当车身完全挡在了她和那个副驾驶一侧的人之间的时候,她转身跑出了最后的两三米。

不要停下来……

树木太茂盛了,她一边跑一边回头,却无法看清后面的情形。跑出了一定距离后,她停在一棵树的后面冒险观察了一下。那个躲在她的车后面的人没有来追她,而是径直跑向了厢式货车。车还在移动,他一头扎了进去。货车做了个 K 字形的转弯,轮胎在路面上发出摩擦的声音,随后就顺着公路开走了。

他们把被她打中的那个家伙丢在了路边。

从玛雅团身翻滚到现在,整个过程可能不超过 10 秒。

现在怎么办?

她的决策没有任何犹豫,实际上她也没有其他选择。如果她打电话报警并等待当局来处理,她就一定会被捕。乔被枪击时她在公园,她发现了汤姆·道格拉斯的尸体,她找人做了弹道测试，现在她又用自己的枪击中了一个人——三言两语是解释不清的。

她快速回到了公路上。那个持枪人仰面躺在地上，两条腿伸展成了八字形。

他也许是装死，尽管玛雅认为这不可能，但她还是举着手中的枪。

没有必要了，他已经死了。

她杀了这个人。

没时间多想这事了。路上随时会有车辆通过。玛雅迅速检查了他的口袋，从里边掏出了钱包。现在顾不上看他的身份证件。她犹豫着要不要拿走他的手机——她自己的手机目前不能再用了——但是这太冒险了，其中的原因很简单。最后，她考虑了一下是否拿走他仍然攥在手里的枪。但这是唯一的证据啊，如果情况不妙，这个证据可以证明她是自卫。

而且，她身上还有一支格洛克。

她已经盘算过。持枪人的尸体就躺在路边，可以不太费力地拖出一两米，然后让尸体从路堤滚下去。

她迅速扫了一眼，确认了眼下没有车辆过往。于是玛雅便按照计划行动了。

持枪人的尸体拖起来比她想象的要容易，也许是肾上腺素让她变得更有力气。他滚下了路堤，身体软软地撞在了一棵树的树干上。

他消失在视野之外了，至少暂时是这样。

当然，尸体会被人发现。也许要一个小时，也许要一天。但是这个过程将为玛雅赢得她需要的时间。

她跑向自己的车，坐到了方向盘后面。她的手机正在疯了似的响个不停。谢恩又给她打电话了。也许凯尔斯也在琢磨到底发生了什么。远处有辆车向她驶来。玛雅十分冷静。她发动引擎，慢慢加油。她只是离开索雷马尼康复中心的又一个探视者。如果附近有闭路电视监控摄像头，那么看到的不过是，先有一辆厢式货车加速驶离，一两分钟后一辆完全有理由路过这里的宝马车正常地行驶了过去。

深呼吸，玛雅。吸气，呼气，放松……

5分钟后，她上了高速。

玛雅尽量忘掉刚才的尸体。

她关掉了手机。因为不知道关机之后是否还会被追踪，她又把手机在方向盘上砸碎了。开出30英里后，她驶入了一家CVS便利店的停车场。她检查了一下持枪人的钱包。没有身份证明，但是有400美元现金。太棒了。玛雅保持着警惕，她不想使用自动款机。

玛雅用这些钱买了三部临时性手机和一顶棒球帽。她在便利店卫生间镜子里照了照自己的脸。一团糟。她尽力把自己洗漱一番，然后把头发系成了一个马尾。戴上棒球帽出来的时候，她的模样已经说得过去了。

那几个袭击者会去哪里呢？

可能他们已经构不成威胁了。还有一个可能，他们也许会去她家里等她，但是那样做他们的风险太大了。那辆货车可能是偷的、租的或是用的假牌照，所以他们的行动很可能就暂告结束了。

尽管如此，她也没打算回家。

她打电话给埃迪。铃声刚响了第二下，埃迪就接起来了。玛雅告诉他到什么地方会面，埃迪说他马上出发。谢天谢地，他没问任何问题。这种会面也很冒险，不过风险算是控制到最小了。接近日托中心的时候，玛雅对周围环境做了观察。有趣的是，日托中心的结构布局与军事基地很相似，你不可能在不被人发现的情况下进到里边去，同时这里的安保措施也很严密。是的，不排除有人会强行进入此地，然而由于入口处和每个房间的门都可以自动上锁，不速之客应该很快就能与维护秩序的当局见面了——警察局就在一个街区之外。

玛雅又绕了一圈。没有什么可疑之处。

看见埃迪的车驶进停车场，玛雅跟在了他后面。格洛克已经插进枪套了。埃迪停下了车。玛雅停在他的车旁，然后下车钻进了埃迪的副驾驶座位。

"发生了什么，玛雅？"

"我需要把你添加到这里的亲人列表当中，这样你就可以直接接送莉莉了。"

"你给我打电话用的那个奇怪的号码是怎么回事？"

"我们先把这事办了，好吗？"

埃迪盯着她问道："你知道是谁杀了克莱儿和乔？"

"是的。"

他等了一会儿，然后说："但是你不告诉我。"

"现在不行。"

"因为……"

"因为我没有时间了。因为克莱儿想保护你。"

"也许我不希望被人保护。"

"这么说没有用。"

"去他的没有用，也许现在是该我出力的时候了。"

"现在，"玛雅说，"你出力的方式就是和我进去。"她伸手拉开了车门。埃迪重重地叹口气，也拉开了车门。在他转身下车的时候，玛雅把一个信封塞进了他的电脑包最里层。然后她也下了车。

凯蒂小姐打开门锁请他们进来，又帮助他们填好了表格。当他们为埃迪拍身份照片的时候，玛雅朝阳光一样灿烂的那间黄屋子看去。她看见了莉莉，见到莉莉让她的心突然轻松了起来。莉莉穿着一件罩衫，那是玛雅的一件旧衬衫，手上涂满了颜料。小姑娘的脸上带着灿烂的笑容。玛雅站在那里，感觉有只手伸进她的胸腔狠狠拧了一把。

凯蒂小姐从身后走过来说:"想进去打个招呼吗?"

玛雅摇摇头。"都办好了?"

"好了。您的姐夫任何时候都可以来接莉莉了。"

"不用我打电话申请让他接了?"

"您要求不用电话申请,对吗?"

"是的。"

"我们就是这样安排的。"

玛雅点点头,目光还是没从莉莉身上移开。她又看了女儿一会儿,然后转身,对着凯蒂小姐说:"谢谢。"

"您没事吧?"

"我没事,"她对身后的埃迪说,"我们走吧。"

回到停车场后玛雅想借用埃迪的手机。埃迪没有反对,把手机递给了她。她在网络上登录了追踪器的定位软件。

赫克特的卡车又去了帕特森的那个位置。

很好,现在是先发制人的好时机。她犹豫着是否应该借用埃迪的手机。但是其他人终究会推断到埃迪头上并追踪这部手机,所以她把手机递还给了埃迪。

"谢谢。"

"你不打算告诉我到底是怎么回事吗?"埃迪说。

当他们走到车的近旁,玛雅突然说:"等一等。"她打开后备箱,从工具箱里找出了一把螺丝刀。

"你要干什么?"埃迪问。

"我想和你换一下车牌照。"

玛雅认为目前凯尔斯还不至于通缉她,但是谨慎一点没有坏处。玛雅拧起了车前面的螺丝,埃迪拿出一枚一角硬币充当螺丝刀,动手拧后面的螺丝。两分钟后,他们就搞定了。

她走到了自己的车旁。埃迪站在那里默默地看着她。

玛雅顿了一下。有太多想告诉他的事情——有关克莱儿,有关乔,有关一切。她张了张嘴巴,但是她尤其应当懂得这时不该说话。不是今天,不是现在。

"我爱你,埃迪。"

他用手遮住照在眼睛上的阳光。"我也爱你,玛雅。"

她上了车,开往帕特森。

32

玛雅在帕特森镇富尔顿大街上一栋大楼的停车场找到了赫克特的道奇皮卡。

玛雅把车停在街上后走进停车场。她检查了道奇皮卡的车门,希望碰上哪扇车门没上锁。运气不好。她琢磨该怎么办。想进去找到赫克特待在这栋大楼里的什么地方是不现实的。她也不知道赫克特是不是和伊莎贝拉在一起。没时间考虑更多了,她的目标很明确。

她要让赫克特告诉她伊莎贝拉在哪里。

于是玛雅回到自己的车上等待。她盯着大楼的出口,也不时看看赫克特的皮卡,以防他从另一个方向回来。半个小时过去了。她真希望自己能上网——她想看看科里是否像她预期的那样,开始曝光 EAC 制药的一些细节——但是她的手机已经砸碎了,这些临时性手机只能打打电话或者发发短信。她估计科里已经行动了,否则不会有人企图绑架她。科里曝光了一部分内幕，于是便有人，很可能是伯克特家族中的一个，开始下力气堵塞漏洞了。

赫克特出现在了大楼门口。

玛雅已经从枪套里掏出了枪。赫克特举起钥匙按下了键子。那辆皮卡的车灯闪了一下，门锁开了。赫克特看起来闷闷不乐，可话又说回来，这家伙从来就不是一个轻松愉快的主儿。

玛雅的打算很简单。随着赫克特到车旁，悄悄靠近他，用枪对准他的脸，命令他带着玛雅去找伊莎贝拉。

这不是一个十分周密的计划，但是没有时间做更充分的安排了。

然而，当玛雅开始从卡车的后面朝赫克特移动的时候，她突然发现已经没有必要了。

伊莎贝拉也从大楼门口走出来了。

太棒了。

玛雅躲在一辆车后面。现在怎么办？她是否应该等赫克特离开后再采取行动呢？如果她当着赫克特的面用枪抵住伊莎贝拉，他会做何反应？不太好，她想。他有手机，他会打电话求救、大喊大叫或者……用其他方式把事情搞砸。

不，玛雅还是要等他离开。

赫克特上了卡车。玛雅弯下腰，向前移动到另一辆车的后面。她把枪藏在人家看不到的地方。她希望没人看见她偷偷隐蔽在这里。不过即使看到了，也只会引起怀疑，他们无法证实什么。她不知道他们会不会叫警察,但是她必须冒这个险。

伊莎贝拉朝这边走来。

且慢。

玛雅原以为伊莎贝拉出来是要隔着车窗玻璃同哥哥再见或是说几句话。但看来不是这回事。

伊莎贝拉是要坐进皮卡副驾驶的位子。

玛雅现在有两个选择。第一,回到车上,跟踪他们。她认真考虑了这个办法,但是她担心会跟丢。没有了智能手机,她就无法再追踪他们了。

第二……

够了。

她快速跑到皮卡旁边,打开后车门坐了进去,然后把枪筒对准了赫克特的脑袋。

"把手放在方向盘上,"在重新抵住赫克特的脑袋之前,玛雅先用枪向伊莎贝拉比画道,"你也是,伊莎贝拉,把手放在仪表盘上。"

两个人都惊讶地盯着她。

"马上。"

他们缓缓地把手放在了玛雅指定的地方。玛雅还记得上次自己低估了伊莎贝拉,于是伸出手扯过伊莎贝拉的皮包,向里面看了看。

是的,里面除了手机,还有一支胡椒喷雾器。

赫克特的手机放在杯架上，玛雅一把将它抓过来扔进了伊莎贝拉的皮包里。她不知道赫克特身上是否有武器，于是一面用枪指着他，一面用手快速拍打他身上可能存放武器的位置。什么都没有。她拔出皮卡的钥匙，同样也丢进了皮包里。玛雅把皮包扔到自己的脚下。就在这时，有件东西引起了她的注意。

准确点说，是一种颜色吸引了她的眼球。

"你这是干什么？"伊莎贝拉问道。

驾驶座后面的地板上扔着一堆衣服。

"你不能用枪来——"

"闭嘴，"玛雅说，"如果你再说话，我打烂赫克特的脑袋。"

那堆衣服的最上面是一件灰色的汗衫。玛雅用脚把它踢开了。它下面就是那件她太熟悉的森林绿颜色的、领尖钉着纽扣的衬衫。这件衬衫是如此醒目，以至于玛雅差一点愤怒地扣动扳机。

"快说。"玛雅喝道。

伊莎贝拉怒视着她。

"最后一次机会。"

"我没什么可说的。"

于是玛雅说道："赫克特的高度和身材与乔相仿，所以我猜他在你的视频中扮演了乔的角色吧？你让他进了家门。他出现在摄像镜头前。莉莉认识赫克特，她愿意和他玩。然后，乔脸部的画面是从……"乔的那个微笑,出现在视频里的那个微笑。"天啊,你是从我们的婚礼录像里截取的?"

"我们和你没什么可说的,"伊莎贝拉说,"你不会杀我们的。"

够了。玛雅用力攥住枪,用金属枪托狠狠砸向了赫克特的鼻子。骨头的断裂声清晰可辨。赫克特大叫着,鲜血从他的指缝里流了出来。

"也许我不会杀了你们,"玛雅说,"但是第一颗子弹会穿过他的肩膀,然后是他的胳膊肘儿,再接着是膝盖,所以快说。"

伊莎贝拉犹豫着。

玛雅又举起枪砸向赫克特,这次是一侧的耳朵。他呻吟着倒向一边。伊莎贝拉本能地把手从仪表盘上收回来,想去扶她哥哥。玛雅用枪筒抽打她的脸部,力度正好让她感觉疼痛,但没造成大的伤害。

伊莎贝拉不敢动了,她也开始流血。

接着,玛雅用枪抵住赫克特的肩膀,准备扣动扳机。

"住手!"伊莎贝拉大叫。

玛雅一动不动。

"我们这么干是因为你杀死了乔!"

玛雅的枪口还在原处。"谁告诉你们的?"

"谁告诉我们有什么区别?"

"你们认为我杀死了自己的丈夫,"玛雅说着,对着手里的枪点点头,"那么为什么你认为我不会杀了你哥哥?"

"是我妈妈说的。"

赫克特说话了。

"她说是你杀了乔。她说我们必须提供帮助来证实这一点。"

"怎么提供帮助?"

赫克特坐直身子。"你没杀他?"

"怎么提供帮助,赫克特?"

"就像你说的,我打扮成乔的模样。我们让你的摄像头把这个场面录下来。我把存储卡拿回了范伍德。他们家雇了一个会处理电脑图像的人。一个小时后,我就把存储卡又拿回去了,伊莎贝拉把它放回了相框。"

"等等,"玛雅说,"你们怎么知道我有监控器?"

伊莎贝拉发出嘲笑的声音说:"葬礼第二天,就摆上一个装好了家庭照片的新相框?求你了,你是我见过的第一个不在身边摆上女儿照片的妈妈,你甚至都不把孩子画的画挂起来。所以我一看见这个相框——你以为我有多蠢?"

玛雅想到伊莎贝拉在视频里表现得那么好——一直在微笑和忙碌。"所以你,怎么着,告诉你妈妈了?"她问道。

伊莎贝拉用不着回答。

"我猜是她的主意,让你用胡椒喷雾器来袭击我。"

"我不知道你看了视频会怎么样。我只想把存储卡从你那儿抢回来,这样你就不能给别人看了。"

他们想让她陷入孤立无援的境地。

"如果你把视频给我看,"伊莎贝拉接着说,"我就假装什么都没看到。"

"为什么?"

"你觉得会是为什么?"

但是答案已经很明显了。"你们认为我会恍惚不安,怀疑自己的神志有问题……"

玛雅的声音变小了。她的目光越过他们,径直穿透了车窗玻璃。伊莎贝拉和赫克特也转头去看是什么吸引了玛雅的注意力。

谢恩站在赫克特的皮卡前面。

"如果敢动一动,"玛雅对赫克特和伊莎贝拉说,"我就打死你们。"

她打开车后门下了车,又伸手把伊莎贝拉的皮包拿了下去。谢恩站在那里等着她。他的眼球有点发红。

"你在做什么?"谢恩问。

"他们给我设了陷阱。"玛雅说。

"什么?"

"赫克特穿上了乔的衣服,别人又用图像处理技术换上了乔的那张脸。"

"所以乔……"

"死了,是的。你怎么找到我的,谢恩?"

"定位。"

"我没带手机。"

"我在你的两辆车上都安装了追踪设备。"谢恩说。

"你为什么这么做?"

"因为你一直不太理性,"他说,"在监控器的事情发生之前就是,你必须承认这一点。"

玛雅没说什么。

"是的,是我给吴医生打了电话,我以为也许他能让你重新接受治疗。是的,我把追踪器装在了你的车上,担心你万一有需要帮助的时候。当凯尔斯打电话告诉我有关弹道测试的事,而你不肯接我的电话……"

她回头看看卡车,还没有什么动静。

深呼吸……

"我需要和你说件事,谢恩。"

"关于弹道测试。"

她摇摇头。

吸气,放松……

"有关阿布凯马勒的那次行动。"

谢恩看来有点糊涂了。"那怎么了?"

她张开嘴巴,又闭上了。

"玛雅?"

"我们已经损失了一些人,都是一些好人。我不想再失去更多的战士。"

泪水在她眼里打转。

"我知道,"谢恩说,"那是我们的任务。"

"接着我们看到了那辆SUV。我听见我们的人在求救,而那辆SUV正朝着他们开去。我们瞄准了目标,我们汇报了,但是他们就是不下命令让我们射击。"

"是的,"谢恩说,"他们想确定那辆车里的人不是平民。"

玛雅点点头。

"所以我们就等待着。"谢恩说。

"在那些孩子呼叫救命的时候等待着。"

谢恩的嘴角抽动了一下。"听起来很残忍,我知道。但是我们做了正确的选择,我们等待了。我们是按照规定做的。那些平民的死亡不是我们的错。后来我们得到了上面的确认——"

玛雅摇摇头说:"我们没有得到确认。"

谢恩停住了,看着她。

"我把你的信号关掉了。"

"什么……?你说什么……?"

"美军中央司令部联合军事行动中心发出了信号,要求我们不要接近目标。"

他摇着头说:"你在说什么?"

"他们没有给我们下达发出攻击的命令。他们认为SUV车里至少有一个人是平民，可能是孩子。他们发来的信号说，有50%的可能SUV里面是敌人。"

谢恩的呼吸变得急促起来。"但是我听到——"

"不，你没有，谢恩。我传达给你的，记得吗？"

他就呆呆地站在那里。

"你觉得音频可能对我们不利，是因为我们在摧毁目标后曾经大声庆贺。但是科里掌握的材料不是这样的，他手里有行动中心告诉我SUV里可能有平民的无线通话内容。"

"你没管它，还是开火了。"谢恩说。

"是的。"

"为什么？"

"因为我在乎的不是平民，"玛雅说，"我在乎我们的战士。"

"天啊，玛雅。"

"我做了选择。我不打算再失去自己人，不能在我的眼前继续失去他们。如果有平民死了，如果有附带性伤亡，那也没关系，我不在意。这是事实。你以为我摆脱不了可怕的情景重现的症状，是因为我对死去的平民感到愧疚。正相反，谢恩，我有这种症状，是因为我不觉得有负罪感。这些平民死去了，可是我竟然没有那种压在心头的负罪感。缠绕我的，让我内心纠结的，是我知道如果我重新出现在战场，我还会做同样的选择。"

谢恩的眼睛里浮出了泪水。

"所以你不必像一个心理医生似的帮我解决问题。我每天晚上强迫自己从发生的事情中解脱出来——但是我无法改变结果。这就是这种情景重现的现象无法消除的原因，谢恩。每天晚上，我都回到那架直升机上。每天晚上，我都在想办法解救那些战士。"

"每天晚上，你都再一次杀死那些平民，"谢恩说，"哦，天啊……"

他伸开双臂向她走了过去，但是她没有接受。她无法接受。她迅速转身，看见伊莎贝拉和赫克特都还没动。

该出发了。

"凯尔斯告诉你什么了，谢恩？"

"射杀乔和克莱儿的，是同一支手枪。"谢恩说，"你已经知道这些了，对吧？凯尔斯对你说过了。"

玛雅点点头。

"但是你没有告诉我，玛雅。"

她不用回答。

"你什么都和我说，却没有告诉我弹道测试的结果。"

"谢恩……"

"我猜你正在努力找出杀害克莱儿的凶手，因为警察起不到什么作用。我估计你已经有了一些进展。"

玛雅的眼睛一直盯着卡车。与其说她在盯着赫克特和伊莎贝拉，不如说是由于她无法正视谢恩。

"你是在乔遭到枪击之前把那颗子弹交给我的,"谢恩说,"你让我测试一下,看看那颗子弹是否来自杀害克莱儿的武器。测试结果是吻合的。你不肯告诉我你是从哪儿搞到的那颗子弹。而现在我知道了,那支枪也打死了乔。怎么会是这样?"

"只有一种可能性。"玛雅说。

谢恩摇着头,但是他已经知道了答案。玛雅的目光碰上了谢恩的目光。她盯住不放。

"我杀了他,"玛雅说,"我杀了乔。"

33

玛雅戴着棒球帽,开着赫克特的皮卡,从后门进入了范伍德庄园,然后绕到了主楼。天已经黑了。周围仍然有安保措施,但是比较松懈,没人质疑或是拦截这辆熟悉的道奇皮卡。

谢恩负责赫克特和伊莎贝拉,确保他们不能向其他人发出警报,走漏玛雅已经到了这座大楼的消息。玛雅用临时性电话拨通了黑流苏,要求和露露讲话。

"我不能再帮助你了。"露露说。

"我认为你能。"

挂断电话后,玛雅把车停在了主楼的一侧。外边很黑,她悄悄溜到大楼的后面,试了试厨房的门。门没锁。整栋楼空旷安静,没有灯光。玛雅在壁炉前面停了一会儿。然后,她坐在前厅等待着。时间慢慢流逝,她的眼睛已经适应了黑暗。

过去的事情像放电影似的在她的眼前掠过。是其中的第一幕,即打开枪械保险柜的那个瞬间,彻底地改变了一切。她长期在海外,这是克莱儿死后她第一次回家。她去了墓地,乔开车送她。他表现得有点古怪,她并没有太在意,但是也的确开始琢磨他了。她琢磨他们在一起的时间是多么少,琢磨他们之间的闪电恋情和她服役、他工作的现状。但是她也没有想到其他的事情。

她那时候有没有想过她并不真正了解这个男人呢?没有。这是现在的想法,是"后"见之明。

是打开枪械保险柜的那一瞬间改变了一切。

玛雅对她的枪支一丝不苟,她的枪从来都擦得闪闪发亮。当她拿出史密斯-韦森686的时候,她就能够非常肯定。

她的枪——她放在夹层暗格里的这支枪——被人用过了。

乔曾经一再强调他有多么憎恨枪支。他说自己没兴致和她一道去靶场,还说他真希望别把这些枪支放在家里。

总之,他的抗议显得有点过分。

现在回想起来,一个对武器没有兴趣的男人仍想把自己的指纹存储到枪械保险柜的数据库里,这很怪异。"以防万一嘛,"乔这样说,"谁知道会发生什么呢?"

人的一生中会有这样的时刻,突然间一切都变化了。仿佛是视觉上的幻影,你刚刚看到了一样东西,但是一转眼,它变成了别的什么。在那一刻,手捧着这支枪的玛雅的感觉就是这样的。有的人曾经表示他一点不懂枪的构造和原理,然而这个人却擦去了留在上面的指纹。

这是对她的心灵的毁灭性打击。这是她遭遇的一种最可怕的背叛。与狼共舞——她觉得自己是个傻瓜,甚至更糟,因为她无法摆脱那种恐怖瘆人的感觉。

她知道。

虽然她一再想予以否认,但是她知道是这支枪,她的这支枪,杀死了她的姐姐。甚至在去靶场射击把弹头交给谢恩之前,她就知道;甚至在说服谢恩秘密地为她把这颗子弹与克莱儿头骨中的点 38 子弹进行比对之前,她就知道。

是乔杀死了克莱儿。

尽管这样说,仍有可能是玛雅错了。仍有可能是一个职业杀手设法打开了她的保险柜,用过枪之后又把它放了回来。仍有可能这件事与乔没有半点关系。所以,玛雅将两支史密斯 – 韦森 686 调换了位置。她把原来放在暗格里被人动过的、在其他州购买的那支手枪,换成了她一直放在明面的、在新泽西州注册了的手枪。她确认了其他的枪支都没有装子弹……

只有暗格里的那支史密斯 – 韦森 686 上了膛。

她开始翻查乔的东西,故意留下痕迹,让他有所察觉。玛雅想让乔知道自己在调查他。她要看看他如何反应。她要找到更多的信息,迫使乔告诉她为什么要杀死克莱儿。

是的,凯尔斯说得对。那天晚上是玛雅打电话给乔,而不是乔先打的电话。

"我知道你做过的事。"她说。

"你在说什么？"

"我有证据。"

她告诉乔在中央公园那个地点碰头。她早来了一会儿，查看了周围的环境。她看见两个街头混混儿——后来知道他们的名字是埃米利奥·罗德里戈和弗雷德·凯特恩。他们从毕士达喷泉旁走过。根据走路的样子，玛雅判断出罗德里戈带着武器。

好极了。不会被定罪的替罪羊。

当他们见面的时候，她给乔提供了机会。

"你为什么要杀克菜儿？"

"你说你有证据了，玛雅，你什么都没有。"

"我会找到证据的。我不会善罢甘休。我不会让你的日子好过。"

就在这时，乔掏出了那支他在地下室暗格里取出的史密斯–韦森686。他笑着看她。她认为他是在笑。但是天太黑了，她也许看得不清楚，而且她的眼睛在盯着那支枪。可是现在，回忆起当时的情景，她敢发誓，乔那时候是笑了。

他的枪口瞄准了玛雅的胸膛中央。

不论此前她是如何想的，尽管她说过她知道是乔干的，但是在这个发誓永远爱她的人用枪瞄准她的瞬间，这些想法竟然都不知跑到何处去了。她知道是乔干的，然而即使是在这样的关头，她仍然不肯相信、不肯接受。玛雅隐约地期盼着，他的手不得不对她举起枪，是为了逼迫她看清楚，这是一个天大的误解,完全是她把事情想错了。

乔,她女儿的父亲,不是一个谋杀者。与她同床共枕、相亲相爱的男人不是一个折磨和杀害她姐姐的罪犯。他们两人仍然有机会把事情解释清楚,消除误会,冰释前嫌。

直到他扣动了扳机。

此刻,虽然坐在黑暗的前厅里,玛雅还是闭上了眼睛。

她仍然记得枪口没有射出子弹时乔的那副表情。他又扣动扳机,接着第三次扣动扳机。

"我卸了撞针。"

"什么?"

"我把撞针卸了,所以它没法开火。"

"没关系,玛雅,你永远也证明不了是我杀了她。"

"你说得对。"

就是这个时候,玛雅掏出了她的另一支史密斯-韦森手枪,那支乔用来打死克莱儿的手枪。玛雅对他开了三枪,前两枪她故意避开了要害。她是一个女神枪手,可大多数街头混混儿不是,如果一枪毙命,就不像是那些混混儿的作为了。

凯尔斯说过:"第一颗子弹击中了你丈夫的左肩。第二颗子弹打在了他的右侧锁骨上。"

玛雅当时穿的是军用防水短上衣,还戴着手套,都是从军需品商店用现金买来的。有关火药残渣的线索到这里就该中断了。她脱下防水上衣,摘掉手套,把它们扔进了墙后边朝着第五大道方向的一只垃圾桶里。警察是不会发现它们的，即使发现并进行火药残渣测试，那也就到头了——追查不到她的头上。接着她弯下腰，在乔渐渐停止呼吸的时刻抱住了他，让自己的衬衫沾上了大量的鲜血。她把两支手枪都放进包里，跌跌撞撞地跑到了毕士达喷泉旁边。

"救人啊……快……有人……我丈夫……"

没有人搜查她。他们为什么要这样做呢？她是受害者。一开始，人们关心的只是她是否受伤，他们还要在四周追捕杀手。这样的混乱给了玛雅机会。她原打算把包扔在什么地方——里面除了枪什么都没有——但是后来这么做已经没有必要了。她就一直拎着包回了家。她把杀害过克莱儿和乔两个人的那支枪丢进了河里，把注册过的那支史密斯-韦森的撞针重新安好，放回了保险柜。凯尔斯拿去进行测试的就是这支枪。

玛雅知道弹道测试会证明她的清白，也会让警察感到迷惑。打死乔和克莱儿的是同一支枪。对于克莱儿的死，玛雅铁证如山，她不在现场——而在海外服役——所以她也不可能杀死他们中的任何一个。她不忍心让两个无辜的人——埃米利奥·罗德里戈和弗雷德·凯特恩——经历警察无休止的盘问，然而他们中的一个确实携带了武器。她也知道，因为她的证词中说他们戴着滑雪面罩，所以警方不可能起诉他们，更不会定罪。

与她在战场上做过的事情比起来，给这两个人带来的附带性伤害是算不得什么的。

这个案子将成为警方无法告破的无头案,这正是玛雅希望的结果。克莱儿被杀了,但是杀她的凶手已经受到了惩罚。事情了结了。这是克莱儿应当得到的一种公正。玛雅对她的事情了解得不够多,但是找出并惩治了杀手,这就足够了。她和她的女儿也终于安全了。

但是,接下来的保姆监控器又一次改变了这一切。

坐在前厅的玛雅听到了汽车驶来的声音。她仍然坐在椅子上。前门打开了。她听见朱迪斯在抱怨当晚的活动有多枯燥。尼尔和她在一起,卡洛琳也在,三个人一起走了进来。

朱迪斯打开客厅的灯,猝不及防地惊叫了一声。

玛雅端坐在那里。

"我的天啊,"朱迪斯说,"你把我吓得半死。你在这里干什么,玛雅?"

"奥卡姆剃刀法则。"玛雅说。

"你说什么?"

"在所有的假设中,应该选择假定条件最少的一项。"玛雅笑着说,"简短地说,最简单的答案经常是最可能正确的答案。乔并没有在遭到枪击后幸存下来,可是您却一直希望我以为他还没死。"

朱迪斯看看她的两个孩子,然后转回头盯着玛雅。

"是您伪造了监控视频的内容,朱迪斯。您告诉罗莎一家,是我杀死了乔,但是您没有办法来证明。于是,您想用假视频来稍稍吓唬我一下。"

朱迪斯没有费心去否认。"如果我这么做了,又怎么样呢?"她的声音像冰一样冷,"没有法律禁止我设法来揭露一个杀人犯,是不是?"

"就我所知,的确没有。"玛雅同意她的观点,"我从一开始认识您就有一种感觉,您喜欢操纵一切,您毕生的事业都是在进行心灵的操控。"

"那是我的心理学实验。"

"用的字眼不同而已。但是,我是看着乔死去的。我知道他不可能还活着。"

"噢,不过那时天已经黑了,"朱迪斯说,"你也有可能判断失误。你设法骗了乔,让他去了公园的那个地方。他其实也可以对你耍点花招,把你枪里的子弹换成空心弹什么的。"

"但是他没这么做。"

尼尔清了清嗓子说:"你想要什么,玛雅?"

玛雅没理他,只是盯着朱迪斯。"即使我不相信他还活着,即使我没有由于乔死后的压力和悔恨而崩溃,您也知道我会对乔的视频做出反应。"

"是这样的。"

"我会觉得是有人在和我作对。我会进行调查。也许在这个过程中我会出错,让您抓住我的破绽,找到我杀人的证据。您以为我早晚是要露出马脚的。另外,您还需要知道我已经掌握了什么。于是您扮演了一个关心和爱护儿媳、动员我接受心理学治疗的专家婆婆的角色。卡洛琳对我撒谎，说她认为哥哥们都还活着，说凯尔斯接受了你们家的贿赂，这一切都是编造的。不过对我来说，一下子遇到了这么多的事情：乔复活了的视频、丢失的衣服、卡洛琳的故事……任何人在这种情况下都不得不怀疑自己的神志是否清醒，我也一样。如果我不认为是我自己疯了，那我就一定是疯了。"

朱迪斯对她微笑着说道："你为什么来这里，玛雅？"

"我想问您一个问题，朱迪斯。"

她等着玛雅的问题。

"您怎么知道是我杀了乔？"

"这么说你承认了。"

"是的。但是您是怎么知道的？"玛雅看了看尼尔，然后又看了看卡洛琳，"她告诉你了吗，卡洛琳？"

卡洛琳皱起眉头看了看母亲。

"我就是知道，"朱迪斯说，"作为一个母亲是会有感觉的。"

"不，朱迪斯，您知道我杀了乔，是因为您知道我有杀他的动机。"

卡洛琳说："她在说什么？"

"乔杀害了我的姐姐。"

"这不是事实。"卡洛琳说，她的声音像是一个任性的孩子。

"乔杀了克莱儿，"玛雅说，"而且你母亲知道。"

"妈妈?"

朱迪斯的眼睛简直要喷出火来。"克莱儿偷取我们家族的情报。"

卡洛琳喊道:"妈妈……"

"不仅如此,克莱儿想彻底毁掉我们——整个伯克特家族的名声和财富。乔只想阻止她这样做,他也尝试过与克莱儿谈判来着。"

"是用折磨她的方式来谈判。"玛雅说。

"乔害怕了,我承认这一点。克莱儿不肯告诉乔她都做了什么。她不肯把掌握的资料还给乔。我不是包庇他的行为,但是,挑起这一切的是你的姐姐。她想毁了我们这个家。你,玛雅,应该理解,她是敌人。对待敌人就要全力摧毁,就要不择手段地回击,不能有任何怜悯。"

玛雅感觉怒火中烧,但是她不会由于愤怒而丧失清醒。"你这个愚蠢邪恶的女人。"

"嘿,"尼尔为他母亲说话了,"够了。"

"你不懂,是不是,尼尔?你认为乔是在保护家族的财富?你认为这只是有关 EAC 制药的事情?"玛雅问道。

尼尔转头去看他母亲,他的眼神证实玛雅是正确的。玛雅几乎大笑起来。她转向朱迪斯。

"这些都是乔和你说的,对吗?他说克莱儿已经发现了你们制药公司的骗局。而你,尼尔,随着事态的发展,你担心你妈妈的这套计划已经不灵了。你害怕了,所以派了那些人来绑架我。你想看看我到底都掌握了什么。你对那些人描述了我的精神状态,你告诉他们,如果对我说乔在等我,我就会,怎么着,我就会崩溃?"

尼尔带着毫不掩饰的憎恨瞪着她说:"至少你会变得软弱。"

朱迪斯闭上了眼睛。"愚蠢。"她低语道。

"'乔在等你。'那个家伙是这样说的。这是你的错误,尼尔。你瞧,如果是乔安排的,如果是乔派人抓我,他一定会让那些人知道我是携带武器的,可是那些家伙却不知道。"

"玛雅?"

是朱迪斯。

"你杀了我儿子。"

"他杀了我姐姐。"

"他已经死了,不能再受到起诉了。但是这里有三个人听到了你的供词。我们会起诉你。"

"您不知道,"玛雅说,"乔不仅仅杀了我姐姐,而且他还杀了西奥·莫拉——"

"那不过是一场失控的恶作剧。"

"他杀了汤姆·道格拉斯。"

"你没有证据。"

"而且,他还杀了自己的弟弟。"

一切都停滞了。死一般的寂静持续了几秒钟,似乎连家具都屏住了呼吸。

"妈妈?"卡洛琳叫道,"那不是事实,对吗?"

"当然不是事实。"朱迪斯说。

"是事实,"玛雅说,"乔杀死了安德鲁。"

卡洛琳转头看着朱迪斯:"妈妈?"

"别听她的,她在说谎。"

但是朱迪斯的声音已经发颤了。

"我今天见到了克里斯托弗·斯温,朱迪斯。他告诉我,安德鲁崩溃了,那天晚上在游艇上,他告诉乔,他要告发他们对西奥所做的一切。然后,安德鲁独自去了最上面的甲板,乔跟着出去了。"

沉默。

卡洛琳开始哭了起来。尼尔看着他的母亲,仿佛是在恳求她提供帮助。

"那不能说明是乔杀了他,"朱迪斯说,"你这颗患病的脑袋瓜儿里竟然出现了如此可怕的幻觉,也只有你能相信这种胡说八道。但是不要忘了,是你自己对我说过究竟发生了什么,是你对我说出了真相。"

玛雅点点头。"我是说过,安德鲁跳下了海,他自杀了。"

"没错。"

"乔看到了一切。他就是这么和我讲的。"

"是的,当然了。"

"可是,那不是事实。乔和安德鲁在凌晨1点上了甲板。"

"是的。"

"可是直到第二天早晨才有人说安德鲁失踪了。"玛雅歪了一下脑袋说,"如果乔看到自己的弟弟跳下了海,难道他不会马上就拉警报吗?"

朱迪斯瞪大了眼睛,仿佛受到了致命的打击。玛雅看明白了。朱迪斯想拼命地予以否认,就像玛雅自己一再想否认是乔杀了克莱儿一样。朱迪斯现在明白了,然而她过去并不知道。我们有时竟然对如此明显的事实视而不见,简直太让人吃惊了。

朱迪斯腿一软,跪在了地上。

"妈妈你怎么了?"尼尔喊道。

朱迪斯像受伤的野兽一样大叫:"这不是真的。"

"是真的,"玛雅说着站了起来,"乔杀死了西奥·莫拉,他杀死了安德鲁,他杀死了克莱儿,他杀死了汤姆·道格拉斯。他还杀了多少人,朱迪斯?他八年级的时候就拿棒球棍打坏了一个孩子的脑袋。他在高中的时候为了一个姑娘差点活活烧死一个男孩。老约瑟夫了解这一切,这也是他把公司交给尼尔的原因。"

朱迪斯一直在摇头。

"你生养、保护和培育了一个杀人犯。"玛雅说。

"你嫁给了他。"

玛雅点点头。"我嫁给了他。"

"你认为他真的可以骗了你?"

"我不这样想。我后来把他看穿了。"

朱迪斯仍然跪在地上,抬头看着她说:"你动手杀了他?"

玛雅没说话。

"你这不是自我防卫。你本来是可以指控他的。"

"是的。"

"但是你选择了枪杀他。"

"如果我诉诸法律,你会想办法保护他的,朱迪斯。我不那么做。"玛雅向门口迈了一步,尼尔和卡洛琳后退了一步,"但是这一切很快就要真相大白了。"

"如果真相大白,"朱迪斯说,"你会在监狱中度过余生。"

"是的,也许吧。但是EAC制药的丑闻也要大白于天下了。一切都结束了,什么都逃不过恢恢法网。"

"等一等。"朱迪斯说,她站了起来。

玛雅停住了脚步。

"也许我们可以做一个交易。"

尼尔说:"妈妈,您在说什么?"

"嘘,"她抬头看着玛雅说,"你想为你姐姐讨个公道,你已经做到了。现在我们是在一条船上。"

"妈妈?"尼尔喊道。

"听我的,"她把双手放在玛雅的肩膀上,"关于EAC制药的丑闻,我们可以把责任推给乔。我们可以暗示说,正是这个原因导致了他被谋杀。你明白吗?没有人需要知道真相。正义已经得到了伸张。也许……也许你是对的,玛雅。我……我是夏娃,我养育了该隐,杀死了亚伯。我应该知道的。我不知道我能否原谅我自己,也不知道是否可以弥补我的过失。但是,如果我们保持镇静,也许我还能拯救我的另外两个孩子。而且我也可以救你,玛雅。"

"现在进行交易太晚了,朱迪斯。"玛雅说。

"她说得对,妈妈。"

是尼尔在说话。玛雅转向他,看见他正在用枪指着她。"我有个更好的主意,"他对玛雅说,"你偷了赫克特的车,偷偷闯入了我们家。你还携带着武器,我敢肯定。你承认杀死了乔,现在你要杀我们。亏得我及时开枪,挽救了我们大家。我们仍然把 EAC 制药的丑闻推给乔,但是我们可以一辈子没有后患了。"

尼尔扫了母亲一眼,朱迪斯笑了,卡洛琳也点点头。整个家族已经坐到了一条船上。

尼尔扣动了三次扳机。

颇有诗意,玛雅心想,她对乔也是扣动了三次扳机。

玛雅倒在地上,胳膊和腿伸展开来。她仰卧着,她不能动。她以为自己会觉得冷,但是并非如此。声音断断续续传进了她的耳朵:

"没有人会知道……"

"查看她的口袋……"

"她没带枪……"

玛雅微笑着，向上看着壁炉。

"她在笑什么……？"

"壁炉上是什么？好像是……"

"哦，不……"

玛雅的眼睛眨了眨，然后闭上了。她等待着那些声响——直升机的轰鸣、枪声、尖叫——对她进行袭击。但是那些声响没有来，这次没有来，它们再也不会来了。

接着，是黑暗和沉寂，最后，是宁静。

34

25 年后

电梯的门马上就要关上了。这时我听见一个女人大喊我的名字。

"谢恩?"

我伸出手挡住了电梯门。"你好,艾琳。"

她冲进电梯,微笑着,在我脸颊上吻了一下。"好久不见。"

"太久了。"

"你看起来状态很好,谢恩。"

"你也是,艾琳。"

"我听说你做了膝关节手术。你还好吧?"

我挥挥手打消她的顾虑。我们两个都笑了。

美好的一天。

"你的孩子们怎么样?"我问。

"好极了。米茜在瓦萨文理学院教学,我和你说过吗?"

"她一直是个聪明的孩子,就像她妈妈。"

艾琳一只手拉着我的胳膊,没有放手。我们现在都是单身,虽然我们曾经多少有过一点故事。那时候的事就不说了。电梯里我们陷入了沉默。

你们早都看过玛雅放置在范伍德大楼前厅壁炉上的监控器拍摄的一切了——人们很少有机会见到如此轰动的实时视频——我会给你们讲述我知道的其余事情。

那天晚上,玛雅说服我看守赫克特和伊莎贝拉,然后她给爆料大王科里的手下打了电话。我以前没听说过那个人的名字,没有人听说过。他们连线玛雅的那台保姆监控器进行直播。简而言之,全世界都能观看到那天晚上在伯克特家里发生的一切。爆料大王科里当时已经是名人了——那个年代公开化的潮流还处在初级阶段——不过,当晚过后,他的网站变成了网络世界中最大的一家。由于他曝光了我们的作战行动视频,我明显对他存有敌意。但是科里·鲁津斯基用玛雅那天晚上提供给他的视频做了许多好事。那些胆怯的、受过伤害的、没有权势的人本来不愿意讲出实情,但是从那晚之后,他们就有了勇气。腐败的政府和企业遭到了沉重的打击。

到头来,玛雅的想法终于得到了实现:把实情曝光,让世界看到真相。只是没有人预测到它会是如此令人震惊。

众多的人竟然眼睁睁地围观了一起凶杀案。

电梯门开了。

"你先走。"我对艾琳说。

"谢谢你。"

新换的膝关节让我走起路来还有点跛,我跟在她后面到了走廊,心里却已经翻江倒海了。我承认,随着年龄的增长,我变得有点情绪化,当生活中出现美好的瞬间时就想哭。

我转过拐角来到了病房。第一个见到的是丹尼尔。他已经39岁了,人也有1.9米高。他在这所医院三楼的放射科工作。旁边是他的妹妹爱丽克丝。她现在37岁,带着孩子。爱丽克丝从事的是电子设计工作,虽然我并不真正知道那究竟是干什么的。

他们俩用拥抱和亲吻向我问好。

埃迪也在,和他的妻子赛琳娜一道。埃迪是十年后再婚的。赛琳娜是个好女人。我很高兴,埃迪在失去克莱儿之后又找到了幸福。埃迪同我握握手,然后又来了一个男人间的拥抱。

我看着在床上抱着新生儿的莉莉。

怦怦……我的心在胸膛里仿佛要爆炸。

我不知道玛雅那天晚上去伯克特家的时候是否知道自己会死去。她把枪留在了车上。一些人认为她这么做是为了让伯克特一家人无法声称是自卫。也许吧。玛雅在死前的那天晚上给我写了一封信。她也给埃迪留了一封信。如果她出事,她希望埃迪能够抚养莉莉。埃迪很好地肩负起了责任,他做得简直是好极了。玛雅在信中希望丹尼尔和爱丽克丝成为她女儿的好哥哥、好姐姐,而他们的确是卓越非凡的哥哥和姐姐。我是莉莉的教父,艾琳是她的教母。玛雅希望我们一直存在于莉莉的生活当中,艾琳和我做到了。但是有了埃迪、丹尼尔和爱丽克丝,后来又有了赛琳娜,我觉得我们对莉莉也做不出更多的事情了。

但是我确实一直存在于莉莉的生活当中——一直都是——因为我对莉莉怀有只有对自己的孩子才会有的强烈的爱。也许我一直留在她的生活当中还有另一个原因。莉莉像她妈妈。她长得像妈妈,为人处世也像妈妈。在莉莉身旁,为她做点事情——请原谅我的大言不惭——是我能把玛雅留在身边的唯一途径。我知道,这可能很自私,但是我想念玛雅。有的时候,当一场球赛或者电影结束后送莉莉回家的时候,我感觉自己急着想找个地方对玛雅说说我们这一天的事,让她放心,莉莉很好。

很傻,是不是?

莉莉躺在床上冲着我笑。那是她妈妈的笑容,虽然我很少看见玛雅绽放这样的笑容。

"你看,谢恩。"

莉莉不记得妈妈了。这让我很伤心。

"你好棒,孩子。"我说。

人们当然要谈论起玛雅的犯罪。她确实误杀过平民。她确实枪杀了一个人,无论你给她找什么理由。如果她活着,她会被关进监狱,这毫无疑问。因此,她可能是在坐牢和死亡两者间选择了后者。她冒死也要把伯克特家族击垮,而她自己则不想在女儿成长的过程中被囚进牢房里度日。其他的,我就说不好了。

但是玛雅对我说过,她从未因她在海外的所作所为而有负疚感。这个我也搞不懂。那些恐怖的声响每天晚上折磨她。真的没有同情心和负疚感的人,是不会因自己的行为而陷入这般纠结的,是不是?

她是个好人。我不管别人说什么。

埃迪有一次告诉我,他有时觉得死亡成了玛雅的一个内在部分,死神在跟随着她。这种说法很奇怪,不过我觉得我能理解。经历了伊拉克的一切,玛雅无法让那些声响消失。死神一直伴随着她。她一直在冲刺,试图摆脱死神,可是死神却时不时地拍拍她的肩膀。死神不肯离去,我觉得玛雅已经意识到了。我想,她最希望的,是死神不要跟随着莉莉。

玛雅没有给莉莉留下那种要到一定年龄才可以打开的信件。她没有告诉埃迪应该怎样抚养她,也没有说她为什么选择了埃迪。她就是知道。她知道这是正确的选择,而且事实也确实如此。几年前,埃迪问我应该在什么时候、怎样来告诉莉莉她亲生父母的事情。我们两个都没有主意。玛雅经常说,孩子不是遵照成长指导手册来成长的。她把选择留给了我们。她信任我们,认为我们会在最恰当的时候告诉莉莉这一切。

后来，当莉莉长大了，可以理解这些了，我们就对她说出了真相。

我们认为，丑陋的真相也好过美丽的谎言。

迪恩·温尼科——莉莉的丈夫，兴奋地走进病房，亲吻自己的妻子。

"嘿，谢恩。"

"恭喜你，迪恩。"

"谢谢。"

迪恩是军人，我打赌玛雅会喜欢。初为人父人母的迪恩和莉莉坐在床上，幸福地惊叹着他们的孩子。我回头看看埃迪，他满眼都是泪水。我点了点头。

"你成了外祖父。"我对他说。

埃迪没有回答。他应该享受这样的时刻。他给了莉莉一个美好的童年，我对此非常感激。我会永远为他祝福，为丹尼尔和爱丽克丝祝福。我会永远深爱着莉莉。

当然，玛雅知道的。

"谢恩？"

"怎么了，莉莉？"

"你要不要抱抱她？"

"我不知道，我有点笨手笨脚。"

莉莉根本不理会我的话。"你没问题的。"

她指挥我，就像她妈妈一样。

我来到床前。莉莉把婴儿递给我，小心翼翼地把她的小脑瓜儿放在我的臂弯里。我盯着她，用几乎敬畏的目光。

"我们给她起名叫玛雅。"莉莉说。

我只是点点头，因为我已经说不出话。

玛雅——我的玛雅，那个以前的玛雅——与我一道见证了很多人的死亡。我们经常讨论死亡意味着什么。玛雅总是说，很简单，一个人离开了世间，就什么都结束了。但是现在我开始怀疑她的说法了。此刻我俯视着婴儿，心里想也许我和玛雅都错了。

她没有离开，她就在这里，我知道。

黑版贸审字 08-2018-026 号

图书在版编目（CIP）数据

亡者归来 /（美）哈兰·科本 (Harlan Coben) 著；朴逸，暴丽颖译. — 哈尔滨：哈尔滨出版社，2019.10
书名原文：Fool Me Once
ISBN 978-7-5484-4691-0

Ⅰ.①亡… Ⅱ.①哈…②朴…③暴… Ⅲ.①长篇小说—美国—现代 Ⅳ.① I712.45

中国版本图书馆 CIP 数据核字 (2019) 第 085601 号

Fool Me Once
Copyright © 2016 by Harlan Coben.
Simplified Chinese language edition. All rights reserved.

书　　名：	亡者归来
	WANG ZHE GUI LAI

作　　者：	[美] 哈兰·科本　著
译　　者：	朴　逸　暴丽颖
责任编辑：	杨浥新　韩金华
责任审校：	李　战
封面设计：	末末美书

出版发行：	哈尔滨出版社（Harbin Publishing House）
社　　址：	哈尔滨市松北区世坤路 738 号 9 号楼　邮编：150028
经　　销：	全国新华书店
印　　刷：	哈尔滨市石桥印务有限公司
网　　址：	www.hrbcbs.com　　www.mifengniao.com
E‐mail：	hrbcbs@yeah.net
编辑版权热线：	（0451）87900271　87900272
销售热线：	（0451）87900202　87900203
邮购热线：	4006900345　（0451）87900256

开　　本：	880mm×1230mm　1/32　印张：14.25　字数：300 千字
版　　次：	2019 年 10 月第 1 版
印　　次：	2019 年 10 月第 1 次印刷
书　　号：	ISBN 978-7-5484-4691-0
定　　价：	68.00 元

凡购本社图书发现印装错误，请与本社印制部联系调换。
服务热线：（0451）87900278